10|18
12, avenue d'Italie — Paris XIIIe

Sur l'auteur

Jean-Christophe Duchon-Doris vit et travaille à Marseille. Il a publié plusieurs romans, dont *L'Ordure et le soleil*, et recueils de nouvelles, dont *Lettres du Baron* qui a obtenu le Goncourt de la nouvelle en 1994. Inauguré par *Les Nuits blanches du Chat botté*, la série des enquêtes de Guillaume de Lautaret se poursuit avec *L'Embouchure du Mississipy* et *Le Prince des galères* (Julliard, 2004).

LES NUITS BLANCHES
DU CHAT BOTTÉ

PAR

JEAN-CHRISTOPHE DUCHON-DORIS

10|18

« Grands Détectives »
dirigé par Jean-Claude Zylberstein

JULLIARD

Du même auteur
aux Éditions 10/18

▶ LES NUITS BLANCHES DU CHAT BOTTÉ, n° 3629

À paraître

L'EMBOUCHURE DE MISSISSIPY (mai 2005)

© Éditions Julliard, Paris, 2000.
ISBN 2-264-03950-7

*Pour Violette, ma fée, ma princesse,
ma petite sorcière.*

CHAPITRE I

I

Il était une fois, au mois d'octobre 1700, dans la vallée de la Blanche, aux environs de Seyne-les-Alpes, sous une nuit d'un bleu de bijou, un beau château avec de hautes tourelles et trois femmes dont les visages vacillaient à la lumière de chandeliers d'argent ornés de figures de Maures.

— La lune est ronde ce soir, dit Marie d'Astuard, et le ciel piqueté d'étoiles. C'est une nuit à faire des bêtises.

Delphine reposa son ouvrage et lui sourit. Devant elle, la table était couverte de corbeilles d'osier, de broderies, de pelotes de laine, de modèles de tapisserie que sa mère parfois consultait. En retrait, Marie d'Astuard lisait à la lumière des chandeliers, assise sur un canapé recouvert d'une guipure au crochet. Le silence de la pièce avait un rythme subtil, une cadence dissimulée, comme une longue phrase très belle qu'on aurait chuchotée, ponctuée par le bruit léger des ciseaux reposés sur la table ou par le froissement d'un feuillet tourné.

Par les hautes et larges fenêtres du château de Montclar, les tilleuls dont les fleurs détachées s'envolaient en tourbillons parfumaient l'air précédant la pénombre. La bâtisse s'enfonçait dans ses ombres. Les feux du soir faisaient danser le rose de la brique, le blanc des chaînages de pierre.

— Ne dites pas de sottises, Marie. Delphine pourrait vous croire.

— Oh ! je ne vois guère, ma chère, quelle bêtise pourrait bien commettre cette enfant, même si elle en éprouvait le désir !

— Dois-je comprendre que vous le regrettez ?

— Je dis simplement que notre compagnie à toutes deux dans un château sinistre n'est ce que l'on peut souhaiter de mieux à une jeune fille de son âge.

— Sans doute, préféreriez-vous qu'elle s'étourdisse comme vous le fîtes ?

— Eh ! ma foi, ma chère, cela laisse du moins de beaux souvenirs.

Il y eut des battements de cils, des regards décochés qui croisèrent gentiment le fer. Delphine sourit. Marie d'Astuard plongea dans son livre avec un petit gloussement. Mme d'Orbelet pinça les lèvres et reprit, la mine sévère, son ouvrage de broderie.

Delphine les engloba toutes deux dans un même regard de tendresse. Que ces deux femmes tellement différentes, qui s'étaient connues chez les ursulines, aient pu au-delà des années entretenir une amitié si vive lui paraissait un mystère plus insondable encore que celui des Écritures. Jeanne d'Orbelet, sa mère, était une figure de missel. Grande et très pâle, digne quoi qu'il arrive, elle avait la beauté des cierges. Emportée comme d'autres par l'austère séduction de la doctrine de Jansénius, elle avait fréquenté Port-Royal-des-Champs, s'y était impliquée d'une telle manière que lorsqu'il parut évident que le Roi, sous l'influence des jésuites, allait de nouveau frapper le mouvement, elle avait demandé protection à sa vieille amie Marie d'Astuard, fille du baron de Montclar, qui, depuis le décès de son mari, Joseph de Pérusis, page de la petite écurie du Roi, avait quitté Versailles, pour finir le reste de son âge dans le château familial.

Marie d'Astuard, comme elle se définissait elle-même, était une ancienne coquette. Sa taille, une grâce à nouer son foulard, quelque chose qui passait dans ses yeux l'avaient rangée parmi les jolies femmes de la Cour. Elle s'y était follement amusée, avait rempli Versailles du bruit de son nom et de l'éclat de ses rires. Elle avait aimé la chasse, aussi, à l'excès, y avait gagné le surnom de l'Amazone.

— Ce fut, disait-elle, le meilleur de ma vie.

Mais elle n'avait, de ce temps-là, ni regrets ni nostalgie. Tout au plus, à certaines heures du jour, quand elle somnolait sur son livre, on la voyait sourire, les yeux mi-clos, esquissant quelques gestes qui trahissaient que, comme autrefois, bien en selle sur une monture frémissante, parmi les habits et les robes de couleur, surexcitée par le mouvement, le bruit, les fanfares, elle s'élançait encore avec un train de vertige et toujours la première, les yeux brillants d'un feu cruel, à l'hallali.

— Montclar n'est pas du tout sinistre, dit Delphine par politesse. C'est une très belle demeure, où il fait bon vivre.

Marie d'Astuard la remercia de la remarque d'un mouvement léger de la main.

À la vérité, Delphine mentait un peu. Non pas que le château de Montclar fût une de ces vieilles demeures du Moyen Âge enfermées sous les murailles et les remparts : élégant, il dressait ses tourelles blanches sur la route qui quittait Seyne, au sommet d'un tertre de gazon, sur le versant occidental de la Parre. Mais il y avait en lui quelque chose qui gênait l'âme. On y venait par de hautes futaies dont les feuillages frissonnaient et poussaient au silence. Sur le chemin, les chevaux prenaient d'eux-mêmes l'initiative d'un pas grave. Les visiteurs devaient baisser la tête pour éviter les branches, et c'était donc courbés, dans une position de pénitents, qu'ils découvraient tout à coup le château. Il faisait alors l'effet d'un bijou d'ivoire, posé sur un socle de mousse, au creux de l'écrin noir de deux forêts profondes. C'était un château de sortilèges.

Delphine soupira. Dehors, quelques vapeurs bleues et fines montaient parmi les arbres légers. Dans le grand parc, perdues au milieu de pelouses gorgées d'eau, des statues grelottaient dans le dénuement des quinconces.

Peut-être suis-je comme elles, se dit-elle, immobile sans le savoir, endormie entre le froid des pierres et le bruit engourdi des fontaines. Elle avait grandi auprès de sa mère, bercé par le silence et le recueillement, dans le souvenir imprécis et lumineux d'un père rêveur, fragile et transparent, toujours ailleurs. Un matin, elles apprirent qu'il était parti sur un navire de quarante canons, en compagnie de M. de Beaujeu, protégé de Mme de Maintenon et de René Cavelier de La Salle. Sans un mot, sans une explication, il les avait laissées pour s'en aller en quête des sources du Mississippi. Et, depuis, sa barque n'en finissait pas de glisser sur les eaux jaunes des fleuves américains, sous le regard ébahi des alligators. Certaines nuits, sa fille entendait son rire, transperçant les palétuviers et jetant vers des cieux d'émeraude des poignées de perruches affolées.

Delphine surprit son image dans la glace au-dessus de la console de l'entrée. Pouvait-elle croire Marie d'Astuard quand celle-ci la remerciait, d'une formule trop précieuse, pour « cette grâce d'avoir si joliment dix-huit ans » ? Delphine se redressa, s'observa de profil, guetta dans le miroir quelques signes de ses pouvoirs. Elle avait un joli ovale de visage, des cheveux blonds, trop blonds peut-être, lourds et épais, qu'elle avait grand-peine à mouler en rond au sommet de la tête ou à emprisonner dans la résille selon la mode de l'époque. Le reste, elle ne savait qu'en penser : des yeux tellement inconstants, variant, au gré du temps, du gris de perle au vert d'étang, un cou fragile, une peau blanche, un corps d'osier, frêle mais souple et toujours frémissant. Elle se trouvait parfois d'une beauté à s'évanouir et d'autres fois d'une fade banalité sur laquelle les regards ne pouvaient que passer. Marie disait qu'il était temps, après les rigueurs d'une éducation janséniste, pour sauver l'équilibre de l'ensemble, de déposer sur les fléaux de la balance quelques touches de coquetterie. À cet effet, elle n'était avare ni de conseils ni de cadeaux. Sous le regard sévère mais indulgent de Mme d'Orbelet, elle montrait à la jeune fille, certains matins, comment il convenait de se nacrer les dents de poudre de corail et se rosir les lèvres de vermillon d'Espagne. Delphine n'y voyait qu'un jeu et c'était moins par goût que pour amuser sa charmante marraine qu'elle devenait experte dans la pose des mouches, dans le frisé au petit fer des anglaises encadrant son visage ou le piquage dans le chignon, à la négligente, de jolis rubans. Mais là n'était point l'essentiel, elle le savait.

— Amélie Pothier, la jeune modiste, est venue ce matin, dit Mme d'Orbelet. Vous avez dû encore lui commander bien des extravagances.

— Est-ce une question, ma chère ? Seriez-vous, malgré vous, curieuse de connaître aussi quelles sont les dernières nouveautés de Paris ?

— Je suis moins influençable que ma pauvre fille, aussi têtue à mes idées que vous l'êtes aux vôtres. Nous savons vous et moi que nous sommes en âge trop avancé pour espérer nous réformer.

— Alors, dit Marie d'Astuard, reportons nos espoirs sur notre jolie Delphine. Elle sera notre héritière à toutes deux.

Cette fois, les regards se firent tendres et les trois femmes se retinrent de rire. Et puis, chacune se remit à son ouvrage.

— Cette Amélie est une jeune fille charmante, reprit Marie d'Astuard, pleine de vie et qui, ma foi, a le goût fin. N'est-ce pas, Delphine ?

— Oui, marraine. Je l'aime bien.

Elle revit Amélie étalant dans son boudoir toutes les merveilles de ses cartons, l'aidant à soulever les robes et fixer les épingles des chapeaux. Voilà ce que j'aurais aimé être, avait-elle pensé, cette jeune fille sans entrave et sans morale, qui avoue en riant qu'elle aime danser.

Dehors, le ciel était beau sur les montagnes, mais d'une beauté cruelle, méprisante. À travers les branches des arbres, la lune promenait son œil.

— Tout de même, dit Marie d'Astuard en relevant son visage poudré et en battant des cils, c'est une nuit d'audaces et de vertiges.

Loin, quelque part dans la vallée, monta le hurlement d'un loup.

II

Le loup hurlait à la lune trop ronde. La voûte céleste avait des ambitions qui n'en finissaient pas. Superbe, luisante d'étincelles, elle sentait le soufre et la pierre à briquet.

Le froid découpait au couteau les pans de la montagne et le relief des grandes forêts ; il brossait d'un trait sûr les fermes et les hameaux ; il rayait la vallée du dessin sinueux de la route de Seyne-les-Alpes.

Rien ne bougeait dans l'indifférence du paysage.

Et puis, il y eut le trot enlevé d'un cheval, le roulement d'une voiture qu'on vit soudain surgir, minuscule, au déboulé du col, un simple char à bancs, tiré par une carne fumante sous la brume.

Amélie Pothier laissait traîner ses jambes fatiguées par-delà le plancher du véhicule. Ses mollets poursuivaient, au gré du cahot du chemin, leur gigue de tout à l'heure, quand on dansait à la fête votive du village de Montclar. Les grosses roues cerclées de fer soulevaient derrière elles des serpentins de boue dont les éclaboussures venaient parfois souiller les pans des robes et les bas des chausses.

Baptiste la tenait tendrement par les épaules. Il disait qu'il avait peur qu'elle ne verse sous un hoquet trop rugueux de la route. Mais ses mains s'égaraient volontiers et elle devait les ramener, sages, à plus de raison. Le silence glacial des montagnes étouffait jusqu'aux conversations. La nuit vibrait d'étoiles. Amélie eût aimé qu'elle fût interminable. Elle n'avait bu qu'un peu de vin, mais c'était du breuvage rude qui réchauffait d'un coup, donnait aux filles des envies d'abandon et de sottises.

La lune avait un beau sourire d'ivoire, une face très pâle. Elle versait sur la Blanche une lumière cendreuse de verrière qui donnait à toute chose l'épaisseur et le soyeux du velours.

— Es-tu donc si pressé ? demandait Baptiste à Martin qui tenait les rênes.

Amélie posa ses yeux sur les doigts noirs, les ongles usés du garçon, qui juraient sur la laine douce de son châle. Elle l'aimait bien, Baptiste, avec sa tête longue de cheval, ses yeux clignotants sous ses paupières blanches, cette façon qu'il avait de la serrer quand ils tournaient ensemble à la musique du violon.

Mais elle reconnut au loin le petit bois, le chemin large troué de flaques d'eau qui conduisait à la silhouette de la maison, à demi cachée sous les ormeaux l'abritant du vent d'ouest. On était arrivé à l'embranchement de la ferme des Fabre.

Martin arrêta la voiture. La tête d'Amélie lui tournait un peu. Elle aurait bien voulu rester encore, s'abandonner, maintenant qu'il était trop tard, dans les bras de Baptiste. Mais le garçon était plus raisonnable qu'elle. Demain le travail n'attendrait pas et il n'avait devant lui qu'une poignée d'heures de repos avant que le maître ne l'appelle. Il sauta le premier. Il la saisit par la taille, la souleva sans effort, la fit passer par-dessus le banc. Un court instant, il la retint dans le contre-jour triomphant de la lune pleine. Là, au bout de ses mains, dans l'auréole que formait l'astre, elle semblait plus belle encore qu'une madone, et, quand il la reposa, il le fit avec les mêmes précautions que s'il avait décroché une icône.

La nuit semblait d'enluminures, saupoudrée d'or. Il l'embrassa très vite tandis qu'un rideau de nuages tombait vers le nord et laissait courir une ombre frémissante sur la vallée.

Alors, elle baissa la tête, rentra les épaules et s'engagea d'un pas pressé sur le chemin. On y voyait comme en plein jour. De grands arbres se reflétaient dans les eaux mortes des flaques. Le vent jouait dans le feuillage des peupliers. Le bruit assourdi du torrent de la Blanche suintait à travers les bois.

Et puis, elle l'aperçut. C'était une masse inhabituelle, près de la remise où l'on entassait le petit bois de coupe. Cela avait frémi et puis ça s'était figé, dans l'attente de quelque chose. Elle avait cru entrevoir une gueule, des dents luisantes, l'éclair nacré d'un regard.

Elle pensa à un grand chien. Puis, elle se souvint de la petite Corinne Michel qui avait été attaquée par un loup, au début de la semaine. Elle eut comme un serrement au ventre. Une cloche tinta dans le lointain, du côté de Selonnet, et l'aida à s'ébrouer d'une angoisse maligne qui la clouait au sol. Elle rebroussa chemin et revint sur la grand-route. La voiture n'était plus qu'un mince trait à l'horizon en direction de Seyne. Elle était seule, seule avec sa peur, la montagne immense, le silence qui avait repris possession de tout et imposait son joug. Le ciel avait maintenant une pureté extraordinaire. Il luisait comme une page de missel.

Un loup ? Tu es folle, ma fille, se dit-elle. On n'a jamais

vu de loup si près des maisons, surtout quand l'automne est si lent à s'en aller.

La nuit lui donnait raison. L'herbe luisait. Des rainettes chantaient dans des citernes. À l'horizon, les montagnes semblaient frottées d'argent.

Par prudence, toutefois, elle renonça à regagner la ferme. Le château de Montclar, si l'on coupait par le petit bois et le sentier qui longeait la Vezeraille, n'était qu'à cinq minutes de marche. Elle trouverait bien un valet de ferme trop content de la raccompagner.

Elle franchit le pont en resserrant son châle, en se disant qu'elle avait moins peur, qu'elle connaissait par cœur le petit bois. Elle se laissa guider par le murmure de l'eau grondante du ruisseau, par l'arche somptueuse des branches des futaies où les gouttelettes suspendues faisaient comme des parures de perles. Mais le froid la saisit entre les omoplates, lui donna jusqu'au bas des reins des coups d'épée glacés. Les arbres devenaient plus denses. Elle trébucha, se releva, s'écorcha le front à une branche basse. Les troncs noirs, couverts de mousse et de lichens, prenaient de l'épaisseur, se refermaient sur elle. Elle n'était pourtant pas très loin. Elle vit, à travers la résille des arbres, la lanterne de quelqu'un qui passait là-bas sur le chemin.

Il ne fallait pas paniquer. Elle s'arrêta pour écouter le sang battre dans sa gorge et ses oreilles, pour se calmer au spectacle de la nuit si belle, du ciel immense et froid qui s'ouvrait, au-dessus d'elle, dans les déchirures des faîtes. Mais les rainettes s'étaient tues. Un craquement. Une ombre mouvante sur sa droite. Par précaution, elle fouilla sous sa robe et tira de sa poche son couteau de corne. Les lumières du château lui tendaient la main à travers les rameaux écartés.

Et soudain, il fut devant elle. Immense sous la lune, bien plus grand qu'elle ne l'avait imaginé. La gueule ouverte, le poil luisant, il lui barrait la route. Il y avait comme de la joie dans ses yeux. Il grondait ou peut-être il riait, elle ne pouvait le dire.

Elle recula, en trébuchant. Celui qui était devant elle avait le visage couvert de poils. Il s'avançait lentement avec des gloussements d'excitation. Mon Dieu, était-ce un homme ? Son regard dansait dans l'obscurité du bois. La lumière blanche et pâle de la lune glissa sur son chapeau, sur sa cape, dévoila brusquement une patte de loup qui sortait du manteau. Alors Amélie ne calcula plus. Elle hurla et se mit à courir. Elle n'avait pas fait trois pas qu'il la saisissait par la jambe. La patte s'abattit sur sa nuque et elle tomba sous la douleur des griffes qui lui lacéraient les chairs. Il s'effondra sur elle, l'écrasant de tout son poids. Elle sentit son haleine fétide courir sur son cou, sur ses épaules. Il respirait fort. Elle ne pouvait plus bouger. Ils restèrent ainsi, un long moment, immobiles, sans un mot. Au-dessus d'eux la nuit tourbillonnait d'étoiles qui se percutaient, sans un bruit, avec une violence inimaginable. Elle pleurait en silence.

Et puis une patte velue s'insinua sous ses robes, meurtrit de nouveau sa chair. Il se releva à moitié. Quand il écarta ses cuisses, elle poussa un cri.

— Fille perdue ! Ce n'est pas ce que tu crois !
— Qui... qui êtes-vous ?
— Je suis la bête qui sait.

Elle tenta de se retourner et cela le mit dans une rage folle. Il lui frappa la nuque à toute volée et tout en grognant il s'acharna sur la plaie ouverte.

III

Si Mme d'Astuard et Mme d'Orbelet ne partageaient pas toujours les mêmes idées, elles s'entendaient pour ne pas se mêler aux autres familles nobles de la vallée, la première parce qu'elle redoutait que les fêtes d'aujourd'hui ne fussent que la pâle copie des fêtes d'autrefois, la seconde parce qu'elle fuyait l'agitation du monde. Si bien qu'à l'exception des domestiques, les seuls hommes qui fréquentaient le château étaient l'abbé Jorisse, vicaire officiel de la chapelle de Montclar, et le chevalier de Beuldy.

Le chevalier de Beuldy habitait une ancienne forteresse, à moins d'une lieue du château, et venait en voisin. C'était un petit homme au pourpoint fatigué, canne à la main, fraise et chausses fanées, et toujours, sur sa tête chiffonnée, par-dessus une vieille perruque poudrée de frimas, un chapeau avec la plume unique d'un faisan. Ancien compagnon d'armes de feu le baron François-Louis d'Astuard, il avait, en cette qualité, acquis le privilège définitif d'entrer comme chez lui dans la bibliothèque de Montclar où il se livrait à des travaux d'érudit dont lui seul connaissait la teneur. D'une maigreur et d'une discrétion qui le dotaient comme d'une transparence, il venait sans se faire annoncer, glissait dans les couloirs, montait les escaliers, flottait jusqu'aux ouvrages qu'il voulait consulter. Seul, parfois, le hurlement aigu mais bref d'un domestique sursautant en croisant son fantôme révélait sa présence à Montclar.

Mais, ce matin-là, il ne chercha pas à se cacher. Ce fut dans un grand désordre qu'il fit irruption dans le vestibule du château et qu'il se précipita sur Delphine.

— Ah ! mon Dieu ! dit-il. Connaissez-vous la nouvelle ? Une jeune fille a été tuée sur vos terres !

— Sur nos terres ! s'écria, à l'étage, Mme d'Astuard en se penchant par-dessus la rampe de l'escalier. Comment est-ce possible ? Êtes-vous sûr de vous, monsieur le chevalier ?

— Je viens de croiser le chirurgien que l'on était allé quérir. Il réclame de l'eau et des linges.

— Une jeune fille... ? répéta Delphine, très pâle, en s'appuyant sur l'une des colonnes de l'entrée.

Marie d'Astuard donnait déjà des ordres. Elle avait enfilé sa capeline et secouait le chevalier pour qu'il la conduisît le plus vite possible sur les lieux du drame. Ils partirent en courant. Leurs pas pressés sur la pierraille du chemin sonnaient dans l'air limpide comme du verre brisé.

C'était un jour pâle et tranquille, un jour d'automne, balayé de longs tourbillons de feuilles. Le ciel, dans l'aube naissante, n'était qu'un grand linceul blanc. Delphine hésita et puis, les jambes chancelantes, elle courut après eux.

IV

La fille était sur le dos, coincée, par sa cape d'un rouge vif, entre la rive et un tronc en décomposition ; la tête avait été détachée du corps ; le cou, les épaules, la poitrine n'étaient qu'un amas de chair ouverte que le faible ressac de la rivière n'avait nettoyé qu'à moitié. Le bas du corps était étrangement préservé. C'était comme si, à partir de la taille, la bête avait soudain renoncé. Des lambeaux de tissu dansaient avec lenteur au gré du courant. La robe était remontée haut et l'on voyait ses cuisses blanches et la naissance de ses fesses.

— C'est un loup, dit Isaac Scarole, le chirurgien.

C'était un homme trapu, de petite taille, le visage sombre, la peau molle et les bajoues flottantes. Il s'habillait toujours de noir, cachait sa calvitie naissante sous une petite calotte

Les nuits blanches du Chat botté

d'ecclésiastique qui, ajoutée à ses lunettes rondes, lui donnait des allures d'insecte. Il avait dû ôter ses bottes et remonter le bas de ses chausses pour atteindre le cadavre. Et là, ses mollets décharnés émergeant de l'eau verte, il avait l'air un peu ridicule.

— Vous en êtes sûr, Isaac ?

— La nature des blessures ne laisse aucun doute à ce sujet. La bête a d'abord attaqué à la nuque et puis elle s'est acharnée sur le ventre. Le corps porte des traces profondes de griffures.

Le lieutenant de police sortit un gros mouchoir jaune de dessous son habit et s'essuya le front. Il ne manquait plus que cela. C'était la seconde victime, avec la petite Michel. Il ordonna aux gens d'armes d'écarter les curieux qui arrivaient de plus en plus nombreux au fur et à mesure que se répandait la nouvelle.

— Un loup, c'est impossible ! dit Marie d'Astuard en se frayant un chemin dans la foule.

Quand il les reconnut, le lieutenant de police vint à leur rencontre et les salua avec déférence.

— Il vaut mieux ne pas approcher, madame la baronne. Ce n'est pas beau à voir.

Il expliqua que c'était un garçon de ferme qui avait retrouvé, à l'aube, le corps d'Amélie Pothier, la jeune modiste de Seyne. Le garçon était encore tout secoué. Lui et ses camarades, ils étaient allés pêcher la truite à la clarté de la torche, dans cette eau poissonneuse qui venait de la Blanche, s'égarait dans le ruisseau de la Vezeraille et venait se perdre dans les canaux qui circulaient à travers les prairies de Pompierry, de la Gineste, du faubourg et parmi les jardins de Seyne. Ils avaient tardé à donner l'alerte de peur d'être accusés de braconnage. Il était bien question de cela.

Delphine le regardait les yeux éberlués. Amélie était morte ? Comment pouvait-on croire une telle chose ? Quand on la connaissait, quand on avait croisé ses yeux, entendu son rire, quand on avait, comme elle, perçu avec quelle force la vie se déversait dans ses veines et lui fouettait l'âme ? Ce n'était pas possible.

— Les loups ne viennent pas si près des maisons, pas en cette période de l'année ! répétait Marie d'Astuard en hochant la tête.

— C'est bien un loup, cria le chevalier de Beuldy qui aidait Isaac Scarole. Croyez-moi, il n'y a sur ce point pas de doute.

L'abbé Jorisse a donc raison ? pensa Delphine. Hors de Montclar, Satan mène la danse ? Pourtant, elle avait beau fouiller son cœur, ce n'était pas la peur qu'elle rencontrait, mais la colère, une colère qui la faisait vibrer. Une force puissante en elle se révoltait. Elle profita d'un relâchement de la vigilance des gens d'armes pour s'approcher. En contrebas, sur le bord de la rivière, on avait étalé le corps et on l'avait recouvert d'un grand drap. Entre les rochers flottaient encore des lambeaux de la cape d'Amélie.

Le chevalier était penché sur le cadavre. Il examinait l'intérieur de la bouche de la victime. Il glissa une main entre les mâchoires, écarta la langue. En tremblant, il retira ses doigts. Ils semblaient maculés d'une sorte de bouillie pâteuse. Discrètement, il y goûta. Elle n'y prêta guère attention car autre chose la bouleversait et elle ne savait quoi. Son regard allait de la rivière au chevalier. Elle avait envie de le saisir par les mollets et de le secouer jusqu'à ce que tombât sur le sol mouillé la clef de la serrure qui en elle ne voulait pas s'ouvrir.

Marie d'Astuard était descendue à la hauteur de la jeune fille. Elle lui posa la main sur le cou.

— Allons, venez. Ce n'est pas un spectacle pour vous.

Mais Delphine blêmit et se leva d'un bond, comme si les doigts de sa marraine venaient de la brûler. Elle avait les yeux écarquillés, la bouche ouverte.

— La cape, murmura-t-elle, la cape rouge...

Les nuits blanches du Chat botté

Elle venait de comprendre ce qui n'allait pas : la robe de velours, hier, à la séance d'essayage ! Amélie l'avait aidée à la plaquer contre son torse pour qu'elle puisse se rendre compte de l'effet qu'elle produirait sur elle. Amélie avait alors arboré une vilaine moue ; elle avait fait non de la tête et puis, en lui posant la main dans le cou, comme venait de le faire Marie d'Astuard, elle avait dit, très distinctement, de sa voix sonnante et pleine de gaieté :

— Décidément, à nous autres les blondes, le rouge nous gâte le teint. Il nous faut le bannir de notre garde-robe.

CHAPITRE II

I

Delphine, non sans mal, était parvenue à convaincre l'abbé Jorisse qu'elle se devait d'aller à l'enterrement. C'était un gros curé, bon vivant, l'œil superbe, l'épaule large, un vrai centaure, avec un rire parfois qui faisait trembler les hautes fenêtres du château et s'envoler dans une gerbe de plumes les oiseaux du parc. Il avait bien tenté de la dissuader de son entreprise en soulignant combien il était inconvenant pour une demoiselle de son rang d'assister aux obsèques d'une fille du peuple, mais Delphine avait eu sur ce terrain le soutien de sa mère dont la foi janséniste prêchait le dévouement aux gens de peu de biens.

Elle se dissimula sous une longue capeline grise dont elle rabattit la capuche autant pour ne pas trop se montrer et cacher des larmes sincères qui eussent pu surprendre que pour observer sans être vue.

Avec le bon abbé, ils gagnèrent en calèche le faubourg et attendirent, à l'ombre des grands arbres qui cachaient au vent le cimetière du Masel, l'arrivée du cortège avec à sa tête le vicaire de Seyne, le père Barthélemy Chapuisat. C'était un endroit étrange, où les tombes n'avaient pas vingt ans et étaient déjà ensevelies, enracinées dans l'herbe folle, rongées par le vent d'ouest dont la houle incessante venait battre les murs. Il y avait eu là autrefois le quartier le plus populaire de la ville, un monde d'hommes et de femmes, d'enfants rieurs et insouciants, un lieu que la vie ne semblait vouloir jamais fuir. En une nuit, au mois de décembre 1685, quinze ans plus tôt, un incendie monstrueux l'avait réduit en cendres. Seyne ne s'en était jamais remise. Tant de morts, tant de brûlés vifs, qu'on avait renoncé à reconstruire et qu'on avait voué les lieux au silence des trépassés.

De temps en temps, Delphine se penchait vers son précepteur et le questionnait discrètement, cherchant à connaître les noms des personnes présentes. L'abbé Jorisse qui avait suivi ces dames depuis Paris ne pouvait mettre un nom sur chaque visage, mais l'aide qu'il apportait au curé de Seyne, sa participation fréquente aux offices, cette curiosité insatiable enfin qui était son péché mignon, lui avaient permis très vite d'en connaître sur la communauté davantage que plus d'un Seynois de naissance.

En retrait, ils n'entendaient que le murmure du sermon dans le silence des grands arbres. Le père Barthélemy, qui avait l'œil rond comme un œuf de caille, le sourcil broussailleux, le nez d'aigle, agitait au-dessus du trou ses grands bras secs et ses mains aux doigts interminables. Les femmes pleuraient en retrait. Les hommes étaient au premier rang – Isaac Scarole le chirurgien, Jacob Renoir le notaire, Pierre Metayer l'apothicaire, avait commenté l'abbé Jorisse –, les mâchoires serrées, le chapeau noir à hauteur de la ceinture, écoutant la tête basse l'oraison funèbre. Devant le cercueil se tenait Joachim Pothier, le drapier, le père d'Amélie. Il avait le visage rougi, crevassé de fatigue, mais dans les yeux quelque chose de léger et de fragile qui donnait à ses regards une douceur plus résignée que douloureuse. Quand le cercueil fut mis en terre, quelques-uns vinrent lui donner l'accolade ou simplement lui touchèrent la main ou l'épaule, mais, le geste d'amitié effectué, ils s'écartaient, dans une crainte diffuse et inavouée que le malheur eût quelque chose en lui de contagieux. Certes, les autres compatissaient et le plaignaient du fond du cœur, cependant il manquait à leur pitié une sorte d'effroi partagé devant ce grand malheur qui venait de frapper. Car pas un de ceux qui étaient présents ne pensait au fond de lui que la mort d'Amélie n'avait pas été d'une certaine façon annoncée. C'était la chute inéluctable d'une histoire qui était née dix ans plus tôt quand Joachim s'était retrouvé seul, sa femme morte en couches, avec cinq filles à élever.

Les filles Pothier, de l'avis unanime, cela avait été de sacrées gamines, des petites vives comme la flamme, avec des yeux d'un bleu sauvage, des cheveux toujours pleins de guêpes, habiles à s'élever toutes seules et à repousser les conseils du père en se moquant de lui et en le couvrant de baisers.

Et femmes, elles étaient devenues de superbes femelles, avec des ruades de pouliche, des hanches solides et balancées, des rires de torrent et une soif d'embrasser la vie qui avait fait peur à plus d'un. Et lui, effrayé et fier tout de même, il n'avait pu que se laisser emporter par leur force et par leur sève. Au matin, gonflées de robes et de jupons, elles se sauvaient en l'embrassant et disparaissaient au-delà de la barrière, frémissantes sous le vent du large comme de somptueux vaisseaux à l'entrée de la haute mer. Le soir, elles s'en retournaient, du luisant dans les yeux, des odeurs dans les voilures.

— À ce jeu-là, chuchotait l'abbé Jorisse d'un air réprobateur, à rechercher sans cesse les frissons des grandes tempêtes, on ne peut, comme cette pauvre Amélie, que finir par s'échouer.

Le vent rabattait par-dessus le mur du cimetière l'âcre et tenace odeur d'un feu de feuilles qui s'enroulait autour des tombes. Quelques pigeons grattaient le gravier des allées.

Sur un coin d'herbe, une poignée de papillons dansait sur l'âme des morts.

Delphine chercha à deviner parmi les femmes en costume de deuil les sœurs d'Amélie. Elle y parvint sans peine. Elles se tenaient deux à deux, poudrées et fardées, dans des robes noires dont les reflets criaient, l'œil noyé dans une estompe de bleu qui avait coulé sur leurs joues. On aurait dit des Amélie moins jolies, fanées soudain, déformées, tantôt grossies, tantôt vieillies ou amaigries, des Amélie à qui l'on aurait jeté un mauvais sort.

— Et lui, dit Delphine en relevant le coin de sa capuche, celui-là qui reste en retrait et paraît s'ennuyer sous son chapeau à plumes, connaissez-vous son nom ?

L'abbé plissa les yeux. Il semblait hésiter.

— Sans doute est-ce Guillaume de Lautaret, le nouveau procureur de Seyne. Il n'est ici que depuis un mois et, jusqu'à présent, il ne se montre guère. Il arrive de Grenoble, dit-on, où il s'est occupé de procès de sorcières. Trop élégant, il m'est avis, pour être de la bonne graine.

Delphine sourit. Le procureur, il était vrai, avait de la prestance.

— Et celui-là, dit-elle en se tournant d'un quart, qui se cache là-bas derrière la stèle ?

C'était Baptiste Chabot, le promis d'Amélie. Son regard allait droit devant lui caressant la pierre froide des tombes. Il était immobile, un peu courbé. Avant que l'abbé Jorisse n'ait eu le temps d'esquisser le moindre geste, Delphine s'en était allée le rejoindre.

Il mit du temps à réagir, à comprendre que cette tête blonde, ces grands yeux bleus qui plongeaient dans les siens n'étaient pas un effet de sa mélancolie, l'apparition d'un ange ému par sa douleur.

Il bougea ses mâchoires carrées, renifla, essuya du revers de sa manche les larmes qui coulaient le long de son visage.

— Je vous en prie, c'est important, dit Delphine. Je sais

que ma question peut vous surprendre, mais j'ai besoin de savoir.

— Savoir quoi ? balbutia-t-il en clignant de ses longues paupières.

— Le dernier soir, répéta-t-elle, lorsque vous l'avez laissée au retour du bal, Amélie avait-elle une cape rouge ?

Deux grandes rides vinrent barrer son front. Il éleva son regard, le jeta vers le levant, là où la colline continuait de monter vers les sommets, couverte d'une herbe rude et serrée où l'ajonc nain avait enchevêtré les racines. Quelques chèvres immobiles attendaient, comme surprises, humant l'air, attentives au danger. Au-delà des tombes, au-delà des murs, barrant l'horizon, la forêt blonde, ambrée, relevée d'accents sauvages rouges et verts, dansait dans le soleil.

— Non, non, dit-il. J'en suis sûr. Elle n'avait qu'un châle. Je lui ai prêté ma veste.

II

À la sortie du cimetière, la vallée s'ouvrait, grise et froide. Il n'y avait rien que le mouvement du chemin, soulevé vers les premières maisons comme une grande vague lisse sur laquelle glissait un vent fluide et véloce. Le ciel était d'un bleu très pur, presque transparent aux sommets du Grand-Puy et de Blayeul, plus opaque au fur et à mesure qu'il plongeait vers Chabanon. De grandes traînées blanches dessinées à la craie semblaient suivre au-delà des montagnes des pistes fabuleuses. En dessous, la vie n'était qu'un monde de labeur, de pierres et de glaise, de souffrances et de larmes.

Isaac Scarole, le chirurgien, ôta son chapeau en passant

devant la chapelle et fit le signe de croix. Jacob Renoir, le notaire, qui était à deux pas derrière lui, fit l'effort nécessaire pour se porter à son côté. Sa perruque, mise très en arrière, laissait voir un crâne couleur de brique.

— Alors ? demanda-t-il en se penchant et de façon à ce que sa question ne soit entendue de personne, ne crois-tu pas qu'il faudrait renoncer ? N'est-ce pas pure folie de faire venir qui tu sais maintenant ?

Isaac remonta d'un geste sec les lunettes de fer qui avaient glissé sur l'arête de son nez. Il jeta un regard derrière lui.

— Nous parlerons de tout cela plus tard, dit-il d'un ton agacé. Pour l'heure, il n'y a pas de raison de s'affoler.

Renoir hocha la tête gravement et, sans insister, il préféra rejoindre le groupe de ceux qui entouraient encore le père d'Amélie.

Isaac avait rejoint sa voiture. Il y grimpa en frissonnant. Ce n'était pas un loup, de cela, il était sûr. Mais pouvait-on pour autant établir un lien entre la mort de la petite Pothier et le rendez-vous qu'ils s'étaient fixé ? Si cela avait été encore possible, sans doute aurait-il pris en effet la décision de reporter.

— Monsieur, dit une voix derrière le chirurgien au moment où celui-ci saisissait les rênes, me ferez-vous l'amitié de me conduire jusqu'à l'hôpital ?

Il reconnut M. de Lautaret, le nouveau procureur de Seyne. Il se tenait un peu en retrait, le chapeau à la main, dans une pose travaillée qui flattait sa silhouette longue et fine.

C'était un homme d'une trentaine d'années, l'œil pointu, avide de connaître, dont la taille divine, le teint de lis, l'élégance appuyée tranchaient avec netteté sur l'austérité affichée par tous les notables de la haute Provence. Au premier abord, on pouvait le croire plus soucieux de la fraise de sa collerette ou des dentelles de ses manchettes que de la justice du Roi. Mais il suffisait de soutenir un instant son regard ou de se prêter quelque peu au feu de sa conversation, pour percer sous la toilette des qualités de chasseur qui ôtaient toute envie de devenir gibier.

— Votre amitié m'honore, dit le chirurgien avec un ton glacé. J'aurais été le plus heureux des hommes de vous rendre service. Mais je dois faire un détour par les Auches et Saint-Pierre.

— Je ne suis pas pressé.

Guillaume de Lautaret refusa la main qu'on lui tendait et d'un mouvement leste grimpa sur le siège. Isaac secoua les rênes et le mulet partit au petit trot sur la route caillouteuse. Des paysans qui menaient leurs bêtes à l'abreuvoir s'écartèrent pour les laisser passer. C'étaient des hommes durs, au cuir tanné, à la démarche lourde, dont les visages crevassés semblaient porter toutes les cicatrices de la terre. Ils avançaient dans un nuage de poussière que soulevaient les sabots des bœufs et des chevaux et qui enveloppait les êtres et les bêtes d'une même buée ambrée, les effaçait à demi, mélangeait les corps des uns et des autres, donnait à l'ensemble l'allure d'un troupeau de centaures.

— L'animal y est allé de bon cœur, dit le procureur en lissant sa moustache. Ce devait être un grand loup, un mâle de cinq à huit ans.

M. de Lautaret s'était coiffé de son chapeau de feutre gris garni de plumes et à les voir s'éloigner tous deux, on eût dit un coq de basse-cour escorté d'un pigeon. Il garda un moment le silence, le corps légèrement incliné en arrière, affectant une grande décontraction qu'accentuaient ses longues jambes. Puis, comme l'autre ne répondait pas, il reprit sur un ton sans passion, comme s'il s'était agi d'une chose banale :

— J'avais peur de m'ennuyer et voilà trois morts violentes en deux jours. J'ai de quoi m'occuper.

Les nuits blanches du Chat botté

— Trois ? s'étonna Isaac en remontant nerveusement sa calotte sur la tête.

— Mais oui, dit le procureur affectant de compter sur ses doigts, la petite Pothier,... et les époux Colin.

Le chirurgien regarda droit devant lui pour masquer son trouble. Trois morts, cela devenait grave. Un vent frais courait sur la vallée, glissait dans le feuillage des arbres, y jouait une musique angoissante et répétitive que le sabot du mulet tentait vainement de hacher.

— Je ne savais pas. Quand est-ce arrivé ?

— Cette nuit. J'ai été averti pendant l'office de la petite Pothier. C'est votre confrère Joseph Remusat qui a constaté le décès. On les a retrouvés tous les deux, les pauvres vieux, serrés l'un contre l'autre dans un fossé. Vous les connaissiez ?

Isaac s'était promis de ne pas se laisser prendre aux rets subtils du procureur. Mais il ne pouvait cacher ce que l'autre feignait peut-être seulement d'ignorer.

— J'ai soigné l'homme quelquefois avant qu'il ne s'installe près des lacs.

Guillaume de Lautaret ferma les yeux et huma l'air à pleins poumons. Cela sentait l'automne, la terre humide, l'écorce des arbres, un mélange indéfinissable de splendeur et de pourriture. Il arborait ce demi-sourire qui, il le savait, avait le don d'énerver. C'était là une arme redoutable.

— Vous ne vous arrêtez pas ? demanda-t-il en constatant qu'ils laissaient les maisons derrière eux.

— Ce n'était pas urgent. J'irai plus tard.

Sur les bas-côtés de la route, des hommes faméliques nettoyaient à la faux des herbes sauvages, hautes et drues comme du blé, et ils peinaient, crachaient dans leurs mains, donnaient toutes leurs forces aux sapes qui criaient dans un bruit métallique. L'herbe tombait avec un long déchirement d'étoffe. Au passage de la carriole, quelques-uns s'arrêtèrent et ôtèrent leurs bonnets pour saluer le médecin.

— Tout le monde vous aime bien, dit le procureur. C'est à peine s'ils me connaissent. Saviez-vous que Colin avait travaillé pour d'autres familles de votre communauté du quartier Saint-Pierre ?

— Nous ne sommes pas une communauté.

Ils arrivaient devant Seyne. C'était une belle ville de deux mille âmes, déposée au midi sur le penchant d'une colline qui dominait la rivière de la Blanche. Elle se donnait encore des airs de grande dame avec la couronne de sa citadelle que la menace des troupes du duc de Savoie avait conduit Vauban à rehausser de nouvelles défenses, avec son église à rosace, son hôpital, ses couvents de trinitaires et de dominicains. Mais après six longues années de guerre, ruinée, fatiguée, outragée tant de fois par la soldatesque, elle était devenue une beauté fanée, lascive, un peu trop maquillée, avec des langueurs de fille. Elle s'abandonnait, ouverte à tous les vents, dans le corset délacé de ses remparts, semblait à jamais résignée au défilé des armées ennemies, aux vagues de la transhumance, aux viols toujours renouvelés d'hivers de tempêtes de neige et de printemps d'orages.

Ils franchirent la porte de Provence, avec son arc ogival et ses mâchicoulis, et prirent la rue Basse qui, à cette heure, était encombrée de voitures à bras et de charrettes qu'on déchargeait. Dans les caniveaux, des enfants à demi nus tendaient la main pour demander l'aumône.

— Excusez-moi, dit M. de Lautaret, je ne voulais pas vous vexer, mais vous autres du quartier Saint-Pierre, vous paraissez si proches les uns des autres...

Isaac blêmit. Cet homme-là était redoutable, plus dangereux pour ses amis et lui que l'archevêque, le gouverneur et les dragons de Catinat. Peut-être devraient-ils se méfier davantage.

— Vous ne me vexez pas. Où dois-je vous déposer ?

III

Guillaume de Lautaret s'engouffra sous les voûtes de l'hôpital. Il traversa les couloirs encombrés de pauvres et d'indigents, de vieillards qui venaient y attendre la mort. Cimetières, hôpitaux, couvents, M. de Lautaret aimait ces endroits où pouvaient s'éclore sans retenue le tragique des vies humaines, le désarroi d'existences vouées à la souffrance. L'homme s'y trouve grandi, disait-il, plus proche de Dieu. Le froid de la pierre y impose un peu de sa brutale beauté, de sa souveraine discipline. Il aimait y cueillir des grâces inattendues, des jambes de mendiantes belles sous le haillon, l'éclat vibrant du sein d'une pauvresse, dépoitraillée, offrant son lait à son enfant. Il traquait dans l'œil des vieillards des éclats de rage ou de révolte. Il guettait les religieuses aux robes longues bruissant sur les marches et dont il surprenait parfois, à l'ombre de leurs coiffes, le sourire luisant de servante.

Quand on lui avait offert cette charge de procureur de Seyne, il avait cru que sa bonne étoile l'abandonnait. Mais pouvait-il refuser alors que les Lautaret étaient originaires de la vallée ? Il était issu d'une famille de moyenne noblesse qui avait longtemps tiré fierté d'une longue lignée d'ancêtres sans fortune, toujours prêts à prendre la route et l'épée, officiers balafrés, troupiers d'avant l'uniforme, habits râpés, bottes tombantes, feutres en bataille et plumets dépenaillés, une file de capitans crasseux, de loups maigres, batailleurs et orgueilleux. Mais le père de Guillaume avait épousé la fille d'un intendant de Grenoble et les écus, comme il le disait lui-même, étaient venus pervertir la race. Guillaume avait fréquenté les salons et les tables de jeux. À vingt ans, il était cynique, élégant, coureur, insolent. Il dansait divinement le menuet, était de tous les ballets, de toutes les comédies, des carrousels, des mascarades, savait perdre en bâillant des sommes folles, tirait l'épée pour un oui, pour un non. Il s'agissait d'attendre, sans trop s'ennuyer, le régiment ou le bénéfice qui lui était promis. On lui offrit la justice du Roi. Une charge, à Grenoble, une sinécure. Il assista de loin aux premiers procès. Intrigué d'abord, fasciné bientôt, il explora comme un continent nouveau le monde du crime et du vice, des cachots et des tribunaux. L'époque était encore aux accusations de sorcellerie, aux aveux sous la torture, aux flammes rédemptrices des bûchers. Mais la quête de la vérité devenait l'exigence première. Dieu et le Roi réclamaient que justice soit faite. Guillaume fut vite convaincu qu'il n'y avait pas, sur cette terre, plaisir plus fort que de chercher justice, que de fouiller la boue pour découvrir de l'or, que de plonger au milieu des ténèbres pour y faire jaillir la lumière.

Un loup, étrange loup, dressé sur son chemin, le meurtre des Colin qui lui tendait la main : les choses ne se présentaient pas si mal. Il pressa le pas jusqu'à la salle en sous-sol où il avait demandé qu'on exposât les corps. Les arquebusiers s'effacèrent et il poussa à deux mains les battants de la porte. Des conversations s'arrêtèrent sur l'instant. Il y avait là, outre les factionnaires, le premier consul de la ville, le recteur des pénitents blancs, M. de Cozon, gouverneur en second de la citadelle, le chirurgien Remusat et un gros homme mal habillé qu'il ne connaissait pas. Trop de monde, pensa-t-il. Heureusement que le juge royal lui laissait les coudées franches.

— Monsieur le procureur, lui dit le recteur, permettez-moi de m'étonner de l'emploi de tels procédés, je...

— Je sais, mon père, les corps vous appartiennent, pourtant la justice du Roi a ses exigences...

Il le repoussa doucement mais avec fermeté. Ses ordres avaient été suivis. La pièce nue, sans fenêtre, était éclairée de grands flambeaux qui lançaient sur les murs des ombres

Les nuits blanches du Chat botté 35

gigantesques. En son milieu, sur une sorte d'autel, reposaient les deux époux, étroitement enlacés, dans la position même où on les avait découverts la veille au soir, dans le fossé du chemin qui menait de Saint-Pons au col Bas. Les corps étaient si gelés qu'ils avaient pu être conservés jusqu'à cette heure sans trop de difficultés, mais la puanteur ne tarderait pas à devenir insupportable.

M. de Lautaret fit un tour rapide de la table. L'homme et la femme se tenaient serrés l'un contre l'autre, les jambes recroquevillées, dans une étreinte émouvante qui perdurait au-delà de la mort. Ils dissimulaient leurs visages sous leurs bras, comme s'ils pleuraient, comme s'ils tentaient de se dissimuler aux regards.

— Vous êtes celui qui les a trouvés, n'est-ce pas ? dit le procureur en s'arrêtant au niveau de l'inconnu. Est-ce bien ainsi qu'ils étaient ?

L'homme ôta son bonnet de laine et bafouilla quelques mots inintelligibles où se mêlaient du patois et du français. Il avait un cou de lutteur, une tête rougeaude, des petits yeux fuyants. Il finit son discours par un mouvement du menton que le procureur interpréta comme un acquiescement.

M. de Lautaret avait exigé cette reconstitution. Il voulait savoir quelle était très exactement la position qu'avait choisi de donner aux corps celui qui avait commis ce double crime. Il fit un nouveau tour, plus lentement, et pour lui donner plus d'aise les autres s'écartèrent.

La lumière des flambeaux, tordue par les courants d'air, jouait dans l'usure des étoffes et le noueux des os. La main de l'homme, à peine effleurée par le doré des flammes, semblait attachée à l'épaule de son épouse par le cheminement de la clarté. Ils étaient tous deux misérablement vêtus, lui d'une longue chemise de chanvre et de chausses en gros drap, et elle d'une robe trop petite, déchirée par endroits, qui remontait haut, découvrant deux jambes maigres gonflées de rotules saillantes. On apercevait aussi un peu de son ventre, dur, lumineux, qui flottait au milieu des lambeaux de l'étoffe. Les flambeaux, sans pudeur, jouaient sur sa peau mate.

— Monsieur le chirurgien, demanda le procureur sans cesser de tourner, quelles sont vos conclusions ?

Remusat, petit homme dodu, grassouillet, à perruque rousse et plate, chirurgien vieillissant que la clientèle fuyait au profit d'Isaac Scarole, n'avait pour lui que l'expérience née de tant d'années consacrées à la contemplation des morts. Il savait adopter, en pareilles circonstances, le ton neutre qui s'imposait.

— Le froid les a surpris, monsieur le procureur, ainsi que nous le pensâmes d'abord, mais il les a surpris alors qu'ils étaient morts. On les a étranglés.

Tous eurent alors la même pensée. L'homme Colin mesurait bien cinq pieds, il était tout en nerfs et en muscles secs, noueux, et avec cela une tête effrayante, une tête de mage de la Chaldée : le cheveu long et sale, un nez proéminent, un visage de métal froid couvert d'une barbe sèche : il fallait être une sacrée force de la nature pour terrasser un gaillard pareil.

M. de Lautaret s'approcha plus près des corps, souleva le bras raidi de l'homme pour mieux dévisager la femme. La trace du lacet lui avait laissé un collier sombre à la base du cou.

— Que faisaient-ils depuis que l'homme avait quitté la ville ? demanda-t-il à la cantonade.

— Colin était resté employé de la communauté de Seyne, dit le premier consul avec une voix traînante.

Il n'aimait pas ce nouveau procureur, ganté, brossé, reluisant, avec son chapeau un peu incliné, ses façons de vous prendre de haut. Il avait peine à croire que ce fût là un descendant de la vieille famille des Lautaret.

— C'était le berger de la Grande Montagne, désigné et appointé par le conseil, chargé d'entretenir les chemins, surtout le pas de Chabrière. Avant la guerre, au temps des transhumances, c'était lui qui devait rassembler les troupeaux, les mener vers les grands herbages. Un matin, il passait avec sa trompe pour rameuter les bêtes. Et on ne le voyait plus jusqu'au jour de la foire de Saint-Matthieu où il devait ramener à Seyne tout le bétail pour le rendre à ses propriétaires.

— Et elle ?

— Oh ! fit le premier consul avec un geste évasif, elle, on n'a jamais bien su. C'était une étrangère, une Piémontaise, abandonnée ici au gré des sacs et des ressacs de l'armée du duc de Savoie. Ils vivaient tous les deux près du lac Bleu. Elle ne descendait jamais, sinon deux fois l'an, à Pâques et à Noël, pour se confesser.

— Et la clef ?

C'était une petite clef en cuivre que l'on avait trouvée pendue à une cordelette autour de son cou.

— Rien, dit le sergent. On ne sait rien.

M. de Lautaret s'approcha davantage encore de la dame Colin. La femme avait les yeux reculés par du bistre, comme terrés au fond de ses orbites, mais c'était malgré cela un beau masque mortuaire que la flamme sculptait, dessinant à sa guise les contours du visage, les pleins et les déliés des joues, les creux du front. Les doigts du procureur coururent sur la peau mate du cadavre, s'insinuèrent dans l'échancrure de la robe, glissèrent au creux des mamelles sèches, fanées. D'un geste sec, il arracha la cordelette et mit la clef dans sa poche. Personne ne trouva rien à y redire.

Guillaume reprit son tour avec obstination. Il allait comme un cheval de manège, d'une démarche traînante mais noble, attentif à lire quelque signe dans le jeu d'ombres et d'angles des flambeaux, cherchant à s'engouffrer dans les failles que la lumière voudrait bien lui ouvrir. Ses mains longues et fines se croisaient sur sa poitrine, sa moustache vibrait. Et plus il tournait, plus il était fasciné par la beauté du spectacle, par le tumulte des os saillants, par l'élégance marmoréenne des visages, par le jeu des lumières qui laissaient sur les chairs déconfites comme une poussière de perle et de turquoise.

Puis les doigts blancs revinrent vers le visage, caressèrent le nez, la commissure des lèvres.

— Elle perd ses dents, dit-il, intrigué.

D'un geste nerveux il ouvrit en grand la bouche de la femme. Du pouce et de l'index, il retira un, deux, puis trois petits cubes aux arêtes inégales, d'un blanc sale. Il tira un mouchoir en dentelle de sa poche, les essuya méticuleusement puis les confronta à la flamme des flambeaux. Il en porta un à sa bouche et mordit dedans.

— Des cailloux, dit-il, des petits cailloux blancs.

Ils en trouvèrent également dans la bouche de l'homme, six au total. D'autres étaient peut-être tombés pendant le transport des corps. Il les examina : ils étaient de calibre presque identique, des graviers de rivière sans doute et, maintenant qu'ils étaient frottés, d'une blancheur surprenante.

Le recteur toussa légèrement. Les dépouilles mortelles devaient être remises à la confrérie des pénitents blancs dont la mission était de rendre les devoirs de la sépulture aux indigents. Guillaume sembla s'ébrouer comme d'un mauvais rêve. Il se tourna vers le lieutenant de police.

— Demain matin, dit-il, je veux trois hommes. Vous m'accompagnerez. Nous irons explorer l'habitation de ces gens.

Il sortit de la pièce à grandes enjambées, franchit les couloirs, sortit dans la rue. Il avait besoin de soleil et d'air frais. L'horloge de la ville sonnait midi. Il eut dans les narines une odeur de bœuf en daube qui lui donna envie de vomir. Un mouvement de foule attira son attention. On commentait l'enterrement d'Amélie Pothier. Certains réclamaient déjà une battue contre le loup.

Machinalement, il fit sauter les cailloux blancs au creux de sa main.

CHAPITRE III

I

Le lieutenant de police vint chercher M. de Lautaret à l'aube, avec une petite troupe de six archers. Ils prirent aussitôt la route vers Pompierry. Une brume bleue s'épaississait au loin, semblait comme un filet, toujours suspendu et tremblant sur la plaine. Au bord des prairies et des terres ensemencées, où nombreux étaient les hommes déjà dans les champs à cette époque où il fallait semer le blé, le seigle et l'avoine, de grands amas de pierres rappelaient sans cesse les anciens défrichements. Ici, le sol n'avait été rendu fertile qu'au prix d'efforts longs et persévérants.

Quand ils quittèrent la vallée pour s'enfoncer à travers les chemins des bois, Guillaume se sentit revivre. Il se tenait droit sur sa selle, son chapeau à plumes à la main, la bouche ouverte.

— Il faut toujours songer à s'élever, disait-il au lieutenant. La vérité est comme le Seigneur, elle aime les hauteurs, la pureté des cimes.

Et ce fut avec un contentement de chaque instant qu'il franchit les bois de Pompierry, puisant dans ces forêts hallucinantes, humides de fraîcheur, craquantes de sève, dont

Les nuits blanches du Chat botté 41

le feuillage épais grouillait d'oiseaux, une force qu'il sentait sans limites.

Et puis, les arbres s'écartèrent et il fallut bien s'accommoder du nouveau paysage. Entre le col Bas et Dormihous, le lac Noir, le lac du Milieu et le lac Bleu s'étendaient dans les dépressions d'un terrain imperméable. Plus loin était le lac de l'Éouva, simple marécage qui se desséchait pendant les chaleurs d'été.

La montagne était là, sauvage, grondante, prête à mordre. Sous des rochers d'un gris d'ardoise qui se haussaient jusqu'aux sommets s'ouvraient des crevasses profondes, des abîmes sans fond. Des blocs qu'on aurait dit à peine attachés à la crête menaçaient depuis la nuit des temps de s'écrouler ou alors, tombés des cimes, s'étaient arrêtés à mi-côte, sur des bandes de terre ou sur le bord des lacs.

Sur ces hauteurs régnait un silence terrible et minéral, ennemi de toute gaieté. C'était à peine si les sabots des chevaux faisaient trembler le sol et rouler les pierres. Le vent soufflait sans un bruit, sans un dérangement, mais avec une insistance étrange, comme le regard appuyé d'un Dieu inquisiteur au jour du Jugement dernier.

— Il y a un mois encore, dit le lieutenant, vous auriez croisé ici quelques troupeaux ou des habitants des pays voisins qui aiment y venir chasser le petit gibier.

Un des archers prétendit y avoir pris des faisans et des perdrix blanches. Le lieutenant acquiesça : et des marmottes aussi, des lièvres blancs et même, avec un peu de chance, des chamois.

Guillaume frissonnait sur sa bête. Il y eut dans le lointain, de l'autre côté des versants, portés par l'écho des vallées et l'entonnoir des cols, le bêlement d'un troupeau et les aboiements espacés d'un chien. Mais c'étaient des bruits si minuscules, si dérisoires, qu'ils semblaient n'avoir d'autre but que de souligner davantage encore le silence.

Ils longèrent le lac du Milieu, au bord duquel de grands

blocs de pierre se dressaient tels des piliers de cathédrale et se doublaient dans l'eau. Puis les chevaux s'engagèrent sur des sentiers battus par le vent, nivelés par la poussière en mouvement. Ils s'enfoncèrent entre des mamelons pelés, pleins d'ombres dans les creux, jusqu'au milieu d'un plateau nu comme la main où le froid coulait avec méchanceté.

Du linge pendu à un fil bégayait dans le vent. Derrière, minuscule, ils virent la maison des Colin. C'était presque une ruine, avec un toit de chaume pourri, des trous dans les murs bouchés par de la paille et des cailloux, une unique fenêtre, sans vitre ni papier huilé, où de simples chiffons cachaient à demi la lumière.

Quand ils poussèrent la porte, une odeur de laine et de fumier de chèvres leur sauta à la gorge. Le sol en terre battue avait des trous si profonds que l'un des archers faillit se tordre la cheville. La pièce était grande et presque vide : une cheminée, deux chaises, un coffre à gros clous, quelques outils. Un lit de genêts tenait lieu de sommier. Dans une soupente, ils trouvèrent un métier à tricoter des bas, un vieux baquet, un pot de grès cassé.

M. de Lautaret était gelé. Le sergent trouva assez de petit bois, et même une souche de pin, pour allumer un feu.

— Cherchez partout, dit le procureur à ses archers. Fouillez, retournez la paille, descellez une à une les pierres de ce taudis s'il le faut mais je veux quelque chose.

Mon Dieu, pensa-t-il, qui pouvait bien en vouloir à ces gens ?

Un soldat s'acharnait sur la litière ; un autre creusait la terre battue aux endroits où elle paraissait la plus meuble ; un autre explorait l'âtre de la cheminée.

— Monsieur, lui dit le lieutenant. Quelqu'un est passé avant nous, il y a très peu de temps, quelqu'un qui a tenté d'effacer ses traces. Mais on a trouvé des empreintes de bottes identiques près du coffre, dans la soupente et même derrière la maison.

— C'était peut-être Colin ?

— Alors, c'est qu'il a ressuscité, dit le lieutenant sans sourire, car les traces sont très fraîches. Le vent n'a même pas eu le temps d'emporter celles du chemin. Et puis les gens d'ici portent des sabots.

Le soldat près de la cheminée poussa un petit cri de triomphe et s'arc-bouta pour arracher une grosse pierre qui n'était pas scellée. Puis, enfouissant le bras dans la cachette ainsi mise à nu, il en sortit un coffre de petite taille. Il le brandit comme un trophée.

— Voilà peut-être ce qu'on cherchait, dit Guillaume.

La cassette était fermée avec une mauvaise ferrure. Il tenta de la faire sauter avec la pointe de son poignard avant de songer à la clef qu'il avait dans sa poche. Elle correspondait bien.

Le coffret ne contenait que quatre objets : une bible dont la couverture était très abîmée, un crucifix de bois, une toupie taillée dans l'olivier et une petite poupée de chiffon.

— Ils avaient donc des enfants ? demanda le procureur.

Le lieutenant eut un geste d'impuissance.

— La femme ne descendait presque jamais, monsieur, et lui ne confiait...

Ses paroles furent couvertes par des cris stridents qui venaient du dehors. Ils sortirent pour découvrir que deux archers tenaient solidement une femme en lui tordant les bras. Un troisième paraissait blessé, mordu sauvagement à la main.

— Elle était cachée là-bas, dit l'un des soldats en désignant un amas de rochers. C'est son bracelet qui l'a trahie. Le soleil tapait en plein dessus.

C'était une jeune femme à la peau mate, aux yeux brillants, aux pommettes saillantes. Elle portait sous un fichu de longs cheveux noirs et nattés, sur les épaules un châle en laine sale, et par-dessous une robe épaisse couleur de sable, émaillée de reprises et de coutures. L'un des hommes portait le sac qu'il lui avait arraché.

— Je la connais, dit le lieutenant avec un froncement de sourcils. C'est la Naïsse. On l'aura dérangée alors qu'elle tentait de voler quelque chose.

— Mensonge, dit la fille en se frottant les poignets.

Guillaume fut frappé par son regard, intense, brûlant, qui venait vous fouiller jusqu'au fond de l'âme. La couleur de ses yeux n'était pas banale, d'un châtain luisant, doré, tirant vers le jaune, comme la croûte d'un pâté.

— Et que faisais-tu alors ?

Elle eut un sourire féroce, un mouvement arrogant du menton. Elle fit glisser le châle de ses épaules mais ne répondit pas. Guillaume se demanda s'il la trouvait belle. Le jour baissait. Des oiseaux voletaient au ras de la mare. Derrière elle, le ciel avait pris une importance considérable, noyant, sous une lumière de cendres, la ligne des montagnes toujours prête à s'évaporer. Belle non, pensa-t-il, mais désirable.

— Que faisais-tu ? répéta-t-il avec plus de brutalité.

— Je faisais mon marché.

Elle avait une voix d'une étrange résonance, rocailleuse et souterraine, sans le moindre accent, même léger, comme ont les gens d'ici.

— C'est une sage-dame, dit le sergent. Elle connaît le secret des plantes.

Guillaume fit signe à un archer de vider le sac. Il contenait des grives. Elle expliqua qu'elle les avait chassées à la lecque, pierre plate tenue par quatre bâtonnets en équilibre instable. Les grives, attirées par des grains de genièvre, bousculaient les bâtons et restaient prisonnières sous la pierre rabattue. Il y avait aussi des herbes que l'homme déposa une à une devant le perron de la porte.

— Du thym et de la valériane, commenta la jeune femme en défaisant le fichu qui emprisonnait ses nattes, filles de

Vénus, de la fougère pour se protéger de l'enfantement, du tilleul pour dormir, de la verveine contre la constipation.

— Tu les connaissais ? demanda le procureur en désignant la baraque.

— Pas trop.

— Ils vivaient seuls ?

— Je ne sais pas.

Deux ou trois coups de vent claquèrent sur les plateaux et soulevèrent au loin des paquets de poussière que l'on vit tournoyer dans une écharpe de lumière. Elle avait dans le ton une insolence insupportable et ne cessait de le détailler, de le peser et de le soupeser.

— Sais-tu qu'ils ont été retrouvés morts ?

Il y eut dans son regard une irruption soudaine puis les yeux d'or, bordés de rides, se glacèrent de nouveau.

— Dieu sait ce qu'il a à faire. Ils étaient très pauvres, un peu sauvages. Je leur portais parfois un lièvre quand j'en attrapais un.

— Les enfants devaient se régaler ?

— Pour sûr, ça faisait plaisir à voir.

La fille ne bougea pas ; elle avait répondu sur le même ton d'arrogance et de défi. Mais elle se rendait compte du piège qu'il lui avait tendu. Le soleil était presque avalé par les montagnes. L'ombre du jour avait le tranchant d'une lame. Elle coupait de biais les reliefs, laissait dans le jour couchant les roches et les herbes luire une dernière fois, comme lustrées d'ambre ou baignées d'huile, et puis les fauchait dans le silence.

— Emmenez-la, dit-il, je veux la questionner.

II

C'était toujours le même frisson, la même excitation. Le plus souvent, il suffisait d'expliquer dans le détail le raffinement du supplice des brodequins – les jambes enfermées et comprimées entre de fortes planches de chêne sur lesquelles on enfonçait à coups de maillet quatre coins pour la question ordinaire, huit pour la question extraordinaire – et la langue se déliait, la mémoire redevenait vive comme l'eau du torrent.

À Grenoble, il avait connu un nommé Graindorge, affecté à temps plein aux interrogatoires, qui avait un vrai don du ciel pour obtenir des plus rêches canailles de surprenantes confessions. L'homme était appliqué, professionnel jusqu'au bout des doigts. Il était sans haine, jouait sans passion de ses terribles instruments. Cependant il avait voué sa vie à la quête de l'endroit magique, du point sensible où la douleur fait chanceler l'âme et livre son chemin à de virginales réponses. Il introduisait le fer, versait l'eau, actionnait la tenaille et la vérité tremblait, vibrait, hésitait, s'affaissait, montait ou descendait comme la mer. Mais Graindorge détestait questionner les femmes. Il exigeait qu'elles apparussent devant lui voilées comme des Sarrasines, afin qu'il ne pût même deviner leur regard.

C'était à cela que pensait Guillaume de Lautaret face à la Naïsse. Ils étaient seuls. Les archers attendaient dans la pièce à côté. C'était une belle garce, une fille qui depuis longtemps n'avait plus peur des hommes. Un peu catin, un peu guérisseuse, elle vivait en marge de la ville, de ses charmes et de ses talents. Sans doute n'avait-elle pas eu d'autre tort que d'être jeune, belle, intelligente et affamée à une époque où le pays était traversé de soldats. Mais maintenant le mal était fait. Au début, elle les avait insultés, avait demandé à voir le premier consul, le vicaire, le gouverneur et même le juge royal. Mais là, confrontée à la seule présence du jeune procureur, elle reprenait de l'assurance. Ses yeux, ses sourires dansaient. Le vice flambe en elle, pensa Guillaume, et cela le fascinait.

— Quelqu'un est venu avant nous fouiller la baraque. L'as-tu vu ?

— Non, dit-elle en cambrant les reins.

— Que sont devenus les enfants Colin ?

— Détache-moi et je te le dirai.

Il s'approcha d'elle. Son corsage fortement échancré laissait voir deux seins fermes au teint mat que l'on avait sur l'instant envie de faire jaillir de la robe, ce qui ne semblait guère demander d'effort tant leur éclosion était proche, inévitable, retenue par quelque miracle du tissu. Un peu de sueur perlait sur sa peau et lui donnait un velouté brillant qui sentait l'écurie, la paille fraîche. Elle rit à pleines dents, le menton dressé vers lui, dans les yeux un fond inépuisable d'audaces et de défis. Le feu de la forge jetait sur elle des poignées de pièces d'or. On lui avait défait les cheveux. Sans même ôter son gant, il lui caressa la nuque.

— Si tu veux toucher, dit-elle, il faut payer.

Il lui sourit. Elle dégageait une odeur forte de sous-bois. L'une des filles jugées à Grenoble, se rappela-t-il, aimait s'enduire d'huile magique pour affoler les mâles. Il voulut toucher de nouveau et elle fit mine de le gifler. Il arrêta son geste en la saisissant par le poignet, en lui tordant le bras dans le dos. Pour échapper à la douleur, elle se contorsionna d'un demi-tour et lui présenta sa croupe, sa chevelure envoûtante qui sentait la résine de sapin. De tout son poids, il l'obligea à se coucher la face sur la table. Cette fois, les seins jaillirent et s'écrasèrent sur la sciure. Elle avait mal mais elle ne cessait de rire parce qu'elle savait déjà qu'il était maintenant en son pouvoir et qu'elle pourrait le guider là où elle le voulait. Elle poussa sur ses jambes, remonta la croupe qu'elle offrit au contact de son bas-ventre. Elle écarta un peu les jambes. Il sentit ses fesses rondes, charnues, son cul de pouliche qui ondulait sous lui.

— Je te plais, dit-elle. Je le sais. Détache-moi !

Grand Dieu, que pouvait-il faire ? De sa main droite, il continuait à lui tordre le bras avec la volonté de lui faire mal. Et de l'autre, il lui souleva la robe, chercha le contact de sa chair. C'était à la fois humide et frais, ferme au toucher mais élastique tout de même. Elle ne se dérobait pas. Ses doigts remontèrent le long des cuisses, offertes, frémissantes, pour découvrir, au bout d'une longue caresse, des fesses admirables, cuivrées, luisantes, avec des hanches larges et chaudes comme des soupières fumantes. Il s'écarta un peu pour mieux les admirer. Elle avait réussi à tourner sa face de côté et il vit son œil rond, insolent, son sourire – toujours le même – qui le narguait.

— Je pourrais abuser de toi, dit-il sans émotion.

— Je pourrais te faire jouir comme jamais ! répliqua-t-elle en le défiant.

Ses cheveux flottaient sur ses épaules. Des gouttes perlaient sur ses tempes et son cou. Je te crois, pensa-t-il, tu prendrais grand plaisir à sentir le procureur soumis à tes caresses. Ses fesses, fendues d'un duvet noir légèrement crêpelé et comme perlé d'une fine rosée, brillaient d'une couleur de cuivre. Alors, il vint de nouveau s'amarrer à elle. Et toujours lui tordant le poignet, il buta à petits coups sur sa croupe, en un mouvement régulier, comme une barque tirant sa corde. Elle sentait sous le pantalon sa virilité triomphante et cherchant à travers le tissu un contact qu'il feignait de ne pas vouloir.

— Crois-tu que tu pourras m'échapper ? demanda-t-elle.

— C'est toi qui es prisonnière.

Elle éclata d'un rire cinglant, méprisant, qui donnait envie de la faire souffrir. Il suffit à la fille de se tortiller davantage, de s'affaler un peu plus sur la table, de bomber davantage les fesses et de s'ouvrir encore plus loin, pour que l'homme ne puisse résister. Il lui lâcha enfin le poignet et elle en profita pour s'aplatir tout à fait, les bras en croix ; il se débraguetta. Il introduisit son sexe en elle, un sexe long, dur, d'une tiédeur qui l'intrigua. Il lui saisit les hanches à pleines mains et commença à aller et venir, d'abord tout doucement puis à un rythme plus soutenu.

— Huit enfants, dit-elle. Les Colin ont eu huit enfants, dont deux morts en bas âge. Le reste élevé comme des petits lapins, dans la paille et le crottin.

Un troisième n'avait pas résisté aux premiers froids de l'année précédente et à la famine qui s'en était suivie. Les cinq autres avaient été abandonnés, en pleine forêt, offerts en sacrifice aux grands vents qui balayaient le pays des lacs. C'était cela ou se résigner à les voir crever sous leurs yeux.

— Pourquoi me dis-tu cela maintenant ? demanda-t-il le souffle court.

— Pour te guider.

Il réalisa qu'il était prisonnier de la voix rocailleuse de la femme, de la musique de ses phrases. Il la besognait à la cadence de ses mots, selon le rythme qu'elle lui imposait. Elle sentait sur la chair nue de ses cuisses le contact frais de l'épée qui revenait à intervalles réguliers et sur le haut de ses fesses, le fer blessant de la boucle de sa ceinture. À chaque mouvement, il venait buter contre ses cuisses et la soulevait légèrement. Ils ne parlaient plus, ne criaient pas, refusaient l'un et l'autre d'admettre leur plaisir et de l'avouer à leur partenaire. Sur la fin, il se coucha davantage sur elle, chercha de l'une de ses mains à lui saisir les seins et il les malaxa tandis que son bassin prenait un rythme de piston. Enfin, il s'enfonça si loin en elle qu'elle laissa échapper un petit cri brusque et perçant.

— Sorcière, finit-il par lâcher dans un râle.

III

Quand Delphine pénétra dans la bibliothèque du château, elle se trouva nez à nez avec le chevalier de Beuldy.

Elle venait souvent dans cette grande pièce, haute de plafond, dont une façade donnait sur le jardin. Le papier s'y endormait sous la poussière dansant dans les rais de lumière qui tombaient des fenêtres. Elle passait des heures à choisir des livres, soutachés d'or, teintés de bleu, ornés de palmes qui se croisaient avec des rubans verts ou roses pour marquer les pages. Elle lisait au hasard, à la recherche d'elle ne savait quoi, *L'Imitation de Jésus-Christ*, *Les Méditations de sainte Thérèse*, *L'Éducation des filles* de Fénelon, ou les œuvres de saint Jean Climaque.

La première fois qu'elle avait croisé le chevalier, il l'avait gravement saluée, l'avait félicitée pour sa passion de la lecture mais lui avait dit de se méfier des livres. Et puis, il avait regardé l'ouvrage qu'elle tenait dans ses mains, *L'Introduction à la vie dévote*, et il avait désapprouvé d'un mouvement de tête.

— Cela ne convient pas, voyons, à une jeune fille de votre âge !

Alors, le vieux monsieur s'en était allé faire le funambule, tout en haut de l'échelle mobile, jusqu'aux derniers étages de la bibliothèque. Elle avait vu monter ses mollets maigres de poulet serrés dans des bas bleus, ses petits souliers à agrafes d'argent, et il en était revenu, toussant dans un nuage de poussière, ses habits maculés de toiles d'araignées et serrant contre lui la pile branlante des cinq tomes de *L'Astrée*.

— Dans le monde d'où je viens, avait-il dit en désignant le haut de l'échelle, les philosophes doivent doctement disserter sur la question controversée de l'existence du plumeau.

Et il s'était mis à rire tout seul, d'un rire de poulie qui grince, l'avait de nouveau saluée, puis s'en était allé, trottinant comme un canard, deux gros ouvrages sous le bras. Elle l'avait suivi jusque dans l'escalier, où son poids dérisoire ne faisait pas craquer les marches. Elle avait entendu : « l'existence du plumeau... excellent ! », suivi de nouveau de son rire.

Depuis, chaque fois qu'ils se croisaient, elle le saluait en s'appliquant, de sa plus jolie révérence – les deux mains sur la robe, le pied tiré vers l'arrière, une légère flexion du genou –, et lui, il répondait avec la même emphase, le corps cassé en deux, le chapeau tendu au bout du bras et la plume du faisan décrivant des ronds dans l'air. Mais ce jour-là, à sa grande surprise, il ne pensa même pas à se décoiffer.

— C'est vous ? dit-il en rougissant.

D'un geste rapide, il replaça l'ouvrage qu'il tenait à la main dans le rayon où il l'avait ôté. Il eut un petit rire gêné et s'éloigna en se dandinant vers la sortie. Au moment de disparaître, il eut comme un scrupule et revint sur ses pas. Il ôta son chapeau et lui fit faire, dans l'air, une double pirouette.

— À propos, dit-il, je me suis permis de récupérer les exemplaires du *Mercure de France* que je vous avais prêtés l'année dernière.

Elle lui envoya sa plus jolie révérence. Lorsqu'elle se fut assurée de son départ, elle revint près de la bibliothèque et ne put s'empêcher de rechercher l'ouvrage dont la lecture avait tant troublé le vieil homme. Mais les couvertures reliées aux armes de Montclar se ressemblaient trop. Était-ce volume-ci qu'il avait reposé : *Dialogue sur les deux systèmes du monde* (1632) du philosophe Galileo Galilée ? Celui-là : *Parallèles des Anciens et des Modernes* (1697) de l'académicien Charles Perrault ? Ou celui-là : *Anatomie de l'homme suivant la circulation du sang et les nouvelles découvertes* (1690) du chirurgien Pierre Dionis ? Ce dernier titre l'intrigua. Elle feuilleta rapidement l'ouvrage, le referma, l'ouvrit brusquement à la coupure naturelle du livre en espérant qu'il lui révélerait le passage que venait de parcourir le chevalier. En petits caractères, sur deux paragraphes, étaient décrites les plaies qui, à la nuque, au cou, sur le ventre, conduisent inévitablement, par l'abondance de la perte de sang qu'elles induisent, l'homme blessé jusqu'au trépas.

IV

Guillaume lui avait rendu la liberté. Peut-être la Naïsse n'avait-elle pas tout dit, mais il ne pouvait prendre le risque de cette tentation à portée de main. Et puis les gens d'armes l'avaient regardé d'un œil moqueur au sortir de l'interrogatoire.

Il fallait revenir à l'enquête. Des gens apparemment sans importance avaient été retrouvés étranglés dans un ravin. Pourtant, l'affaire n'était pas banale, ne fût-ce que du fait de la présence des cailloux dans la bouche des victimes. Pour cette raison, le double crime ne pouvait pas avoir été commis par quelqu'un d'ici. C'était l'œuvre d'un étranger. Le lieutenant de police était du même avis que lui : aucun Seynois ou habitant des communes proches n'aurait eu l'idée d'une telle mise en scène. Du moins sans aide extérieure. Les gens de la Blanche, lui avait-il dit, sont des chrétiens usés jusqu'à la corde, las des guerres et de la famine, fatigués des persécutions, des brimades et des humiliations. Ils n'aspirent qu'à la paix.

Guillaume fit procéder à une enquête auprès des auberges et du relais de poste pour connaître l'identité de tous les étrangers ayant séjourné à Seyne ou à proximité au cours

Les nuits blanches du Chat botté 53

du dernier mois. Il s'informa par ailleurs de l'existence d'autres meurtres suspects dans la vallée qui auraient été commis dans une période récente.

— Rien à signaler, lui dit le lieutenant de police, si ce n'est bien sûr les attaques du loup.

Mais quel lien pouvait relier tout cela ? Il restait à exploiter ce que l'on savait déjà. La visite au lac Bleu n'avait rien résolu mais du moins permettait-elle d'avancer. Il envoya le lieutenant de police et quelques hommes fouiller du côté des lacs à la recherche de traces des enfants et du lieu d'origine des cailloux blancs retrouvés dans la bouche des Colin. Lui, il avait mieux à faire. Il commença par les archives.

Le greffier, un gros homme à moitié édenté, qui avait le tic de se gratter le crâne à la fin de chaque phrase, éleva le bec de sa plume entre son œil et la bougie.

— Colin ? L'ancien berger ? Ce sera vite fait. Tout a brûlé dans l'incendie de décembre 1685. Nos dossiers ont à peine quinze ans et, par ici, il ne se passe jamais rien.

Il déplaça une échelle, prit de gros volumes reliés en veau tacheté, grogna en constatant que les numéros avaient été intervertis.

— Il faudra, dit-il, que je gronde le chevalier de Beuldy, il a encore mis le désordre dans mon rangement.

— Le chevalier s'intéresse à l'histoire de Seyne ?

— Oh ! dit l'autre en riant, le chevalier s'intéresse à tant de choses !

Ils ne tardèrent pas à trouver. Tout était consigné : Colin avait quitté Seyne peu après le grand incendie qui, parti du quartier de Serre, s'était propagé dans tout le Masel, détruisant les trois quarts de la ville. Beaucoup avaient préféré ne pas reconstruire ; certains, comme les familles Scarole, Pothier, Renoir ou Metayer, s'étaient installés hors des murs, au quartier excentré de Saint-Pierre ; d'autres, comme

Colin, avaient regagné les montagnes. La guerre avec la Savoie avait contraint la plupart à revenir vers Seyne. Seul un noyau dur était resté à Saint-Pierre. Mais tout cela, le procureur le savait déjà. Ce qu'il ignorait en revanche, c'était que si le foyer avait été officiellement attribué à un certain Chabot, le grand-oncle de Baptiste, qui aurait mis le feu à la maison de sa belle-mère, il y avait eu à l'époque des témoignages pour accuser Colin. Le vieux Scarole, qui était alors l'un des trois consuls, était personnellement intervenu pour le disculper, de même qu'il avait plus tard pesé de tout son poids pour qu'on lui attribue la charge de berger de la Grande Montagne.

— Étiez-vous à Seyne lorsque l'incendie éclata ? demanda Guillaume au greffier qui rangeait soigneusement les volumes.

— Ce fut un beau brasier, monsieur le procureur, mes poils s'en hérissent encore. Cela sentait le roussi jusqu'à Grenoble. Tout brûlait : les maisons, les granges, les fourrages, un beau feu de la Saint-Jean ! Toute la ville s'était embrasée, jusqu'au toit du couvent de l'église Saint-Jacques et les flammes montaient si haut qu'elles léchaient les étoiles. Le diable souffla sur les braises pendant dix jours. Quand il se lassa, il ne restait debout que la rue de la Fabrerie.

Guillaume quitta les archives d'un pas pressé. Devant l'hôtel de ville, un arracheur de dents, la face tendue, fouillait avec d'énormes pinces la bouche d'un grand escogriffe qui hurlait et trépignait à la grande joie des commères et des enfants. Comme tous les mardis, c'était jour de marché. Mais il n'y avait dressés dans la rue principale que quelques maigres étalages. Avant la guerre, lui avait-on dit, à l'époque où l'industrie muletière était encore florissante, on venait même de Digne et de Barcelonnette. La cité était un important carrefour commercial. Peut-être la prospérité reviendrait-elle un jour.

Guillaume marchait le front soucieux, les mains jointes dans le dos, indifférent au ciel bas d'améthyste. Des cailloux blancs, pourquoi ? À la sacristie, le bedeau lui dit que le vicaire était allé confesser un malade du côté du Masel, mais qu'il pouvait attendre, qu'il ne tarderait pas.

Il tomba nez à nez avec le père Barthélemy à la sortie de la ville. L'œil noir du prêtre se posa sur lui, s'assombrit davantage.

— Avez-vous trouvé mon message, mon père ?
— Je ne suis pas, dit l'homme d'Église, un auxiliaire de votre police.
— Je vous en suis d'autant plus reconnaissant, dit M. de Lautaret en s'inclinant, et il frisa entre deux doigts les deux épis de sa moustache dorée. Avez-vous pu prendre connaissance de l'ouvrage ?
— Le lieutenant de police m'a dit que vous l'aviez trouvé chez Colin, l'ancien berger ?
— Dissimulé dans un mur.
— Il aurait dû y rester !

Ils marchèrent dans le brouillard qui montait des pâturages. Des corbeaux les observaient à la cime des arbres.

— Qu'en pensez-vous ?
— C'est une bible imprimée en Hollande, annotée en de nombreux endroits, portant parfois en marge des passages entiers des écrits de l'hérétique Jurieu.
— Je ne comprends pas.

Le père Barthélemy s'arrêta de marcher et le fixa de ses petits yeux ronds.

— C'est une bible huguenote, une bible de protestant.
— Colin était-il... ?
— Sa femme venait se confesser deux fois l'an. Puis-je vous donner un conseil, monsieur le procureur ?
— J'aurais préféré un renseignement...

— Il est des histoires qu'il ne faut pas remuer. Mes ouailles sont dans l'ensemble des braves gens mais ils restent une proie facile pour les démons. Chacun s'en coltine un, en cachette le plus souvent, un démon méchant et cruel qui ne le quitte pas d'un pouce et qui profite du moindre relâchement pour le houspiller et lui souffler son haleine chaude dans le cou. Ne le réveillez pas. Laissez-nous tranquilles.

CHAPITRE IV

I

Élisabeth Reynier embrassa maman et souffla sa chandelle. Elle se glissa sous les draps que la chaufferette n'avait tiédis qu'à moitié. Le sourire de sa mère brilla une dernière fois au seuil de la chambre et la porte se referma. Il n'y avait plus sur le parquet que les longues stries chantantes de la lune. Elle compta jusqu'à cent, une fois, puis une seconde fois. Un craquement et des chuchotements dans le couloir l'obligèrent à reprendre la litanie des chiffres une troisième fois.

Enfin, le silence lui parut d'une qualité raisonnable. Elle bondit sur ses pieds et courut à la fenêtre. Elle n'eut pas longtemps à attendre. À la lucarne de la grange, elle vit la lanterne briller. Un coup, deux coups. Plus rien. Attendre. Un coup, deux coups. C'était bien lui. Elle entrouvrit la croisée. Le vent respirait à travers les feuilles. Elle jeta son châle sur ses épaules et enjamba la fenêtre. La lune était belle et la nuit était emplie de traînées blanches qui plongeaient les champs dans une ombre lumineuse avec çà et là quelques rares trouées où s'engouffrait une lumière surnaturelle.

Il suffisait de poser le pied sur la corniche et d'atteindre l'échelle appuyée contre le lierre, puis de se laisser glisser jusqu'au sol. C'était tellement facile. Un jeu d'enfant, pensa-t-elle, mais l'expression la rendit un peu triste et elle la chassa de sa tête. Elle courut à travers la cour jusqu'à la charrette à bras à l'abri de laquelle elle reprit son souffle. Rien n'avait bougé. Le père n'était pas là. La mère devait veiller de l'autre côté de la ferme. Les valets dormaient dans l'autre bâtiment. Quant au vieux berger qui logeait dans la cabane, elle connaissait son sommeil terrible, la bouche ouverte, le teint pâle, un sommeil voisin de la mort.

Elle se glissa dans la grange. Elle tremblait d'excitation, avec des picotements sur tout le corps et les jambes qui chancelaient un peu.

— Es-tu là ? chuchota-t-elle.

Une main se plaqua sur sa bouche et une autre enlaça sa taille. C'étaient des mains chaudes et puissantes, douces et voluptueuses. Une bouche se posa sur sa nuque, et des dents, une langue. Elle n'avait sur elle que sa chemise de nuit et le châle qu'elle ne put retenir. Elle rit quand la main lâcha ses reins pour descendre au toucher de ses cuisses nues. Elle repoussa le garçon doucement pour cueillir son regard, son sourire, ce visage où elle se voyait si belle. Il lui murmura quelques mots qu'elle ne comprit pas. Elle résista un peu pour le plaisir de lire le désir dans ses yeux puis céda de nouveau à la force de ses mains, à ses doigts qui cherchaient son sexe et ses seins. Ils roulèrent ensemble dans la paille. Il la pétrissait à lui faire mal. C'était si bon. Au-dessus d'eux, à travers le toit de la grange, la nuit constellée plongeait vers des gouffres vertigineux.

II

Dès que Delphine fermait les yeux, Amélie lui apparaissait, drapée de rouge, sur le chemin de Pompiery, dansant sous les rayons de la lune. Sa silhouette brillait sur la plaine d'un rouge vif lumineux puis devenait plus sombre, presque pourpre, à l'orée des forêts où elle s'enfonçait sous les hautes branches. Et puis soudain, elle retrouvait un rouge de cœur qui bat et s'immobilisait au milieu d'une jolie clairière près d'un cours d'eau qu'on entendait chanter. Elle restait là, incandescente sous sa cape, dans une beauté de feu de forge, de jeune vierge jetée vivante dans un brasier, offerte à l'appétit cruel du grand loup qui s'avançait vers elle, à pas feutrés.

Delphine, cette nuit-là, lorsque la bête s'approcha, fit un geste pour la chasser. Alors le loup se retourna vers elle. Il avait une gueule magnifique, des dents de stalactites, une langue râpeuse, des petits yeux d'un jaune liquide.

Elle se dressa, livide, sur son lit, le front couvert de sueur. Le volet de sa fenêtre battait dans le vent. Mon Dieu, pensa-t-elle, ayez pitié de moi, délivrez-moi de ces images. Néanmoins elle sut dans l'instant que son vœu ne serait pas exaucé. Elle n'eut pas le courage de se recoucher. Elle enfila sa robe de chambre, alluma la chandelle et prit son livre. Mais la flamme, excitée par le courant d'air, lançait contre les murs des reflets grimaçants. Les pages de l'ouvrage s'ouvraient sur des abîmes. Le volet tapait dans sa tête. Elle se résolut à l'attacher.

L'air du dehors lui fouetta le sang. Un vent léger mais froid jetait des poignées d'aiguilles à son visage, emmêlait ses longs cheveux. Un nuage s'était pris dans les filets de la lune et restait là, tremblant de peur, à bout de forces, immobilisé contre le disque rond, résigné à une mort prochaine. Elle lui envoya un baiser et, comme par enchantement, il parvint à s'arracher et s'échappa vers les montagnes.

Ce fut alors qu'elle s'aperçut que la chapelle était éclairée. Le vitrail resplendissait dans la nuit, brillait de tous ses ors. L'abbé Jorisse aura veillé, pensa-t-elle. Et il lui vint soudain l'envie de la présence du saint homme, de la protection de son immense carcasse, de la chaleur de ses rires et de sa bonne humeur. L'abbé se présentait à l'extérieur comme le directeur de conscience des dames de Montclar, mais, à la vérité, son rôle était des plus réduits : il célébrait la messe chaque jour dans la chapelle du château, prodiguait à Delphine quelques leçons de latin et de lecture des Évangiles... Certains soirs, il restait à Montclar, jouant volontiers au pharaon avec Mme d'Astuard, ou aux charades avec Delphine, ne refusant jamais les distractions qu'il pouvait prendre sans compromettre sa soutane. Dès qu'il le pouvait toutefois, il gagnait Seyne où il apportait son aide au curé de la ville. La jeune fille l'aimait bien. Elle le surprenait quelquefois assis sur les pelouses, appuyé contre le socle des statues, emporté par la joie et sifflant aux oiseaux un peu de catéchisme, à la façon de saint François. Mais d'autres fois, il se tenait immobile au milieu des allées, le front soucieux, les cheveux en bataille, les mains croisées dans le dos, comme s'il y avait lieu de s'inquiéter soudain d'une nuance nouvelle dans le ciel ou d'un bruissement surprenant à travers les feuilles des arbres.

Elle enfila sa pèlerine et, sans faire de bruit, elle descendit les marches du château et se glissa dans le parc. Le froid la fit frissonner et se hâter jusqu'à la lumière. Par la fenêtre, elle s'assura qu'elle ne dérangerait pas l'abbé et elle le vit tel qu'elle l'avait rêvé. Il avait disposé devant l'autel une petite table recouverte d'un drap sur lequel il avait dressé son repas. Une carcasse de poulet, la moitié d'un fromage, une cruche de vin et un pain entamé prouvaient qu'il avait presque fini.

Elle frappa timidement et entra.

— Delphine..., fit-il en se levant, la face blême,... à cette heure.

— Je n'arrive pas à dormir, dit-elle, et j'avais besoin de compagnie. J'ai vu de la lumière.

Il lui sourit et essuya ses grosses mains sur la soutane.

— Je suis revenu tard de Seyne, dit-il, et comme je n'avais pas mangé...

Il rangea la bouteille vide sous la table et ramassa hâtivement les miettes qu'il jeta par la fenêtre.

— Vous devez peut-être trouver, mon enfant, que je traite de curieuse façon la maison du Seigneur. Mais, voyez-vous, c'est aussi un peu la mienne et je crois que Dieu ne s'effarouche pas trop que je prenne mon dîner en sa compagnie. Voulez-vous manger quelque chose ?

— Je n'ai pas faim.

Il ramassa la gamelle et la timbale, plia le drap qui recouvrait la petite table. Il ponctuait tous ses gestes d'un petit hochement du menton et sautillait curieusement, comme si son corps énorme était monté sur ressorts.

— Peut-être avez-vous fait un cauchemar ? demanda-t-il enfin.

Elle soupira et vint s'asseoir à côté de lui, sur les marches de l'autel.

— Vous avez deviné, mon père. Je ne cesse de penser à Amélie Pothier. Cela me paraît une telle injustice qu'une fille pareille ait pu mourir ainsi.

— La connaissiez-vous si bien que cela ?

— Non, bien sûr.

La chapelle craquait doucement, écrasée sous sa charge de tuiles et de poutres, sous les regards pesants de la lune et des étoiles.

Delphine demeura pensive un court instant et ajouta :

— Croyez-vous qu'elle ait pu mourir... par hasard ? Je veux dire que la mort ait frappé sans raison ?

Il se leva comme offusqué.

— Ah ! ça, non, Delphine ! Vous ne pouvez croire cela ou alors c'est que mes leçons ne servent à rien. Tout a un sens, sachez-le bien. Et Dieu, le miséricordieux, est le souverain maître de ce royaume comme de l'autre.

— Mais alors, pourquoi ?

— Ah ! mon enfant, évitez le péché d'orgueil ! Ne tentez pas de percer la signification des entreprises divines. Au-delà des barrières de Montclar, la terre est sous l'emprise de la Bête. La nature humaine a été créée en Adam, saine, sans tache, juste et droite. Mais le premier homme s'est révolté et il a corrompu et infecté toute sa descendance. Satan a beau jeu de mener le bal. La lutte nous dépasse. Les voies du Seigneur, vous le savez, sont impénétrables.

— Il y a un détail toutefois, mon père, un détail que j'ai noté et qui me semble...

Elle fut interrompue par un grand bruit de charrette qui remontait la grand-route et vint buter contre la porte de la chapelle. Il y eut l'arrêt brutal d'un cheval et un homme sautant à terre.

— Abbé, êtes-vous là ? demanda une voix excitée tandis qu'on tambourinait au carreau de la fenêtre.

— Eh bien quoi ? demanda le prêtre en ouvrant les battants de la porte.

C'était le régisseur du château. Il tenait son chapeau à la main et il avait du mal à reprendre son souffle.

— Le loup, dit-il. Le loup, il a encore frappé. La petite Reynier. Il faut que vous veniez. C'est à côté, à la grange de son père.

— Allons-y, dit l'abbé en prenant son chapeau et son bâton.

Les nuits blanches du Chat botté 63

— Je viens aussi, dit Delphine d'autorité en grimpant sur la charrette où les deux hommes avaient déjà pris place.

L'abbé voulut protester mais le régisseur avait déjà fait claquer son fouet et l'on n'avait pas de temps à perdre.

Ils partirent comme des fous sur la route poudreuse, alors que déjà se devinait, à la coloration plus claire des franges des montagnes, la prochaine venue de l'aube. Delphine s'accrochait au bord de la carriole, les cheveux défaits, le vent cinglant son visage, un nœud à l'estomac et ne pouvant s'empêcher de chercher, parmi les ombres des bas-côtés, la présence du loup.

La carriole bringuebalait sous les cahots du chemin, suivait le déroulement bleu de la plaine fuyant dans l'entonnoir des montagnes. Le régisseur prit brusquement un sentier qui obliquait sur la droite et Delphine roula sur le côté, sous l'œil inquiet de l'abbé Jorisse. Ils longeaient maintenant des enclos désertés, noyés dans une brume opaque. La terre, recouverte de buée jusqu'à la hauteur des herbes, restait invisible et tout semblait flotter dans une vapeur presque solide.

— Mais comment... en pleine nuit, cette petite...

L'abbé Jorisse avait du mal à parler.

— Elle avait un galant, le fils Tallard. Presque chaque nuit, ils se retrouvaient dans la grange.

— Ah ! mon Dieu, quel malheur !

Delphine eut une envie furieuse de pleurer. Était-ce donc cela l'amour ? Dieu punissait-il ainsi les filles qui n'étaient pas sages ? Le décor prenait trop d'importance. Une clarté laiteuse tombait lentement des montagnes ; la nuit s'adoucissait ; l'éclat noyé des champs semblait comme un linceul.

Ils dépassèrent la grande carcasse de la ferme de Reynier pour gagner au plus vite la grange. Ils étaient les premiers à rejoindre la troupe des valets amassés devant la bâtisse.

Les filles de ferme entouraient la mère que l'on entendait hurler sans discontinuer. Le père, leur dit-on, était absent pour la semaine.

La fille était nue, couchée en travers du foin, la chemise de nuit remontée jusque sous les aisselles. Curieusement, le loup s'était acharné sur le haut de son corps ; il lui avait broyé la nuque et lacéré le dos où une blessure s'enfonçait loin, au-delà des côtes, s'élargissait en un trou infâme où flottait on ne savait quoi. Sans doute, dit un valet, s'il n'avait pas entendu le retour du fils Tallard, le loup aurait achevé le travail. Le garçon pleurait dans un coin.

L'enfant était morte et pourtant, dans la lumière qui filtrait par la lucarne de la grange, ses cuisses offertes au regard des gens, ses fesses que dévoilait l'étoffe remontée haut, bombées, charnues, épargnées par le loup, semblaient vibrer encore de sève et de sang. Et sans doute était-ce pour cette raison qu'aucun des hommes présents, fascinés par les lueurs de volupté que la clarté continuait à allumer sur la chair de la fille, n'avait pas même songé à la couvrir.

Il fallut que l'abbé Jorisse écartât d'une main ferme les curieux et s'efforçât lui-même de cacher le corps. Il saisit la première étoffe à sa portée et la remonta sur la fille. C'était une cape qu'elle avait accrochée à l'épaule.

Et Delphine constata qu'elle était rouge.

III

Guillaume se pencha sur le cadavre. Cette fois-ci, il pouvait observer les ravages du loup. Du prétendu loup, pensa-t-il. Car qui pouvait croire, sinon une population superstitieuse et peu prompte à voir les déviances humaines, qu'un animal pût choisir pareille victime et tuer de telle façon ? Jolie brebis, ricana-t-il, en remontant la cape rouge et en découvrant les jambes de la fille. Il posa sa paume sur les cuisses, remonta jusqu'à l'orée des fesses. Le contact était déjà froid. Il se signa.

Dehors, la foule grondait. Il avait fait évacuer la grange malgré les protestations de la famille et les menaces des valets de ferme. Peut-être pouvait-on encore trouver des indices. Les gens d'armes fouillaient la paille et cherchaient par où l'assassin, homme ou bête, était entré. Il y avait eu autour du bâtiment un tel attroupement que toutes les empreintes avaient dû être effacées.

Le procureur avait fait arrêter le fils Tallard et déjà on recueillait son témoignage. Mais que pouvait-il dire sinon qu'après s'être donné du plaisir les deux jeunes amants s'étaient séparés, qu'il avait le premier quitté la grange, gagné le chemin, qu'il avait attendu au tournant de la route, là où il pouvait apercevoir la fenêtre d'Élisabeth et le signe d'au revoir qu'elle lui adressait chaque fois en allumant brièvement sa chandelle et que, ne voyant rien venir, il s'en était retourné dans la grange pour découvrir le drame ?

Guillaume retourna le corps avec l'idée d'examiner l'intérieur de la bouche de la fille. Il espérait y trouver des cailloux qui relieraient sans aucun doute possible ce crime et celui des époux Colin. Mais ses doigts rencontrèrent une bouillie pâteuse, quelque chose qui ressemblait à du gâteau écrasé et qui n'avait en soi aucune odeur désagréable. Il y en avait en quantité impressionnante. Ce ne pouvait être une déglutition. On avait introduit le mélange sciemment et après la mort de la fille. Il en récolta une petite quantité qu'il glissa dans son mouchoir.

— Venez voir, lui dit le lieutenant de police. Nous avons retrouvé sa trace.

Les gens d'armes avaient découvert au fond de la grange, derrière un amas d'outils, quelques planches vermoulues qui fermaient mal. En les écartant, un être de forte corpulence, pourvu qu'il fût un peu agile, pouvait se glisser.

— L'animal s'est peut-être fait mal, dit l'officier en désignant au procureur des échardes aux deux côtés du passage.

Mais M. de Lautaret ne l'écoutait pas. Il était préoccupé par ce qu'il venait de découvrir coincé dans les éclats du bois. C'étaient des poils, de longs poils bruns, des poils qui ne pouvaient provenir que de la fourrure d'un loup.

IV

Guillaume s'enferma tout l'après-midi dans son bureau pour faire le point.

C'était bien à un seul être qu'il avait à faire. Les cailloux blancs et la substance trouvée dans la bouche d'Élisabeth Reynier – de la galette écrasée dans du beurre, avait révélé l'analyse – reliaient indiscutablement les crimes et il ne doutait pas que s'il avait pu examiner les cadavres de la petite Michel et d'Amélie Pothier, il aurait trouvé d'autres indices dans leur gosier. Pourtant, au-delà de cette similitude de mise en scène, les meurtres étaient très différents. Là, un « loup » qui ne s'attaquait qu'aux jolies filles un peu légères et laissait des cadavres sanguinolents, là, un étrangleur des plus classiques qui s'en prenait à un couple de bergers solitaires vivant dans une misère si noire qu'elle les avait conduits à se débarrasser de leurs enfants. Dans le premier cas, tout désignait un déviant sexuel, dans le second, ses soupçons continuaient à privilégier le crime politique ou religieux, lié au passé de Colin.

Il ne fallait lâcher aucune piste.

Celle du loup d'abord.

Guillaume avait demandé qu'on lui dressât la liste de

tous les sorciers, mages, rebouteux, fanatiques de la région avec leur emploi du temps la nuit des crimes. L'animal avait depuis toujours excité l'imagination de ceux qui voulaient explorer la face noire du monde. Les sorcières enfilaient des jarretières en peau de loup et chevauchaient des mâles pour se rendre au sabbat. La moelle du pied gauche de la bête était, disait-on, un philtre d'amour ; la verge servait à nouer l'aiguillette. Et le *Grand* et le *Petit Albert* n'enseignaient-ils pas que la chair, le cœur, le foie et même les excréments du loup étaient d'efficaces médecines contre l'épilepsie, l'hydropisie et les fausses couches ?

Mais ce n'était pas sans une certaine appréhension qu'il envisageait une autre hypothèse. Les archives du parlement de Grenoble gardaient trace de la condamnation jusqu'à la fin du siècle dernier d'hommes-loups. Il savait l'histoire vraie de Peter Stumb qui sous cette forme tua et dévora treize enfants et qui fut condamné en 1591 par le tribunal de Cologne au supplice des tenailles et de la roue, à la décapitation et au bûcher. Il avait lui-même assisté à la mort sous les flammes d'un pauvre bougre brûlé vif pour avoir déclaré qu'il avait signé un pacte avec le diable lui donnant le pouvoir de se changer en animal.

Guillaume avait dans la matinée questionné sur le sujet Jacob Remusat, le vieux docteur, car il avait quelque réticence à s'adresser à Isaac Scarole. Le chirurgien l'avait observé par en dessous et avait adopté un ton ironique.

— Je dois vous avouer que je suis quelque peu surpris que vous accordiez du crédit à ces histoires de loups-garous.

— Je me contente, dit le procureur, de solliciter le point de vue d'un homme éclairé.

— La « folie louvière » ou « imitative » est une maladie, une hallucination que la faim et les fantasmes entretiennent. Nul être sensé n'a jamais vu un homme se transformer en bête.

— Vous n'avez jamais entendu parler de cas de ce genre dans la région ?

— Jamais ! L'imagination des gens d'ici est de plus limitée. Toute leur énergie quotidienne leur sert à chercher comment survivre jusqu'au lendemain.

Il n'avait pas insisté. Restait la piste de Colin.

Guillaume alla jusqu'à la fenêtre de son bureau, attiré par le paysage de la vallée. Le ciel avait ce rose glacé des après-midi scintillants qui précèdent les grands froids. Les forêts, amaigries, transparentes, cliquetaient sous le vent dans un bruit de ramure. Même Seyne, avec ses arêtes coupantes, les trous d'ombre des cours, l'enchevêtrement des échoppes le long de la rue Haute et de la rue Basse, semblait limpide et fragile comme du verre. Le regard de Guillaume glissa au-delà des batteries de la ville, par-dessus les maisons du faubourg dont les grandes fenières à auvent étaient à cette époque ouvertes pour y stocker le foin hissé par les poulies. Seuls l'intéressaient les toits de chaume des bâtisses du quartier Saint-Pierre. C'était là, à n'en pas douter, qu'était la clef de l'énigme. Un lien reliait Colin, l'incendie et la communauté qui vivait en ces lieux. S'installer hors des murs, ce n'était pas logique car ces gens perdaient la protection de l'enceinte fortifiée alors même que la Savoie et l'Italie devenaient menaçantes. À moins qu'ils n'aient eu de bonnes raisons de vivre à l'écart. Et, à ce sujet, la bible de Colin donnait de précieux renseignements. Car n'était-il pas curieux que cet incendie de décembre 1685 se fût déclaré moins de deux mois après la signature, le 22 octobre, de l'édit de Fontainebleau qui révoquait l'édit de Nantes ? La lecture des archives sur ce point ne cessait d'intriguer Guillaume.

Il s'en était entretenu avec M. de Cozon, gouverneur en second de la citadelle et déjà en place à l'époque. Certes, avait reconnu celui-ci, comme toutes les villes des Alpes, Seyne s'était laissé séduire par les thèses hérétiques de la religion prétendue réformée. À ce titre, elle avait été une ancienne place de sûreté laissée aux protestants après l'édit de Nantes. Mais la Réforme, avait aussitôt ajouté l'officier, y avait très rapidement décliné et la cité était redevenue fermement catholique.

Ne restait-il pas toutefois suffisamment de protestants, avait objecté le procureur, pour qu'un drame éclatât à la révocation ? Il s'étonnait : quand l'édit fut cassé, qu'il fut prescrit aux huguenots de fermer leurs écoles et leurs temples et de se convertir sous peine d'encourir la privation de leurs droits, de leurs biens et de leur liberté, la répression, à en croire les registres, avait été des plus réduites. Votre famille est originaire de la vallée, lui avait dit M. de Cozon. Vous connaissez la mentalité des gens d'ici. Nos consuls avaient refusé d'exercer la moindre contrainte contre leurs concitoyens de la religion prétendue réformée. Ils les visitèrent secrètement. La crainte de la venue des dragons d'Arnolfini fut un puissant argument. Leur conversion nous a épargné à tous la douloureuse obligation d'emprisonner et d'expulser les nôtres.

N'y avait-il pas là simple conversion « de bouche » ? avait demandé le procureur en clignant ses yeux de chat. Sans doute. Mais que pouvait faire le gouverneur ? Les religionnaires étaient depuis longtemps discrets. Leur temple au Masel avait été démoli par édit royal et M. de Cozon donnait sa parole de gentilhomme qu'on ignorait dans le détail qui était huguenot et qui était papiste. Seuls les registres de la paroisse, les papiers des notaires, les archives de la police pouvaient peut-être... Et manque de chance, avait dit M. de Lautaret en se tapant dans le creux de la main, ils ont été brûlés dans ce fameux incendie de décembre de la même année.

Fâcheuse coïncidence, avait concédé M. de Cozon.

Guillaume en était resté perplexe. Il avait donné l'ordre que l'on surveillât étroitement les allées et venues de ceux de Saint-Pierre et il avait envoyé une note à ce sujet au cabinet noir à Versailles. Il espérait en retour recevoir des renseignements sur l'existence de réseaux de résistance protestante dans la région. Si, comme il le soupçonnait, Colin qu'il savait huguenot avait volontairement mis le feu pour qu'on ne puisse persécuter ces coreligionnaires, peut-être avait-on voulu, aujourd'hui, en le supprimant, l'empêcher de révéler un secret. Mais pourquoi les cailloux blancs ?

CHAPITRE V

I

Depuis la découverte du second cadavre, Delphine dormait mal. Des images terribles ne cessaient de la hanter. Chaque nuit, elle était Amélie dansant au bras de Baptiste, se laissant embrasser, caresser puis combattant le loup jusqu'au petit matin ; elle était Élisabeth Reynier, roulant dans la paille avec le fils Tallard puis restant au départ de celui-ci, pantelante, offerte et consentante, attendant que surgisse dans la pénombre de la grange, la bête et sa cape rouge. L'abbé Jorisse l'avait mise en garde : aucune des jeunes filles qui ont péri sous la patte du loup, lui avait-il dit, n'a été assez prudente. Allons, Delphine, n'avez-vous jamais soupçonné qu'à rêver votre vie vous l'offriez au diable ? Et dans le jeu de la mémoire et de l'oubli, vous avez vraiment cru que tout ce que vous avez imaginé au secret de votre crâne de petite fille l'était impunément ? Gardez-vous de vos rêves, mon enfant, comme de vos cauchemars, la Bête en fait son miel. Quand vous avancez, la lanterne à la main, à l'aventure de votre obscurité, la Bête Abominable est cachée quelque part. Elle observe ce qu'à votre insu vous dévoilez. Quand s'éloigne votre lumière et que les ténèbres se referment, elle en garde le souvenir et l'amasse dans ses coffres. Elle saura un jour vous présenter la liste.

Delphine priait pour son salut mais, dans les profondeurs de son sommeil, elle ne pouvait s'empêcher de chercher l'ombre de celui qui, tôt au tard, s'avançait sous la lune, et venait, l'œil acéré et le sourire luisant, d'un pas tranquille à sa rencontre. Sa silhouette était belle, rassurante. Il avait un chapeau à plumes, des bottes et une cape. Et il fallait bien attendre qu'il soit plus près pour distinguer s'il était le loup masqué ou le prince charmant.

Le dimanche qui suivit la découverte du cadavre sanglant de la petite Reynier, les cloches de Notre-Dame-de-Nazareth, l'église de Seyne, sonnèrent à toute volée pour appeler, jusqu'au fond de la vallée, les fidèles à la grand-messe. Le bedeau avait mission d'y laisser sa santé, non pas qu'il y eût risque que quelqu'un osât ne point se montrer, mais le vicaire Barthélemy entendait, ce faisant, souligner que ce dimanche-là il ne tolérerait aucun retard.

D'ailleurs, il attendait de pied ferme devant le portail ouvert de l'église et ses arcs à colonnettes, sous un ciel d'un bleu si froid qu'il semblait par endroits friable. Sous l'auvent de l'église romane, il toisait de son austère figure les paroissiens montant d'un pas pressé les deux rampes d'accès du grand escalier, puis s'engouffrant sans un mot dans les travées de la nef. Les femmes se rangeaient devant les chaises du côté de l'épître, sous les statues de saint Modeste et de saint Sébastien. Les hommes en faisaient autant du côté de l'évangile, avec moins de discipline, se gardant bien toutefois de trop regarder, sur les colonnes, les chapiteaux qui détaillaient les supplices réservés aux pécheurs, dans l'au-delà.

À dire vrai, le vicaire Barthélemy était un homme meilleur que ne le laissait croire son apparence. Mais c'était un homme qui croyait à la présence physique de la Bête et qui avait dû maintes fois lutter contre elle. Elle le traquait parfois jusque sous les travées de la nef, jusque sous les ressacs des grands arceaux brisés qui rythmaient la structure de son église. Et il savait que, s'il appartenait à tous de la combattre, c'était lui qui devait entraîner les troupes et marcher en tête de l'armée. Le poids de cette tâche l'écrasait.

Pourtant, pensait-il, ses ouailles partageaient, dans leur grande majorité, une foi profonde et sans faille que la contemplation des grandes étendues des montagnes attisait, et que soutenait la certitude que l'intercession de la Sainte-Trinité et de tous les saints du Paradis était nécessaire pour lutter contre les inondations, le feu, les avalanches, la grêle et les orages, la sécheresse, le choléra, les armées ennemies et les dragons du Roi, la rage et le muguet des moutons.

Tandis que le gros des fidèles prenait place dans le froissement des étoffes et le craquement des bancs, le père Barthélemy prit la peine d'aller à la rencontre de Marie d'Astuard, baronne de Montclar, et de ses deux invitées de Paris et de les accompagner à leur place, au premier rang dans le chœur. Il était rare que ces dames, qui avaient leur chapelle, lui fissent l'honneur de leur visite et, en ce jour, il tenait à leur en témoigner reconnaissance.

Ce fut d'ailleurs avec satisfaction qu'il prit place derrière l'autel. La grande foule était là, gueux, bourgeois de la ville, paysans des fermes environnantes. Il y avait même un groupe de soldats descendus de la citadelle, coiffés de tricornes, vêtus de justaucorps galonnés et de culottes bouclées aux genoux et qui restaient debout et immobiles au fond de l'église, en rangs serrés, figés comme des bas-reliefs.

Les derniers retardataires, surpris par le froid, entrèrent en grelottant suivis par des poules et un chien qu'il fallut rejeter dehors. Et puis, le bedeau referma les lourdes portes de l'église. Le déroulement bleu de la plaine fuyant à l'horizon disparut aux regards et la grand-messe commença.

Barthélemy fit d'emblée allusion au loup. Avant même le début de l'office, il appela chacun à prier pour la jeune victime.

— Remettons son âme entre les mains de Dieu, son créateur, afin qu'Il daigne la recevoir en Sa gloire par les mérites infinis de Jésus-Christ Son rédempteur. *Ab omni malo, a peste, fame, a spiritu fornicationis...*

Car le vicaire n'entendait pas dissimuler aux fidèles ses craintes que la malédiction du loup ne fût la conséquence de la « copule charnelle » dont – qui l'ignorait ? – s'étaient rendues coupables les malheureuses victimes. Des têtes se baissèrent. Delphine même rougit, bien qu'elle n'eût rien à se reprocher. Le père continuait. Qui pouvait au fond de lui se fortifier de l'assurance qu'il ne méritait pas la patte cruelle du loup ?

Guillaume de Lautaret qui, comme à son habitude, avait préféré rester au fond de la nef, accoudé à l'un des piliers, n'avait pas résisté au frisson lorsque le prêtre avait évoqué la figure de la Bête. Il ne croyait que modérément à la présence vivante de Satan dans ce monde-ci, mais il ne faisait pas l'ombre d'un doute que les meurtres avaient quelque chose de rituel et de magique. L'assassin jouait tantôt à l'homme et tantôt à l'animal. Si ce n'était pas Lucifer en personne, c'était peut-être l'une de ses ouailles. Son regard glissa jusqu'au premier rang de la nef, jusqu'à la baronne de Montclar et cette Jeanne d'Orbelet dont la présence dans la vallée lui avait été signalée depuis Versailles. Tiens, ce doit être la fille qui était l'autre soir à la grange Tallard, se dit-il en découvrant, à côté d'elles, une jeune fille aux longues nattes blondes à qui la lumière des cierges faisait des lèvres de velours.

Il lui trouva un charme un peu désuet. Jolie, bien sûr, très jolie même, mais un peu trop de blondeur, une sorte de transparence et de fragilité de duvet. Il ne la quitta pourtant plus des yeux.

— Recommandez vos âmes à Dieu, à la benoîte Vierge Marie et à tous les saints et saintes du Paradis, à saint Sébastien notre patron, les suppliant d'intercéder pour vous à ce qu'il plaise à notre Sauveur et Rédempteur, Jésus-Christ, par les mérites de Sa mort et passion, avoir pitié de nos âmes...

Les mains très blanches de la jeune fille semblaient tourner les pages du missel sans même les toucher; lorsqu'il fallait prier, ses paupières s'abaissaient avec une grâce ingénue. Lorsque, à l'inverse, le vicaire poussait soudain de la voix, ses grands yeux montaient comme un soleil. Quand une corbeille circula pour les pauvres, elle tira de sa robe une petite bourse de satin vert, fermée avec un ruban de même couleur et, y mettant l'index et le pouce, elle y prit une pièce d'argent avec un sérieux qui amusa fort M. de Lautaret. Surtout lorsque le prêtre se déchaîna, qu'il évoqua la prophétie par laquelle Ézéchiel parle du loup envoyé pour manger le pécheur, elle prit une pose magique, les yeux battant des ailes, la bouche ouverte sur un bout de langue très rose et une veine palpitant au cou. Elle semblait irréelle, une image tombée des vitraux.

Delphine avait froid. Il lui semblait que ses os mêmes étaient gelés. L'église sentait déjà l'hiver, le bois humide. Elle regarda sa mère, à côté d'elle, recueillie, le visage impassible, les yeux baissés. Elle se voyait si différente d'elle. Jeanne d'Orbelet n'avait jamais eu pour toute distraction que ses ouvrages de broderie et pour toute passion, du moins depuis le départ de son mari pour les Amériques, que son dévouement corps et âme à la cause de Port-Royal. C'était là sa fierté. Ici même en cette église si éloignée des querelles religieuses, Jeanne restait fidèle à ses croyances comme en attestait le crucifix de bois noir qu'elle tenait dans les mains, ce « Christ aux bras étroits », qui tendait droit au-dessus de sa tête ses bras raidis et qui était signe de ralliement janséniste. Pourtant, au grand étonnement de

Delphine, sa mère n'avait point cherché à trop lui imposer les rigueurs qui encadraient sa propre existence.

— Vous êtes, lui disait-elle, instruite dans le savoir des préceptes essentiels. Le reste est affaire de choix personnel et soumis au bon vouloir de la grâce de Dieu.

Point de prosélytisme. C'était à peine si Delphine entendait les terribles nuances sur lesquelles reposait la doctrine de Jansénius et qui induisaient tant de mesquines persécutions. Elle avait peine à comprendre la haine des jésuites et l'assimilation de fait que les tenants de la vraie foi induisaient entre la croyance de sa mère et celle des hérétiques huguenots. L'abbé Jorisse lui-même, quand elle l'interrogeait sur le sujet, ne faisait pas montre d'une grande clarté.

— Tout est question de grâce, disait-il en cherchant ses phrases, grâce efficace ou grâce suffisante. L'ensemble des chrétiens s'accorde sur l'essentiel : l'homme, blessé par le péché originel, ne peut être sauvé sans un secours de Dieu, la grâce. Mais pour les huguenots, le salut dépend uniquement de la volonté de Dieu, de décisions fixées de toute éternité par Sa sagesse infinie mais impénétrable. La foi catholique refuse cette prédestination : chaque homme possède la grâce suffisante qui lui permet, selon son libre arbitre, d'œuvrer pour son propre salut. Que certains soient sauvés, c'est un don du Seigneur, mais que les autres périssent, c'est la faute de ceux-là mêmes qui se perdent. Le jansénisme, pour sa part, croit que le monde est perdu à l'exception de quelques-uns à qui Dieu, par les mérites du Christ, donne la grâce efficace. Pour les autres, *massa damnata*, pas d'autre horizon que l'esclavage du péché.

Et moi, pensait Delphine en frissonnant, fais-je partie des élus ou de ceux qui, faute de grâce, resteront à jamais dans la fange ? L'angoisse lui serra le ventre.

Parfois, selon l'humeur des nuages, par la grande rosace qui donnait à l'ouest, un soleil givré s'infiltrait, décalquant les couleurs du verre sur la poussière du sol. Il répandait une lumière curieuse, tamisée, jaunâtre, qui allumait sur les robes des femmes comme des points scintillants de sucre et donnait au batiste tuyauté des cols des reflets gris d'ardoise. Était-ce le regard de Dieu ? Elle suivit des yeux la divine lumière dont le rai, tranchant comme la lame d'un glaive, allait peut-être désigner le monstre meurtrier. Mais le père évoquait de nouveau l'omniprésence de Lucifer et le faisceau avait des sursauts de cabri, des envies même vagabondes et polissonnes qui le discréditaient. Il se pelotonnait dans l'épaisseur des étoffes. Il pataugeait dans les couleurs, éclairant soudain, d'une étincelle vive, là une jupe jonquille, un corsage framboise, là le vernis d'un soulier ou le bleu d'un ruban. Il soulignait les tares physiques, nez difformes, verrues, poils au menton des femmes et calvitie des hommes. Il s'amusait même à débusquer, d'un trait soudain, afin de les effrayer, de jeunes drôles déjouant la surveillance de leurs parents et se baisant aux lèvres, dans l'ombre des piliers, au moment où l'hostie s'élevait. Delphine crut l'entendre ricaner, d'un rire mauvais et sarcastique, comme s'il prenait plaisir à constater le vice des uns et la luxure des autres. Et quand il glissa, d'une caresse légère, jusque sur les bancs des filles, flattant la délicatesse des nuques et l'éveil des seins, découvrant les épaules blanches sous les châles et les chevilles nues à l'orée des robes, elle se blottit dans l'ombre. La lumière glissa, frôlant les pans de son manteau, et s'en alla plus loin à la recherche des prochaines victimes à désigner à la gueule assassine du loup.

Ce fut alors qu'elle l'aperçut. Il était au fond de l'église, accoudé à une colonne de pierre. Il portait un chapeau à plumes qu'il tenait dans la main, de grandes bottes et une cape négligemment jetée sur ses épaules. La silhouette même de ses nuits. Il avait cette façon insouciante de se poser, cette allure insolente et légère qu'on attribue volontiers au Malin. Elle tarda à reconnaître le procureur.

— *Libera nos, domine !*
— *Peccatores, te rogamus, audi nos !*

Guillaume perdit Delphine des yeux lorsque les portes s'ouvrirent et furent prises d'assaut par les paroissiens livides et retournés, désireux de grand air, avides de retrouver la vue apaisante de leurs montagnes. Il tenta bien d'aller contre le flot, de remonter le courant vers les premières rangées, afin de se faire présenter et de voir de plus près cette pâle beauté. Mais ni sa taille ni son autorité ne suffirent à le dégager et ce fut avec énervement qu'il se retourna sur l'importun qui, depuis quelques instants, le retenait par le bras. C'était elle.

— Monsieur de Lautaret ? Je suis Delphine d'Orbelet, hôte de Mme d'Astuard.

— Pour vous servir, mademoiselle.

Elle avait, de plus près, des yeux d'une couleur étrange, gris peut-être ou d'un bleu d'acier de lame et une voix très claire, chantante, comme l'eau d'un ruisseau.

— Je connaissais la première victime, Amélie Pothier, et j'étais l'autre soir à la ferme de Reynier où j'ai vu le corps de cette pauvre fille.

— On me l'a rapporté en effet. N'auriez-vous pas été mieux dans votre lit ?

Le visage de Delphine se rembrunit et ses prunelles prirent une teinte bleu nuit. Il vit que sa lèvre inférieure avait un peu tremblé.

— Je crois, dit-elle, en adoptant un ton plus retenu, que ce n'est pas un loup qui a tué ces jeunes filles. J'en ai la preuve.

Il ne put s'empêcher de sourire, la tête renversée, et elle eut une envie très forte de le gifler.

— Que deviendrait la justice du Roi, dit-il en adoptant un ton d'une extrême gravité qui ne parvint pas toutefois à gommer l'ironie sur ses lèvres, sans l'aide précieuse des demoiselles ?

Elle le foudroya du regard.

— Si vous le prenez ainsi..., dit-elle sèchement.

Et, sans un mot de plus, elle lui tourna le dos. Il la supplia de revenir, lui présenta ses excuses, mais rien n'y fit. Il la vit s'éloigner d'un pas pressé et saccadé qui, bien que trahissant une grande colère, n'altérait en rien l'élégance de sa silhouette.

II

Le temps se rafraîchit alors qu'elles rentraient vers Montclar. Les chevaux grelottaient et fumaient des naseaux. Le ciel était toujours bleu mais traversé parfois par de gros nuages blancs qui s'acharnaient à cacher le soleil. Il fit à un moment si sombre que le cocher dut allumer les lanternes de la voiture et, sous les couvertures déroulées, on poussa les chevaux pour hâter le retour. Delphine ne parvenait pas à calmer ses nerfs. Il ne la prenait pas au sérieux, pensa-t-elle, eh bien, elle se débrouillerait toute seule !

— Regardez ! dit soudain Jeanne d'Orbelet au détour de la route en désignant un point loin devant elle.

On aurait dit des colonies de fourmis, mais c'étaient des moutons, des milliers de bêtes qui, en vagues successives, grondaient du fond des défilés.

— Le retour de la transhumance, murmura Marie d'Astuard.

Les troupeaux serpentaient sur des lieues, en charriant leur caravane d'ânes et de mulets, de charrettes bâchées, de chiens puissants, à la robe touffue et aux aboiements secs. Les brebis marchaient pesamment, la tête basse, les babines à ras de terre. Et il montait de toute la vallée de la Blanche, une étrange musique, un fond de bruit magnifique où se mêlaient le grondement de la rivière, le bruissement des arbres sous le vent et le roulement de tambour martial et cadencé du piétinement du troupeau et de ses cloches.

C'étaient les milliers de moutons de la Crau qui, pour fuir la canicule et la sécheresse qui frappaient, pendant les longs mois de l'été, leurs plaines désolées, s'en étaient allés chercher sur les montagnes les plus hautes de l'air moins chaud et des pâturages plus gras, et qui, le froid revenant, s'en retournaient chez eux. Parfois les accompagnaient leurs cousins des Alpes, moutons plus fiers et plus rugueux, qui eux fuyaient l'arrivée de la neige et les persécutions du vent glacé et rêvaient de passer l'hiver sur les terres plus clémentes de la basse Provence. Les troupeaux descendaient des crêtes de la Blanche, d'autres venaient de Méolans ou du Laverq par Bernardez ou de la haute Ubaye par le col Bas, d'autres encore d'Embrun par le col de Pontis, le pont d'Ubaye et Saint-Vincent. Ils empruntaient des chemins réservés, des « drayes » caillouteuses, dures au pas, jetées dans des herbes luisantes que mangeaient leurs moutons.

Les bêtes étaient belles ; elles avaient profité, plus grosses de viande et de laine. L'on sentait, à leur mâle assurance, à leur démarche plus pesante, qu'elles avaient connu la griserie des faîtes et le vertige des espaces s'ouvrant sur l'infini. La transhumance était tout bénéfice pour les éleveurs comme pour les communes de la Blanche qui louaient leurs beaux herbages de montagne et l'on en oubliait les mauvais côtés de cette déferlante d'avaleurs de prairies, cette invasion de Huns qui semaient derrière eux les terres mortes.

Les troupeaux ne faisaient que quatre ou cinq lieues par jour et s'arrêtaient le soir dans des gîtes prévus de longue date. Le château de Montclar leur offrait ses prés. C'était là une juteuse affaire dont se pourléchait à l'avance le régisseur : il vendait cher aux transhumants le fourrage et le ravitaillement. Et puis, quand les bêtes reprenaient la route, quand, au matin, les grands troupeaux s'en allaient déferler ailleurs, c'était pour laisser derrière eux de fabuleux trésors : un fumier gras que les enfants ramassaient à pleine pelletée et, sur les troncs noirs couverts de mousse et de lichens, où les brebis s'étaient frottées, de beaux flocons de laine.

— Ouvrez vos jolis yeux, ma belle ! souffla Marie d'Astuard à sa filleule. C'est là un spectacle de grand choix qui ne se voit pas même à Versailles !

À l'entrée des terres de Montclar, elles dépassèrent un beau troupeau de près de deux mille têtes qui s'en venait du col de Vars. À sa tête marchaient des boucs fiers, à l'œil farouche, aux cornes tournées, à la barbe de mage, et que d'énormes sonnailles pendues à leur cou annonçaient dans un vacarme du feu de Dieu. Les conduisaient des bergers à tête de prophète, sentant le poivre, l'ail et le thym, vêtus d'une longue casaque ou d'un manteau à larges bords, aux plis rigides et lumineux comme de l'étain, le front ceint d'un chapeau de feutre noir, armés d'un grand bâton ferré.

Et, derrière, venaient enfin des femmes aux joues creuses et des enfants aux cheveux de crin qui surveillaient le troupeau d'ânes et de mulets, les agneaux nés dans la marche, les bagages et les outils.

Elles gagnèrent le château. Delphine oublia sa colère, éblouie par un tel spectacle : tumulte, cris, aboiements des chiens, dans l'odeur du crottin, dans la poussière qui s'élevait du sol et voilait le soleil, c'était une crèche vivante qui se mettait en place.

— Ne vous y fiez pas, lui dit le régisseur. Ce sont des brutes incultes qui sentent mauvais et sont capables des pires bassesses.

Mais Delphine ne voulut rien savoir. À sa demande, les servantes du château préparèrent des chaudrons de soupe épaisse et firent dans la cour une distribution.

Quand les troupeaux furent assemblés et les repas servis, un de ces hommes s'approcha. Il vint s'incliner devant Delphine. C'était un vieux berger à la fois grand et maigre, à la face ridée, portant sous son chapeau des cheveux blancs et longs, une casaque d'un gris de cendre et des bottes de cuir usé.

— Princesse, dit-il en ôtant son chapeau, merci beaucoup. Ce soir nous chanterons pour vous.

Il avait de grands yeux dont le noir, lustré par le vent, brillait comme du charbon. Elle lui sourit.

— Je ne suis pas princesse, berger.

Elle leva la tête, chercha vers l'horizon, fouilla le ciel devenu si beau, tendu de jaune topaze où se mêlait en son milieu un peu de rouge rubis. Et elle songea de nouveau à la cape rouge d'Amélie et à celle de la petite Reynier. Il lui vint une idée.

— Sais-tu qu'une bête chez nous a déjà tué par trois fois ?

— Je sais, princesse, on nous a interrogés. Et nous avons répondu que voilà plusieurs jours que nous allons dans cette vallée et que nous n'avons pas vu de traces de grand loup.

— Se peut-il qu'il y ait tant de filles tuées sans que l'on remarque rien ?

Le berger toussa légèrement ; il caressa sa barbe de la main puis il s'adressa de nouveau à la demoiselle.

— Nous n'aimons pas nous mêler des histoires des autres. Cela ne peut que nous attirer des ennuis.

— Alors, dit-elle avec des flammes dans le regard, c'est que vous savez des choses. À moi, berger, ne me le diras-tu pas ?

Un nuage couvrit de nouveau le soleil et lança, à travers la vallée, une longue caresse glacée qui les fit frissonner. Le vieil homme hésita.

— Il y a de cela deux nuits, dit-il d'un ton grave, l'un

d'entre nous, celui qu'on appelle Charbé, a fait une étrange rencontre.

— Le loup ? Eh bien, parle !

Le vieil homme se racla la gorge. Son regard avait perdu sa soie.

— Ce soir Charbé sera là. Il saura mieux vous dire.

Il la salua en ôtant son chapeau et il repartit très vite en direction des autres.

Dans les prés de Montclar, la nuit semblait hautaine, hostile, sans l'once d'un sentiment. Elle était tombée sans hâte, mais maintenant qu'elle était là, elle pesait de tout son poids, tournait au-dessus des feux de camp cherchant la faille. Les hommes n'en avaient cure. Dans le crépitement des branches sèches, ils jouaient du pipeau et même de la viole en l'honneur de la demoiselle.

Parfois le vent puissant déjouait leurs défenses, faisait claquer leurs grands manteaux, soulevait même de leurs épaules trop larges les capes qu'ils y avaient jetées. Alors, pour se réchauffer, de même que les cochers par temps de froid, ils tapaient du pied ou se jetaient les bras en croix sur la poitrine. Ils frissonnaient avec la terre quand un nuage noir passait sur la lune rousse.

Delphine voulait savoir. Elle ne voulait pas que les autres soupçonnent son projet d'interroger les bergers. L'abbé Jorisse l'avait lui aussi mise en garde sur la rusticité de ces hommes dont l'existence n'était la majeure partie du temps qu'un continuel tête-à-tête avec un monde minéral où le silence ne pouvait que rendre fou. Après le souper, elle avait feint un début de migraine pour se retirer plus vite dans sa chambre. Quand elle fut persuadée que nul ne pourrait la voir, elle jeta sa houppelande sur ses épaules, sortit par une porte donnant sur les cuisines et marcha vers le campement, adossé à la grange et à l'ancienne bergerie.

À mi-chemin, elle les trouva d'une étrange beauté, sortis

tout droit d'images de la Bible, avec des têtes de mages de la Chaldée, des poses de pharaons d'Égypte ou de rois d'Assyrie. Mais, quand elle ne fut plus qu'à quelques pas, qu'ils s'arrêtèrent de manger et de boire pour la regarder, qu'elle les découvrit avec leurs barbes hirsutes, leurs cheveux sales et emmêlés, leurs regards crépitant comme un feu de brindilles crachant sa sève, elle eut comme une crampe au creux du ventre.

— Bonsoir, dit-elle d'une voix qui tremblait un peu. On m'a dit qu'un certain Charbé serait là ce soir et que je pourrais lui parler.

Ils la regardèrent sans un mot, sans un geste. Ceux qui avaient la bouche pleine cessèrent de mâcher et ceux qui avaient tiré leur couteau pour couper le fromage ou le pain dressèrent leurs lames vers elle sans penser à les abaisser. Les flammes projetaient sur les murs de pierre les ombres immenses d'étranges insectes dont la danse, au-dessus du feu, à la lisière de la nuit, s'ourlait d'affolantes arabesques.

Un des hommes se tourna vers les autres et lança quelques mots en un patois qu'elle ne connaissait pas, une langue curieuse qui imitait le vent, les cloches du troupeau et les éboulements des roches. Était-ce là, pensa-t-elle, l'idiome universel par lequel, depuis Babel, les pâtres du monde entier se comprennent ?

Un autre alors se leva et s'approcha d'elle. Il eut un petit rire et en même temps un léger mouvement de la main pour dissimuler ses gencives blessées. Il avait le poil roux, les oreilles un peu décollées et dans les yeux quelque chose de tourmenté qui ne parvenait pas à se fixer. Il la prit par le bras.

— Viens, viens, dit-il. Charbé est là-bas, de l'autre côté de la bergerie. Il est d'accord pour te parler.

Les autres rigolaient. Un ou deux s'étaient levés. Elle se résolut à suivre le rouquin en refusant toutefois son bras. D'autres emboîtèrent le pas. Ils contournèrent la bergerie.

Le souffle assourdi d'un torrent franchissait la barrière des arbres qui bordaient la Blanche. Un oiseau de nuit aux ailes interminables remonta en silence le lit de la rivière. Le ciel était si noir qu'il paraissait sans atmosphère. Elle faillit se tordre le pied dans un trou caché par les ronces et n'évita de tomber qu'en s'appuyant sur l'épaule de l'homme. Il émit comme un cri de triomphe et elle le lâcha aussitôt. Il tourna vers elle son sourire aux gencives à vif, saignantes et démeublées, mais reprit sa route. Un autre feu montait de derrière l'abri d'un ancien mur à moitié mis à bas. Il y avait là cinq ou six hommes accroupis dont on avait du mal à distinguer les traits.

— Que fais-tu là ? dit sèchement une voix qu'elle reconnut comme celle du vieux berger avec qui elle s'était entretenue dans l'après-midi.

— Vous m'aviez parlé d'un certain Charbé...

— Rentre chez toi, dit l'homme en se levant.

Il avait une longue baguette de noisetier à la main et la fit claquer dans l'air.

— Si vous savez quelque chose, il faut me le dire.

— Ce que je sais, dit-il en s'approchant d'elle davantage et en lui tapotant les seins du bout de sa baguette, c'est que tu ne devrais pas être ici.

— Vous m'aviez promis.

— Comme tu voudras, dit le vieux en crachant par terre. Celui-là est Charbé.

Les hommes près du feu se levèrent à leur tour, à l'exception d'un seul qui fouillait la cendre avec un bâton.

Le vieux lança une phrase sèche et, à sa suite, la plupart s'éloignèrent avec des petits rires en jetant des regards à Delphine. Il ne restait plus que le nommé Charbé et les trois bergers du premier groupe dont le rouquin qui lui souriait de toute sa bouche abîmée.

— Des filles ont été tuées par un loup, dit-elle encore. Vous devez m'aider.

— C'est qu'elles l'ont cherché ! Comme toi.

Le rouquin s'approcha d'elle.

— Il n'y a rien de plus facile que d'imiter l'attaque d'un loup, chuchota-t-il en posant sa main là où la baguette du vieux avait frappé.

— Je ne vous permets pas, dit-elle.

Elle prit une gifle de toute volée, puis une autre qui la fit tomber à genoux. Charbé, assis près du feu, ricana sottement.

Le rouquin la tira par les cheveux afin de voir son visage à la lueur des flammes. Elle saignait de la lèvre. Il l'embrassa goulûment, cherchant de sa langue à forcer sa bouche. Son haleine était abominable. Des deux mains, elle parvint à le repousser et, toujours à genoux, tenta de s'enfuir. Elle poussa un cri, dérisoire, à peine audible au milieu du rire des bergers. Le rouquin revint à la charge et la plaqua au sol. Elle tentait de se battre avec ses pieds et ses poings, mais, assis sur sa taille, il l'écrasait de tout son poids. À pleines mains, il la gifla encore. Un homme la saisit par les bras qu'il immobilisa au-dessus de sa tête et la maintint ainsi, dans la même position que le Christ sur le crucifix de bois noir de sa mère. Elle croisa son regard. Il avait une figure petite comme un poing avec des yeux de pie. Elle criait et pleurait mais avec si peu de force. Le rouquin arracha son corsage avec un air de triomphe. Il fouilla dans la dentelle pour faire jaillir ses seins. Quelqu'un lui caressait les cuisses par-dessus la robe. Charbé s'approcha d'elle avec un tison et promena le bout incandescent au-dessus de son buste. Ses seins étaient superbes, ronds et luisants, d'un blanc que les cendres rosissaient. Les bouts étaient tendus sous le froid des montagnes. Le rouquin les saisit entre ses doigts. Plus bas, les mains arrachaient ses jupons et son pantalon de dentelles en tirant d'un coup sec, comme on écorche un lapin. Des doigts passaient sous le tissu et remontaient sa robe jusqu'à son bassin, couraient contre sa chair, l'effleuraient de caresses froides et crispées. Charbé s'était reculé. Il s'était assis sur une pierre et, son brandon toujours dressé, il regardait le ciel sans étoiles où des masses sombres, informes, dérivaient vers l'ouest lentement.

Le rouquin se déboutonna et sortit son sexe. Il le brandit à quelques centimètres du visage de Delphine. Elle en sentit le contact chaud sur sa poitrine puis le va-et-vient répugnant entre ses seins que l'on malaxait toujours. Le membre montait parfois jusqu'à buter sur sa mâchoire. Elle devinait une silhouette en arrière-plan qui prenait position entre ses cuisses qu'un autre maintenait écartées. Le pan d'une ceinture qu'on défaisait vint battre sa jambe.

Et puis, il y eut de l'agitation derrière les murs. Là-bas, venant du château, des lanternes dansaient dans l'obscurité. Elle entendit son nom, une fois, deux fois. C'était la voix du régisseur, celles des valets.

Les bergers s'immobilisèrent. L'homme aux yeux de pie lui lâcha les bras et elle devina qu'il filait par-derrière. Les autres hésitèrent. Les voix se rapprochaient. Le rouquin se releva ; celui qui lui tenait les jambes fit un bond en arrière. Il était trop tard pour fuir.

— Si tu nous sauves, souffla Charbé, je te dirai ce que j'ai vu !

— Maintenant ! dit-elle en haletant.

Elle pleurait de mal et de dépit.

— Maintenant ! Dis-moi ce que tu sais maintenant !

Il la regarda sans trop comprendre. Elle ressemblait à un pantin désarticulé. Du sang coulait de ses lèvres. Elle avait rabattu sa robe et d'une main elle tentait de masquer sa poitrine avec le tissu déchiré de son corsage.

— Avez-vous vu le loup ? hurla-t-elle.

Son cri, plus fort que ceux qu'elle avait jusque-là poussés, fit accourir plus vite ceux du château. À côté d'elle, le rouquin, toujours déculotté, le sexe entre deux eaux, n'osait plus bouger.

— C'était à moitié un homme, dit Charbé dont les yeux s'affolaient, et à moitié un animal !

— Un homme-loup ?

— Non ! Non ! dit le berger en se levant parce que les hommes qui les cherchaient n'étaient plus qu'à quelques pas. Ce n'était pas un loup !

Le régisseur et les valets surgirent devant eux. Ils avaient des lanternes et des fusils.

— Mon Dieu ! cria le régisseur. Écartez-vous !

Les valets braquaient leurs armes sur les bergers. Le régisseur ne savait quelle décision prendre.

— Ce n'était pas un loup, hurla Charbé en se jetant aux pieds de la jeune fille.

— Tirez ! cria le régisseur qui se méprit sur ses intentions. Tirez !

Les détonations retentirent dans la nuit. Charbé s'écroula dans les bras de Delphine.

— C'était un chat, dit-il, et il mourut.

III

Delphine garda la chambre pendant plusieurs jours. Elle refusait d'ouvrir ses volets, de recevoir Isaac Scarole appelé à son chevet, de donner les vraies raisons de sa sortie nocturne. Elle avait simplement souhaité, avait-elle dit, entendre de plus près les chansons des bergers. L'explication avait affolé au plus haut point sa mère et sa marraine ainsi que l'abbé Jorisse. Marie d'Astuard répéta que la jeune fille manquait cruellement de distraction et devait étouffer dans l'atmosphère trop austère du château ; Jeanne d'Orbelet fit reproche à son amie d'écerveler sa fille par ses conseils de coquette et la litanie de son insouciance passée. L'abbé Jorisse évoqua à voix basse la nécessité d'une éducation chrétienne plus stricte. Et chacun se promit de remédier à sa façon aux carences qu'il avait constatées. Il fut décidé de ne pas ébruiter l'aventure afin de ne pas salir sa réputation. Le mort fut escamoté. Les bergers, heureux de s'en tirer à si bon compte, acceptèrent de l'emporter avec eux et de l'enterrer, plus loin, dans la montagne.

Delphine les regarda s'éloigner à travers les fentes de ses volets. Ces hommes avaient porté jusque dans l'enceinte de Montclar la violence et la noirceur du monde. Ils avaient été la preuve vivante de ce qu'au-delà des murs du château la Bête régnait en maître et que son emprise serait sans limites si personne n'osait s'opposer à elle. En aurait-elle la force ? Elle osait à peine lever les yeux vers son miroir et affronter l'image qu'il lui renvoyait. Chaque fois, elle s'effrayait de constater combien elle était belle. Elle eut de plus en plus de mal à trouver le sommeil. L'étrange silhouette qui peuplait ses nuits s'enhardissait à chaque cauchemar. Il s'approchait parfois jusqu'à la toucher. Toujours les bottes, un grand chapeau, une cape sur les épaules. Mais elle pouvait distinguer quelquefois son visage – c'était celui d'un chat – et, plus bas, son sexe mis à nu.

Alors qu'un matin, tandis qu'on faisait sa chambre, assise à son bureau, elle traçait au fusain un dessin du personnage, en occultant toutefois le dernier détail, Annette, sa jeune camériste, se pencha par-dessus son épaule.

— Mais c'est le Maître Chat, dit-elle avec un petit rire.
— Qui, dites-vous ?
— Le Maître Chat, voyons, celui du conte pour les enfants qu'on dit à la veillée. Mademoiselle dessine si bien !

CHAPITRE VI

I

Ce fut ce lundi-là, peu après la tombée du soir, que l'hiver pour la première fois fit donner les chevaux de tous ses équipages. Le vent grossit, s'enfla. Il y eut dans les rues de Seyne comme un grand bruit de cavalcades, de superbes hennissements, tout un vacarme de mors et d'éperons. La neige à son tour ne tarderait pas.

Quelque part à l'étage, le vent du soir jouait de la flûte avec des croisées qui fermaient mal et torturait la charpente du toit. Anatole Bonnafous s'apprêtait à sortir. Il prit la précaution de vérifier si Béatrice dormait malgré les mugissements des boiseries. Son petit corps se devinait sous les draps, à la droite du lit. Il pourrait tout à l'heure se glisser sur la gauche sans craindre de la réveiller. En passant dans le vestibule, il jeta un regard rapide à sa silhouette renvoyée par la grande glace.

Le crâne ras caché par une ample perruque, le visage cireux, la peau grêlée de petite vérole, Anatole Bonnafous, le maître tailleur, n'était certes pas un bel homme, mais il se plaisait à croire que l'acier de son œil, la prestance de son allure et l'honorabilité de sa situation, récemment renforcée par l'achat à gros frais d'une charge royale dont il

Les nuits blanches du Chat botté

ignorait d'ailleurs la teneur, lui réservaient encore une place de choix dans l'imagination de certaines des femmes de Seyne. Il prit sa canne et son chapeau. Le froid le saisit par le collet et il faillit renoncer. Mais, là-bas, les lumières de l'auberge l'attendaient et l'envie d'un broc de vin chaud fut la plus forte.

Il sortit en remontant les pans de son manteau. La nuit avait des reflets de reliquaire. Par les fumées des cheminées, les odeurs de soupes montaient jusqu'aux étoiles.

Dans la grand-rue, les écriteaux se balançaient sous le vent fort qui s'amusait aussi à tourner les girouettes des maisons.

Il alla d'un pas pressé jusqu'à l'auberge des Trois Rois. C'était une grande bâtisse, devant la fontaine du même nom, où l'on servait, même tard, de solides omelettes persillées de petite ciboule et un vin du Var, rugueux, qui protégeait du froid mieux qu'une houppelande. L'endroit, à ce que l'on disait, était appelé ainsi depuis que, le soir du premier Noël, les Rois mages, fatigués de chercher la grotte de l'Enfant Jésus à travers les montagnes de haute Provence, avaient conduit à la fontaine leurs montures assoiffées. D'ailleurs, confiaient certains habitués, il n'était pas rare les soirs où l'on avait quelque peu abusé du bon vin de découvrir au sortir de l'auberge, le cou tendu vers l'eau, les beaux chameaux des mages se désaltérant, bâtés de myrrhe, d'or et d'encens. Mais il est vrai que les mêmes racontaient aussi qu'il suffisait alors de faire demi-tour, de vider quelques verres encore, pour qu'apparaissent aussi autour de la fontaine les grands éléphants d'Hannibal en route par les Alpes vers les lointaines plaines d'Italie.

Il pénétra dans une salle tout en longueur et basse de plafond qu'éclairaient mal quelques chandelles de suif fichées au mur dans leurs supports et le grand feu qui pétillait à travers la grille du fourneau. Anatole commanda une chandelle et un demi-septier de vin que l'aubergiste, un gaillard épais comme un cochon, avec de petits yeux piquetés de taches sanguines, tira d'un tonneau. Il but d'un trait et s'essuya du revers de sa manche. Tout ici lui était familier. Il soupesa d'un regard aussitôt détourné les seins lourds débordant du corsage des filles de salle. Pour quelques guinées, certains soirs, il était facile de les convaincre de se laisser suivre jusqu'à l'escalier de l'étage. Mais Anatole s'était lassé de ces gibiers trop faisandés ; les drôlesses n'avaient pour lui pas plus de charme désormais que là-bas, dans la cuisine, le lièvre blanc qui attendait, l'œil humide, la bouche sèche, écartelé sur la planche de liège. Il commanda un autre broc de vin.

Deux hommes à sa droite mangeaient en silence une soupe aux lentilles en y plongeant des morceaux d'un gros pain de froment. Une vieille, à la table voisine, devant une assiette vide, chiquait avec des lèvres noires en mouvement. Des chiens, dessous la table, léchaient des os tombés. Anatole fit signe à l'aubergiste qu'il voulait boire encore. Il avait besoin de se griser, d'épuiser ici ses dernières réticences, de s'abrutir dans le clapotis des litres et le cahot des verres. Parfois, un courant d'air allumait les charbons du fourneau qui lâchaient quelques flammes violettes. Il resta jusqu'à la fermeture.

Le froid le saisit de nouveau. La lune avait pris possession du ciel. Elle triait parmi les ferronneries compliquées des portes closes, froissait la pierre dure des pavés, lustrait les toits d'ardoise d'altitude et de sécheresse. Une poussière rousse tombait des montagnes et se mêlait à une buée d'étuve en suspens sur la ville. Il prit une rue transpercée de flaques, empuantie sous les amoncellements d'ordures, une autre encore, souillée de crottes de chèvres. Il avait du mal à s'y retrouver. Son sang battait le tambour dans ses veines. Il avait maintenant une envie furieuse, brutale, de Béatrice. Seyne était vide. Même les fenêtres s'étaient éteintes. Comme la tête lui tournait un peu, il ressentit le besoin de s'appuyer contre la façade lépreuse d'une maison qu'il ne reconnut qu'avec peine comme étant celle de Riboux, le savetier.

Ce fut alors qu'il devina la présence d'un homme, à trois maisons de lui, sous le perron de l'échoppe de Raynaud, le boucher. L'homme essayait de se dissimuler en profitant de l'ombre que faisaient les gros volets de bois clouté. Un coupe-bourse, pensa-t-il, un qui aura profité de l'arrivée des bergers pour franchir les portes de la cité. Si Anatole n'avait pas été ivre, il l'aurait peut-être affronté, dague en main. Mais là, dans son état, c'était de la pure folie. Il se hâta. Il n'était plus très loin de chez lui. La lune avait pris son pas, harmonisant sa fuite avec la sienne, s'arrêtant quand il s'arrêtait, accélérant quand il accélérait. Et lorsque, voulant couper par une ruelle qui montait de la rue Basse, son pied se déroba et qu'il glissa sur le dos, il la vit qui trébuchait aussi et allait s'empaler sur la pointe acérée du clocher du couvent des dominicains.

— Nom de Dieu ! grommela-t-il en cherchant à tâtons sa perruque qui avait roulé dans la fange où il s'était embourbé.

Une main se tendit pour l'aider à se relever. C'était l'homme. Il ne vit tout d'abord que le bas de son corps : il avait des bottes interminables et un grand manteau soulevé par le vent. Anatole voulut le remercier, mais quand il vit son visage, il recula d'un bond et retomba sur le sol.

— Qui... qui êtes-vous ?

— L'animal malin, dit l'autre en lissant les longs poils de ses joues, en découvrant à la lune ses crocs. Je suis la bête qui sait.

Anatole tenta de ramper sur le dos, mais il ne sentait plus aucune force en lui. Alors, très vite, il songea à Béatrice, à sa chair poupine, sanguine, et son sourire et ses fossettes et la courbe élastique de sa croupe et de ses seins à peine nés. Il chercha dans le regard de l'autre s'il avait une chance d'échapper à la mort. Au-dessus de lui, la lune blessée perdait son sang à travers la nuit rouge.

II

La veille, le lieutenant de police avait donné au procureur certains des renseignements demandés. À la date des premiers crimes, il n'y avait dans la région qu'une douzaine d'étrangers recensés : deux religieux en provenance de Digne, hébergés par les dominicains, les trois hôtes de la baronne de Montclar, quelques acheteurs de mulets arrivés des Charentes, tous logés à l'hôtel des Trois Rois et deux gentilshommes de passage qui n'avaient dormi que quelques nuits dans une petite auberge sur la route des Auches, nommée le Vieux Tilleul.

Les religieux étaient deux frères de l'ordre appelés en renfort pour aider le père Denys Bon que la communauté avait depuis le premier jour d'octobre chargé de diriger la toute nouvelle classe de rhétorique et d'humanités. Les Charentais étaient des habitués. Ils venaient chaque année, à la même date, acquérir les plus belles bêtes que les juments mulassières avaient mises bas au printemps précédent. Et si le procureur décela dans leurs manières bonhommes, derrière leurs regards broussailleux et leurs sourires du coin des lèvres, tous les signes d'une incurable ruse, il fut vite convaincu qu'ils n'avaient pas l'imagination nécessaire pour mettre en scène pareils crimes. Restaient les deux gentilshommes de l'auberge des Auches.

À l'aube, Guillaume découvrit avec surprise qu'une neige fine venait de tomber. Sans doute n'allait-elle pas résister au soleil de la matinée mais, pour l'heure, elle donnait envie de bomber le torse et de croire à la beauté du monde. Une allégresse l'emporta qui le fit rire comme un enfant. Il décida d'avancer la visite à l'auberge du Vieux Tilleul. On sella sa monture et on ouvrit pour lui les portes de la ville. Il s'élança au galop en coupant à travers les champs, sautant les haies et les enclos, terrorisant les moutons et les poules, déclenchant derrière lui la fureur étranglée des aboiements des chiens. Son cheval volait sur la plaine blanche. Ses pas salissaient sans un remords la virginité fragile de l'espace. Il jouissait de ce viol impuni, de cette gifle donnée à toute volée à la beauté trop pure du paysage.

Les prés luisaient. Quelques plaques de neige tardaient à s'en aller, prisonnières des rochers, des fourrés épais qui bordaient la rivière, des souches d'arbres sur les bas-côtés de la route.

Il lui vint l'idée folle de se baigner. La Blanche devait être d'une fraîcheur vivifiante. Il avait toujours aimé cela : se plonger dans une eau glacée qui vous fouette le sang et chasse les mauvaises humeurs. Il mit sa monture à l'abri d'un orme. Sur sa plus haute branche, un rossignol chantait. Il se déshabilla, posa son épée à plat, à portée de main, et se glissa dans l'onde claire qui coulait doucement entre les rochers. C'était à peine supportable. Très loin, sur la route, il aperçut un convoi d'une vingtaine de mulets et puis, plus loin encore, un carrosse qui cahotait en direction de Seyne. Mais il lui semblait qu'il était seul au monde. Au-dessus de la rivière, les arbres pleuraient en soupirant des gouttes d'eau d'une transparence de cristal où se reflétaient encore les grands nuages blancs qu'avait chassés le retour du soleil. Il se laissa flotter dans moins de deux pieds d'eau. Il ferma les yeux. Le froid l'engourdissait. Il savourait chaque seconde. Il s'efforçait de se hisser à la hauteur des grandes montagnes.

— Puisque je vous dis qu'il n'est pas mort.

Guillaume sursauta et, pour se redresser et saisir son épée, il fit des mouvements si brusques qu'il perdit pied un court instant et ne put se rétablir que par de violents moulinets de bras un peu ridicules.

— Mais il est nu ! dit une voix de femme.

Le carrosse était arrêté sur le bas-côté de la route. Un gros curé en était descendu et une jeune fille penchait sa tête à la fenêtre de la voiture.

— Mon Dieu ! dit l'abbé Jorisse. Monsieur le procureur, avez-vous besoin d'aide ?

Guillaume s'était replongé dans l'eau. Delphine avait ouvert la portière.

— Pas le moins du monde, dit-il. Je vous remercie.

— Vous me semblez moins arrogant que la dernière fois, dit la jeune fille en s'approchant de l'abbé.

— Delphine, je vous en conjure, dit le bon père, remontez !

Elle tremblait un peu. Devant elle, sur les pierres plates qui bordaient la rivière, elle apercevait les bottes du procureur, son chapeau à plumes, sa cape pliée avec soin. Son corps dans l'eau n'était qu'une ombre bleue, qu'une masse soyeuse, mais elle en savait maintenant assez sur les mystères de l'homme pour deviner chaque parcelle de ce corps musculeux qui luttait pour ne pas se montrer.

— Nous avons bien le temps, dit-elle avec un ton cassant destiné à cacher son trouble. La Blanche est à peine gelée. Laissons M. de Lautaret nous montrer comme il nage.

— Ne vous méprenez pas, dit le procureur en agitant la main qui tenait l'épée. Si je ne me lève pas, c'est en considération de votre personne et non de la mienne. Mais si vous ne partez pas sur l'heure, je change d'avis.

Et, pour montrer qu'il ne plaisantait pas, il se redressa à demi sur les genoux et ses fesses ruisselantes émergèrent un instant.

— Allons, mon père, dit Delphine en se retournant. Nous n'avons que trop perdu de temps.

Lorsque le carrosse s'en fut allé, que, rhabillé, il revint

sagement sur le chemin et mit sa monture au pas en direction de l'auberge du Vieux Tilleul, Guillaume prit le temps de respirer l'air vif à grandes bouffées. L'effet que la présence de la demoiselle de Montclar avait eu sur sa virilité tout le temps où il était resté dans l'eau tardait délicieusement à se dissiper. Il songea qu'une visite de courtoisie à Marie d'Astuard et à Mme d'Orbelet s'imposerait sous peu.

Le Vieux Tilleul était une auberge de passage, sur la route des Auches, en contrebas de Seyne. Elle était tenue par deux anciens lansquenets de l'armée de la compagnie de Montfort, issue du régiment du Béarn, qui s'étaient illustrés lors des combats de l'été 1693 contre les troupes piémontaises du marquis de Parelles et à qui la communauté, en récompense de leurs exploits, avait accordé le droit de tenir commerce. L'endroit était tranquille, bordé de grands arbres autour desquels le silence s'enroulait, à peine troublé par le murmure lointain de l'eau grondante de la Blanche. S'y arrêtaient de préférence les voyageurs à la recherche d'une simple chambre pour la nuit bien que l'on y dînât fort bien.

Il découvrit la bâtisse, avec son toit dépaillé, à laquelle était adossée une étable, et plus loin des hangars ouverts pleins de liasses de fourrage, de tonneaux et de bâches. Une lessive séchait sur une haie. Dans la cour où la neige fondue avait laissé de grandes mares de mélasse noire, des poules picoraient du bout du bec.

Il gravit l'escalier menant à la grand-salle. Elle était déserte, à l'exception d'un homme, accroupi près de l'âtre, occupé à ramasser les cendres des fagots de bruyères et de genêts qui brûlaient à cheval sur des landiers. C'était l'un des lansquenets. Il avait des yeux d'un bleu très pâle et une figure charbonneuse, tout en pointe. En deux mots, le procureur lui expliqua qui il était et la raison de sa visite.

— Vous avez été bien renseigné, monsieur, dit l'homme en se relevant et en s'essuyant les mains sur son tablier.

J'ai bien hébergé deux gentilshommes qui venaient de Paris mais depuis hier matin ils s'en sont retournés et c'est bien dommage, croyez-moi, car ils dépensaient bien.

Ils étaient arrivés au début de la semaine, crottés comme après un long voyage. L'une des roues de leur voiture avait l'essieu presque cassé. Le plus vieux, un gros homme à perruque, au teint cireux et aux bajoues tombantes, était à l'évidence une personne de condition. On lui avait donné la meilleure chambre, avec, comme il l'avait exigé, une baignoire sabot qu'on était allé chercher à Seyne et, malgré cela, il se plaignait beaucoup. Peut-être était-il malade. En cinq jours de présence, il n'avait quitté l'auberge que deux fois, et encore, pour quelques heures à peine et à la nuit tombante.

— Pourriez-vous me préciser les dates ?

— Attendez voir, dit l'homme en se grattant la tête. Lundi dernier et jeudi, je crois. Je demanderai à mon ami...

Cela pouvait correspondre aux meurtres des Colin et à celui de la petite Reynier.

— Et le second gentilhomme ?

— Un homme sec avec le visage plein de petite vérole. Il était au service de l'autre.

Ils n'avaient pas reçu de visite. Guillaume demanda à voir les chambres communicantes qu'ils avaient retenues. Le bougeoir à la main, ils gravirent d'autres marches. L'escalier à rampes vermoulues tremblait sous leurs pas. L'auberge aurait nécessité une remise à neuf. Guillaume se dit qu'il était impossible que deux personnes de condition aient fait le choix de s'arrêter ici à seule fin de se reposer. C'était là une piste sérieuse. Les deux chambres donnaient sur l'arrière de la bâtisse avec une simple fenêtre à guillotine et il était exclu que leurs occupants aient pu entrer et sortir sans se faire remarquer. Le confort était rustique. Deux lits, deux chaises, une grande cheminée. Un vieux meuble à tablette en bois sur lequel reposaient encore un pot à eau dans sa cuvette et des ustensiles à se faire la barbe.

— On n'a pas encore fait la chambre, crut bon de préciser l'aubergiste. Il y a peu de monde en ce moment.

Guillaume ouvrit à tout hasard le tiroir du meuble et regarda sous le lit. Il n'y avait rien. De gros monticules de cendres encombraient la cheminée. Du plat de son épée, il y fouilla. On avait brûlé des papiers.

— Ne touchez à rien, dit-il en se retournant vers l'homme. Tout ce qui est dans cette chambre appartient désormais à la justice du Roi.

III

Il retourna, d'un trot pressé, vers Seyne-les-Alpes, s'amusant à se remémorer le comique de sa baignade en présence de la demoiselle de Montclar.

Ce fut, au pied des remparts, la présence du lieutenant de police et d'un cordon d'archers de la sénéchaussée qui lui fit comprendre qu'un événement grave était arrivé.

L'officier lui fit son rapport tandis qu'il mettait pied à terre. Bonnafous avait été retrouvé en bas de l'enceinte, flottant dans le bassin du lavoir, non loin de la porte de Provence avec ses mâchicoulis et son arc ogival. Il n'était pas mort noyé mais étranglé et tout laissait penser que son corps avait été balancé du haut des remparts, à l'endroit où se déversait la fontaine qui alimentait la retenue d'eau. Par ailleurs, il était enveloppé dans une peau de bête, celle d'un âne ou d'un mulet, solidement ficelée au niveau de son bassin et de ses aisselles.

— Une peau de bête ? répéta le procureur d'un ton mécanique.

Il jeta un regard vers le sommet de l'enceinte qui entourait la ville. L'assassin devait avoir minutieusement préparé son coup.

— Et puis, dit l'homme en baissant la voix, il avait ceci entre les dents.

Il déplia un mouchoir qu'il avait glissé dans sa poche et remit un petit objet au procureur : c'était une bague de femme, un anneau tout simple avec une améthyste, de taille plutôt petite. Guillaume le prit entre le pouce et l'index et le fit miroiter dans la réverbération du ciel.

— Où est le corps ? demanda-t-il.

Le lieutenant de police baissa la tête.

— Sur demande du premier consul, les pénitents blancs l'ont déjà emporté. Le cadavre pouvait infecter l'eau. Et puis les femmes voulaient profiter de l'arrêt de la neige pour accéder au lavoir et finir leur lessive.

— Je vois. Montrez-moi où vous l'avez trouvé.

Il n'y avait presque pas de curieux, que suffisait d'ailleurs à disperser la présence des archers. Tout à l'heure peut-être, lorsqu'on avait découvert le cadavre, une certaine agitation avait animé la population de Seyne. Mais les circonstances curieuses du décès avaient été gardées secrètes et dès lors qu'on s'était persuadé que le loup n'était pour rien dans cette histoire, que l'on avait su que la victime était Anatole Bonnafous, connu pour son penchant pour la dive bouteille, on avait mis l'accident sur le compte de l'ivrognerie. La décision rapide de retirer le corps et d'ouvrir le lavoir avait suffi à dissiper les dernières suspicions : cette mort-là n'avait rien de bien excitant.

Ils gravirent les marches qui menaient au plan d'eau, s'écartant sur le côté pour laisser passer des femmes énormes, un poing sur la hanche et le sang aux joues, qui trimbalaient sur leurs épaules des charretées de chemises et les regardaient droit dans les yeux, surtout le jeune procureur. C'était en haut un spectacle magnifique de filles presque nues, splendides sous le ruissellement du soleil, tapant, frottant, tordant à pleins bras des chemises et des torchons, avec des chairs rougies par l'effort, des robes remontées jusqu'au milieu des cuisses, des corsages débordant de mamelles, une chorégraphie d'écume et de vie, d'éclaboussures et de rires. Et tout cela dans un vacarme assourdissant de palabres et de frottements de brosses, de cris de peine et de plaisir, de battoirs s'abattant lourdement sur les planches.

Au début, les deux hommes n'osèrent pas bouger. Guillaume s'avança le premier et, d'une voix qui lui semblait puissante, il demanda un instant de silence. Ses mots furent couverts par le bruit besogneux du lavoir. Alors, il fut pris d'une colère terrible.

— Au nom du Roi ! hurla-t-il à se faire percer le tympan.

Le résultat fut immédiat. Elles restèrent toutes figées, le regardant sans trop comprendre. On eût entendu un insecte voler sans l'insolence persistante du gargouillis de l'eau coulant de la fontaine et le clapotis de la pluie gouttant des linges pendus.

Le lieutenant de police montra l'endroit où le cadavre avait été découvert, dans le bassin, sous la fontaine, et expliqua à Guillaume que le corps avait dû être jeté depuis l'excavation, en haut des murailles, qui permettait à l'eau de tomber.

Admettons, pensa Guillaume. Mais le meurtrier n'avait pu glisser la bague dans la bouche du maître tailleur avant la chute. C'était prendre un trop grand risque qu'elle ne s'en échappât. Peut-être même n'avait-il fait qu'assommer l'homme avant de le balancer de là-haut et qu'il n'était venu ici qu'ensuite, tranquillement, pour l'achever et l'enrouler dans la peau de bête.

Il se retourna vers les femmes, de nouveau décontenancé

par leur beauté sauvage, leur demi-nudité et le feu croisé de leurs regards qui sentaient l'eau fraîche et le propre.

— L'une d'entre vous a-t-elle remarqué quelque chose ? Une trace ? Une empreinte ? Quoi que ce soit d'inhabituel ?

Elles s'observèrent toutes du coin de l'œil. Et puis une voix s'éleva de la berge opposée, d'un coin que cachait la fumée des cuves.

Une femme sortit de l'ombre sans se presser. Elle avait les cheveux défaits, la gorge généreuse, les manches remontées haut sur les avant-bras. Chassant d'un geste mécanique la guêpe qui tourbillonnait autour d'elle, elle désigna le terre-plein derrière le jet de la fontaine, au pied des roches qui soutenaient la tuyauterie en bois de sapin.

— Il y a des traces là qui n'y étaient pas hier.

C'étaient des empreintes de bottes, apparemment de bonne qualité. Les mêmes, pensa le procureur, que celles qu'on avait retrouvées autour du logis des Colin. Elles s'enfonçaient profondément. L'homme devait avoir un certain poids, mais il était vrai qu'il transportait peut-être le corps de Bonnafous.

Guillaume retira la bague de sa poche.

— Était-il marié ?

— Il est veuf, monsieur. Mais il a une fille. Je ne sais pas si quelqu'un a pensé à lui annoncer la nouvelle.

Le procureur soupira.

— Eh bien, allons vérifier.

Ils franchirent la porte de Provence et gravirent la rue Basse en évitant le ruisseau d'ordures qui, à cette heure du jour, coulait en abondance.

— C'est par là, dit le lieutenant de police en bifurquant vers un passage couvert.

Ils débouchèrent dans une cour pavée où l'eau des gouttières tombait à grand bruit. Une odeur de pain chaud montait de quelque part. Maître Bonnafous logeait au second étage d'une maison à contrevents.

Ils gravirent l'escalier. Sur le premier palier, une fenêtre ouvrait sur la cour. En se penchant, on apercevait le sous-sol de l'échoppe du boulanger, une rangée de sacs, une hache, une pelle, un pétrin sur lequel s'agitaient, maigres et blêmes, sans chemises et sans vestes, deux hommes aux prises avec un morceau de pâte qui claquait lourdement sur le bois de l'auge. Ils poursuivirent. Au second, ils trouvèrent porte close. Le lieutenant de police tambourina sur l'huis de maître Bonnafous, attendit, appela Béatrice, recommença. Il fit jouer la poignée et la porte s'ouvrit.

La maison était silencieuse. Ils appelèrent de nouveau. Dans l'entrée, ils découvrirent un porte-cannes, une glace fatiguée constellée de taches noires, deux estampes représentant des vues des Alpes. Une lumière faible filtrait par-dessous une porte. Elle donnait dans une salle à manger avec une table ronde, quatre chaises de paille, une armoire en noyer. Dans la cheminée, surmontée d'une pendule et de candélabres sans bougie, la fin d'un feu rougeoyait avec des craquements secs. Guillaume poussa une autre porte. C'était la chambre à coucher. La pièce était sombre, avec les rideaux tirés sur une fenêtre étroite, des murs couverts d'une tapisserie jaune à rayures marron, encombrés d'étagères et de cadres vieillots. Mais la mèche d'une chandelle finissait de se consumer dans un lac de suif et jetait une clarté diffuse, suffisante pour percevoir le contour des choses. Béatrice dormait dans son lit. Sa tête entourée d'un bonnet de coton blanc reposait sur l'oreiller. Elle était vêtue d'une robe de même tissu. Ses bras étaient passés dessus le drap et la couverture qui lui montaient jusque sous les aisselles. Ses mains étaient jointes comme si elle priait. La jeune fille semblait minuscule, paisible et fragile comme une poupée dans un berceau en jouet.

Guillaume avança doucement. Il se pencha, tendit l'oreille, blêmit, s'approcha de plus près. De la pièce voisine filtraient les battements réguliers de l'horloge et les derniers sursauts du feu. Il posa la paume de sa main à l'horizontale de la bouche de l'enfant.

— Elle est morte, dit-il.

Étranglée sans aucun doute : à la base du cou, il y avait la trace d'un lacet. Guillaume chercha le regard du lieutenant de police qui, atterré, n'avait pas osé pénétrer dans la pièce. Le procureur tira la bague de sa poche, mais il renonça aussitôt à la passer au doigt de Béatrice. À l'évidence, elle était trop grande pour elle. Cependant il y avait autre chose à vérifier. D'une main tremblante, il revint vers les lèvres de la morte, s'insinua entre elles, desserra les dents. Ses genoux flageolaient et, par contraste, il serrait furieusement ses mâchoires. Ses doigts écartèrent la langue, fouillèrent les parois internes des joues, le palais. Sa main tout entière pénétrait dans la bouche de la morte. Ce n'était plus le visage reposé d'une jeune fille qu'il affrontait, mais la gueule dilatée, déformée, monstrueuse d'un cadavre qui n'avait plus rien d'humain. Il sentit quelque chose. Il retira ses doigts. C'était une aiguille large et longue, de la grosseur d'un clou.

La fouille de l'appartement s'avéra décevante. Ils descendirent pour interroger le boulanger et son commis. Les hommes ne s'arrêtèrent qu'avec mauvaise grâce. Des grosses gouttes de sueur perlaient sur leur front et buvaient la farine amassée sur leurs tempes. Oui, ils peinaient depuis bien avant l'aube, deux, trois heures du matin. Non, ils n'avaient rien vu, rien entendu.

IV

La neige se remit à tomber vers la fin de l'après-midi. Guillaume se levait parfois de son bureau pour la regarder par la fenêtre. Elle tournoyait dans une écharpe de lumière, se disloquait en grandes lanières.

Il revenait se chauffer près du feu et, dans sa cervelle fatiguée, la danse des flammes se superposait à celle des flocons. La journée avait été épuisante. Il n'avait cessé de donner des ordres, de recevoir des dépêches, de rédiger et d'envoyer des courriers.

Il avait resserré la surveillance autour de ceux de Saint-Pierre après avoir appris que maître Bonnafous, avant que ses affaires ne l'obligent à acquérir une boutique dans la ville *intra muros*, avait habité plus de dix ans ce quartier excentré et avait gardé de nombreux liens avec cette communauté. Le procureur faisait pression sur l'un des domestiques d'Isaac Scarole, impliqué dans une affaire de vol de mulets, pour que celui-ci lui rapportât tous les agissements suspects de son maître.

Des cavaliers étaient partis vers Digne par le col du Labouret, vers Barcelonnette par la montée de Saint-Jean et vers Gap en longeant les rives escarpées de Rabioux afin de tenter de rattraper les mystérieux gentilshommes du Vieux Tilleul. Les gens d'armes avaient fouillé les chambres de fond en comble mais l'on n'avait rien trouvé. Il restait les cendres de l'âtre qu'un homme s'affairait à trier. Guillaume avait par ailleurs exploré la piste de la peau. Mais les gens d'armes avaient eu beau interroger tous ceux qui étaient intéressés de près ou de loin dans la vallée à ce commerce – chasseurs de sauvagines, martres, fouines, belettes, massacreurs de marmottes à la pelle et à la pioche, tanneurs de La Bréole, fabricants de cerceaux de noisetier sur lesquels on tendait les peaux, marchands ambulants de cuirs et de fourrures sur les marchés de l'Ubbaye – personne n'avait pu fournir le moindre indice. Mais, dans ce pays muletier, il n'était pas bien difficile de se procurer discrètement la dépouille d'un âne.

Il avait disposé sur son bureau, bien en évidence, l'aiguille et la bague. Les dessins de l'une et de l'autre circulaient aussi un peu partout. Si ces objets avaient été achetés ou fabriqués par ici, il finirait bien par le savoir. Ce qui était certain, c'était que l'assassin jouait à laisser des empreintes. Tout cela devait répondre à une logique. Guillaume penchait de plus en plus pour une explication magique ou religieuse. Il connaissait la symbolique des reliques trouvées dans la bouche du père et de la fille Bonnafous. La bague, anneau nuptial et anneau pastoral, était le signe de l'alliance, de l'attachement fidèle et éternel comme elle était aussi la chaîne qui emprisonne et rend esclave. Le fauconnier en baguant le faucon s'attache l'animal qui ne chassera que pour lui. Quant à l'aiguille, comme l'épine, elle était l'obstacle à franchir, le signe de l'adversité, du danger aussi qui guette toujours celui qui est trop sûr de lui. Pour les cailloux blancs et le gâteau écrasé, il suffisait de chercher, on finirait bien par démêler le fil de tout cela.

La liste qu'il avait fait dresser de ceux qui se mêlaient de près ou de loin de magie et de sorcellerie était désespérément longue. Le père Barthélemy l'avait prévenu : le peuple dans les vallées était plus christianisé que chrétien. Inculte, ignorant, il avait l'imagination malheureuse des bafoués et des laissés-pour-compte. Sa révolte passait par une constante et obscure fascination pour des doctrines impies et des pratiques païennes. Mais, avait-il ajouté, c'est le même peuple qui vient s'agenouiller, chaque dimanche, devant l'autel de la Vierge et qui cherche la protection du Dieu de la Bible, qu'il vénère et craint tout à la fois.

Guillaume avait entouré quelques noms, celui de la secte des Cendres, une communauté mystique de Saint-Pons parce qu'ils adoraient Hadès, le maître des enfers, dont la légende rapportait qu'il se vêtait d'un manteau en peau de loup ; celui d'un ermite de la Grande Montagne parce qu'il avait autrefois, avant la guerre, appartenu à un groupe satanique qui se faisait appeler Les Enfants de Lycaon, le roi d'Arcadie qui pour avoir offert en sacrifice un enfant nouveau-né aurait été changé en bête, celui d'un moine défroqué parce qu'il était connu comme violent et soupçonné déjà d'un crime de sang. Ils seraient soumis à la question. Mais il ne croyait que fort peu à leur culpabilité. Il réservait un sort particulier à la Naïsse que l'enquête citait plusieurs fois pour diverses pratiques magiques et « science des forces cachées ». Les yeux perdus dans les bûches qui se consumaient, il sourit à l'idée d'« interroger » la fille de nouveau. Puis le visage de Delphine s'imposa. D'un mouvement de la main, il dissipa tout cela.

À dire vrai, la peur grandissante du loup dans la vallée et l'agitation qui s'ensuivait compliquaient singulièrement l'enquête et devenaient préoccupantes pour l'ordre public. On ne parlait plus que de cela. Depuis la découverte de la petite Reynier s'étaient mises en place chaque nuit autour des fermes des « batteries de feux », de grands brasiers où l'on consumait des souches de sapins et de mélèzes, destinés à faire fuir les bêtes et à éclairer la nuit pour mieux les tirer à l'affût. Les paysans mettaient au cou des chiens de gros colliers à clous pour les rendre moins vulnérables et à celui des filles des chapelets car les paroles du père Barthélemy avaient fait mouche et tous ne voyaient plus que la griffe de Satan sous la patte de l'animal.

Par ailleurs, la nouvelle du grand loup de la Blanche avait attiré dans la vallée nombre d'aventuriers, colporteurs de médailles de saint Hubert, de chapelets et gousses d'ail, vendeurs de lanternes à loup dont la lumière vacillante sur la neige déformée par les découpes de la tôle était censée tenir à distance la bête, chasseurs de primes qui débarquaient avec leur arsenal de pièges à mâchoire, lacets, collets, dards perforants, poisons, cages à pieux et flèches magiques dont la pointe provenait d'une médaille fondue de la Vierge et qui se faisaient fort, pour quelques pièces, de tuer la bête. La Naïsse n'était pas de reste qui vendait à prix d'or des amulettes magiques et des onguents pour repousser le mal.

Mais ce n'était pas encore le plus grave. La peur avait galopé à si grandes enjambées que la populace s'était massée ce midi devant la porte de la citadelle. Les meneurs étaient Baptiste Chabot et le fils Tallard qui, réunis dans le chagrin après la mort de leurs promises, ne se quittaient plus et entendaient rameuter à leur cause tous les esprits forts de la vallée. Ils exigeaient le droit pour la roture de porter les armes et de mener la battue contre la bête, ce que le gouverneur, M. de Pontis, avait bien sûr refusé avec la plus grande fermeté, au point d'envoyer M. de Cozon et une dizaine de soldats en armes disperser les agitateurs du plat de l'épée. Mais si les crimes du loup ne cessaient pas, la pression deviendrait trop forte. Il fallait agir vite.

Guillaume allait se remettre au travail quand on lui annonça la venue de M. de Cavalier de La Bréole, le juge royal. C'était un homme courtaud, la cinquantaine finissante, souffrant de la goutte et de l'embonpoint, toujours poudré à l'excès et qui ne s'intéressait que de fort loin aux affaires de la justice. Il en laissait volontiers le fardeau à son jeune et fougueux procureur, ne réclamant des comptes que lorsqu'il était lui-même obligé d'en rendre et n'ayant que très peu d'exigences au-delà de celle qu'on le laissât jouir en paix de sa charge. Sa visite n'étonna pas M. de Lautaret tant l'agitation avait été grande après l'épisode de la citadelle.

— Nous ne tolérerons pas, dit-il d'un ton pincé, que

notre nom soit associé à ce tumulte. Quelle est notre opinion en cette affaire ?

M. de Lautaret prit le parti de la prudence. Il exposa à mots couverts au juge royal que si « nous » étions préoccupés par les meurtres des Colin et de Bonnafous, nous n'excluions point pour autant un lien entre ces affaires et les crimes du loup. M. de Cavalier de La Bréole hocha longuement la tête avec une petite moue dubitative.

— Monsieur le procureur, dit-il d'une voix doucereuse, notre tâche est l'une des plus difficiles qui se puisse concevoir. Il ne s'agit point, comme le pensent les ignorants, de juger et de dire le droit, mais de présenter au bon peuple une image de la justice qui assure l'ordre dans le royaume et fasse craindre et respecter la personne du Roi.

— C'est ce que je ne cesse de répéter, excellence.

— Les esprits s'échauffent, n'est-ce pas ? Le peuple gronde ?

— Il s'agite en effet.

— Aussi, dit-il en parlant lentement comme pour se faire mieux comprendre, nous aurions beaucoup de soucis si tous ces crimes avaient été commis par un homme. Comme ces pauvres petites ont été tuées par un loup, cela ne relève pas de notre ressort. Il revient aux consuls, aidés du gouverneur, de mettre fin aux exactions de cet animal. Laissons nos compères se charger de cette vilaine besogne et souhaitons-leur de réussir bientôt.

M. de Lautaret ne put que s'incliner.

Sur le point de sortir, le juge royal opéra un théâtral demi-tour et tendit au procureur une lettre décachetée.

— Tenez, dit-il, cela nous arrive directement de Versailles, envoyé à toutes les judicatures des Alpes. C'est là notre priorité.

C'était un mot du cabinet du Roi. Les espions de Sa Majesté signalaient le départ de Genève pour la France du « calviniste Brousson », prêcheur invétéré de la R.P.R., la religion prétendue réformée. L'homme allait rejoindre une communauté secrète d'hérétiques qui poursuivaient la pratique du culte en violation de l'édit de Fontainebleau et ce, pour une mission dont on ignorait la teneur. La plus grande vigilance était réclamée. L'homme devait être arrêté et les coupables châtiés.

Le vieux juge se retira. Guillaume posa la missive entre la bague et l'aiguille. Encore un étranger attiré par les charmes de la vallée. Plus on tue par ici, pensa-t-il, et plus on reçoit de la visite.

CHAPITRE VII

I

C'était de la folie, elle en avait conscience. Après l'épisode des bergers, elle tentait de nouveau le diable et, cette fois, elle n'aurait aucune excuse. À trop taquiner le Malin, comme aurait dit l'abbé Jorisse, on finit par en voir les cornes. Mais elle devait savoir. C'était plus fort qu'elle. C'était d'avoir revu le procureur qui l'avait soudain décidée.

Elle descendit par l'escalier de service, sa main blanche sur la rampe de fer et ses souliers posés du bout du pied. Elle traversa les cuisines où flottait encore le fumet d'une soupe. À cette heure, pensa-t-elle, tout Montclar devait dormir. Dehors, de gros nuages noirs étouffaient les étoiles. Elle gagna à tâtons le mur de l'écurie. Au loin, le clocher d'un bourg sonna deux coups. Des soupirs agitaient les arbres de l'allée. Elle allait s'y engager quand elle distingua une lanterne borgne qui vacillait près de l'entrée principale. Deux silhouettes se tenaient près du porche et parlaient à voix basse. Elle n'en crut pas ses yeux : c'était sa mère et un homme qu'elle ne connaissait pas. Maman aurait-elle un galant ? se demanda-t-elle. Elle faillit revenir sur ses pas mais il était trop tard pour renoncer. Elle glissa d'arbre en arbre jusqu'à l'entrée de la grand-route. Le peu de clarté suffisait à vernir les sillons des champs labourés, plissés sous la neige fine, éclatés par endroit de grumeaux de terre noire.

Annette l'attendait dans la charrette conduite par son frère. La fille lui tendit une main qui tremblait un peu. Elle avait dû la supplier puis la menacer de la renvoyer pour qu'elle consentît à l'aventure.

— C'est à la ferme des Villepreu, dit la camériste d'une voix mal assurée. Le fils est ami avec mon frère. Ils se sont arrangés.

Le garçon remonta son chapeau d'une chiquenaude et lui sourit. Il avait un visage anguleux, de petits yeux très rapprochés et un menton proéminent. Delphine se sentit déshabillée du regard. Elle saisit le bras d'Annette et grimpa dans la charrette.

Ils roulèrent sans rien dire sur le mauvais chemin. Delphine jeta sur ses épaules le manteau en grosse laine que lui donna sa camériste et rabattit la capuche. De même, elle remplaça ses bottines par des sabots. La ferme était à moins de deux lieues. Ils laissèrent la voiture dans un champ et s'en furent par l'arrière de la bâtisse sur un chemin dur où résonnait le pas de leurs chaussures. Le garçon se tournait fréquemment vers Delphine, l'œil brillant, le sourire aux lèvres. Elle faisait mine de ne pas le voir. Elle faillit se tordre la cheville. La mare était gelée. Des bœufs se pelotonnaient de froid contre les enclos.

Le fils Villepreu les guettait dans la bergerie et les fit rentrer sans qu'ils aient à frapper.

— Allez sur la droite, dit-il. Vous vous mêlerez aux autres.

La ferme était apparue à Delphine plutôt cossue, avec une toiture à deux pentes, couvertes de tuiles en argile, une bergerie, un poulailler, des murs de pierre et non de terre comme la plupart des chaumières de la vallée. Pourtant, en entrant, elle fut effrayée par le dénuement des lieux. Il n'y avait là qu'une seule pièce, ouverte sur l'étable pour profiter de la chaleur des bestiaux. Pas d'autre jour que celui tombant d'une étroite lucarne. L'air empestait la laine et le fumier. Pas de meubles, si ce n'était une table et une chaise dans un coin, et une litière à même le sol où devaient dormir emmêlés les parents et les enfants. Seule la cheminée avait quelque prestance, avec un foyer large et profond, deux bancs de pierre scellés à même les murs et, ce soir-là, un feu de tourbe et de fagots qui brûlait haut et colorait les êtres et les choses de reflets flamboyants.

Plus d'une trentaine de personnes s'entassaient dans cet espace et ce fut à peine si l'on se retourna lorsqu'ils entrèrent. Delphine, la main crispée sur un pan du manteau de sa camériste, suivit celle-ci jusqu'à un coin plus sombre de la pièce et, comme elle, s'adossa au mur noir. Quelque chose fumait dans une marmite à pieds, peut-être, à l'odeur, une daube de marmotte.

— C'est elle, dit Annette à voix basse, la Naïsse, dont je vous ai parlé.

Delphine dévisagea la femme par-dessous sa capuche, en prenant soin de ne pas trop se montrer. Elle était assise avec les gens de la maison sur les bancs de pierre de l'âtre. Elle avait des cheveux longs et nattés qui tombaient sur un châle un peu sale, un visage très mat où son œil brillait au-dessus de pommettes saillantes. Elle fumait, d'une bouche canaille, une pipe de bois.

Il flottait dans l'air une odeur âcre de sueur, de poussière et de terre. Delphine crut qu'elle allait s'évanouir. Ses mains tremblaient. Elle tenta de les dissimuler dans les manches de son manteau de peur qu'elles ne la trahissent. Mais, autour d'elle, chacun semblait absorbé par sa tâche. Un homme bouchonnait dans l'étable un mulet avec de grosses poignées de paille ; d'autres réparaient des harnais, aiguisaient des outils. Des femmes filaient, la quenouille sous le bras gauche, et tournant de la main droite le fuseau autour duquel s'enroulait la filasse de chanvre. Des vieilles, assises sur des paniers retournés, écossaient des pois. Des enfants triaient la laine, en détachaient, au toucher, dans le noir, les pailles et les débris divers. Dans un coin, les plus jeunes s'amusaient au furet, petite pelote de chiffon qui circulait de main en main. Deux femmes sur sa gauche, l'une rougeaude et gaie, l'œil clair sous ses cheveux gris, l'autre jeune mais fatiguée, les joues creuses, les yeux éteints et enfoncés loin dans l'orbite, bavardaient à voix basse tout en tirant l'aiguille.

— Elles parlent de Béatrice, la petite Bonnafous, lui glissa Annette à l'oreille. On l'a retrouvée étouffée dans son lit avec une aiguille de quenouille dans la bouche.

— Étouffée !

La nouvelle l'avait assommée. Un autre meurtre ? Encore une fille. Et maintenant cette histoire de quenouille.

Elle allait poser une question mais Villepreu, le père, s'était levé. Il vint frapper à la cuiller de bois contre le chaudron. Il y eut des « ha ! » et des « ho ! », des déploiements de jambes, des raclements de gorge. La Naïsse monta sur la pierre du foyer et choisit dans la cendre un tison à demi consumé. Des voix d'hommes s'élevèrent pour réclamer l'histoire du « moine bourru » qui court les rues aux avents de Noël en poussant des cris effroyables ; d'autres encore pour demander le récit du « lutin de la Saint-Matthieu », celui qui tire les pieds des femmes pendant leur sommeil et vole les chevaux des maîtres pour courir nu au clair de lune. Annette et son frère tapèrent des mains en appelant « le Maître Chat », comme le voulait Delphine. La Naïsse posa le tison sur le fourneau de sa pipe et aspira. Quand la fumée fut assez forte pour lui embrumer tout le visage, elle se lança dans une longue tirade qui fit grande impression.

Delphine fut frappée par l'étrange jeunesse de sa voix,

l'absence totale d'accent. Elle parlait dans un français mêlé de beaucoup de patois et la jeune fille ne comprenait qu'un mot sur quatre. Annette se pencha vers sa maîtresse.

— Il n'y aura pas de Maître Chat. En l'honneur de Béatrice Bonnafous, la Naïsse veut raconter l'histoire de la Belle Zellandine.

— Tant pis, dit Delphine.

Il y eut encore quelques chuchotements et puis la Naïsse commença.

Les mots montaient, à un rythme soutenu, martelés d'une voix sourde. Il sembla à Delphine que c'étaient eux, plus que le flamboiement des tourbes dans l'âtre, qui avaient ce pouvoir magique d'éclairer soudain les visages, de les dorer comme volailles, de les hisser au rang d'enluminures, et puis, d'un même mouvement, de les renvoyer à l'anonymat de la pénombre. L'assistance s'était tue, mais tous poursuivaient leurs besognes. On eût dit une crèche d'automates. Des mères se dépoitraillaient pour que les bébés tètent. Les fileuses à la quenouille ou au rouet s'épuisaient dans les mêmes gestes, s'humectaient le pouce et l'index, tiraient le fil, recalaient l'outil sous le bras. Sur leur droite, un vieillard, la bouche hersée de dents noircies par le tabac, cirait de gros souliers à semelles cloutées, avec un mélange de graisse de porc et de noir de fumée. De temps en temps, il souriait à Delphine d'une grimace qui la déconcentrait. Alors, elle repoussa un peu plus sa capuche, se pencha en avant, deux rides barrant la longueur de son front, et s'efforça de saisir le sens du récit.

La Naïsse parlait d'une princesse endormie, piquée au doigt par la pointe d'une quenouille. Un prince la découvrait, lui faisait l'amour dans son sommeil et la princesse se réveillait en mettant au jour un enfant.

— Mais je connais une histoire comparable ! lâcha-t-elle soudain, stupéfaite.

II

Dans les jours suivants, alors que Guillaume commençait à désespérer, l'enquête progressa brusquement.

Ce fut en premier lieu le domestique d'Isaac Scarole qui vint apporter des informations. Il avait surpris une discussion entre son maître et Pierre Metayer, l'apothicaire. Les deux hommes évoquaient un rendez-vous très important, dimanche prochain à minuit, où seraient présents le « frère de Genève » et un mystérieux « émissaire de Boèce », pour lequel il convenait de redoubler de précautions. Le procureur ne douta pas que le premier nommé fût ce « calviniste Brousson » que redoutait tant le cabinet du Roi. Il ne pouvait garder pour lui pareille information. Il rédigea sur l'heure un mémoire et s'en alla lui-même le porter au juge royal. Celui-ci le lut en hochant de bas en haut sa grosse tête.

— Bien, bien, dit-il, je vais transmettre.

Il n'ajouta aucun autre commentaire. Guillaume prit seul l'initiative de donner l'ordre à ses hommes de relâcher leur surveillance jusqu'au soir du rendez-vous. Il eût été trop bête qu'une maladresse n'alertât ceux de Saint-Pierre sur l'intérêt qu'ils suscitaient.

En second lieu, l'enquête sur le meurtre des Bonnafous avait donné quelques résultats. L'aiguille trouvée dans la bouche de Béatrice avait été identifiée comme étant une pointe de quenouille. Et une de ses camarades avait révélé aux gens d'armes que la petite lui avait avoué que son père abusait d'elle presque chaque soir, du moins lorsqu'il rentrait saoul.

L'enterrement n'avait pas encore eu lieu. Le procureur n'hésita pas. Malgré les protestations des pénitents blancs, il pénétra à l'aube dans leur dispensaire en compagnie d'une troupe d'archers, récupéra le cadavre de la fille Bonnafous

Les nuits blanches du Chat botté 117

et le fit transporter jusqu'à ses propres appartements. Le corps était méconnaissable, flasque et d'un teint cireux, dégageant déjà une odeur pestilentielle. Guillaume, sans attendre, fit réveiller le chirurgien Jacob Remusat. Ce dernier confirma que la gamine n'était plus vierge. Le procureur dut toutefois attendre que le docteur procédât à quelques attouchements et acceptât d'inciser le ventre pour avoir confirmation de ce qu'il avait supposé d'entrée : la petite était enceinte de plusieurs mois.

— Peut-être l'assassin était-il au courant, dit Guillaume au lieutenant de police. Il aura voulu punir l'inceste des Bonnafous comme il a puni les Colin de l'abandon de leurs enfants.

Mais qui pouvait être averti de pareils secrets ? Maître Bonnafous aurait-il parlé un soir qu'il était saoul ? C'était peu probable et sans doute ne savait-il pas que sa fille était grosse. Ce fut Jacob Remusat qui, toujours occupé à examiner le cadavre, offrit, sans le savoir, une explication possible :

— La pauvre petite a tout tenté pour se débarrasser de son fardeau. Elle a des blessures et des traces d'onguent et de cataplasme dans les parties intimes.

C'était peut-être là le lien entre la fille Bonnafous et la dame Colin : l'une et l'autre avaient dû avoir recours à des avorteuses. Il fallait chercher dans cette direction.

Mais la piste qui avançait le plus était celle des mystérieux gentilshommes qui avaient logé à l'auberge du Vieux Tilleul. Le procureur n'avait pas eu de mal à reconstituer partiellement leur itinéraire les deux soirs où ils s'étaient absentés de leurs chambres. Deux cavaliers richement vêtus dont l'un fort reconnaissable à son âge avancé et à son embonpoint ne pouvaient pas passer inaperçus. Le lundi, ils avaient été vus au carrefour de la route de Saint-Pons et de Pompierry où ils avaient été rejoints par un autre homme à cheval. Ce dernier avait pris la tête de l'expédition et, à son assurance, on pouvait penser qu'il connaissait parfaitement les lieux. Ensemble, ils avaient emprunté le sentier menant aux lacs. Il était probable que c'étaient les traces de leurs bottes que Guillaume et les archers avaient découvertes le lendemain autour de la cabane des Colin. Le jeudi soir, c'était en carrosse qu'ils s'étaient rendus au quartier Saint-Pierre. Ils y avaient été de nouveau rejoints par un cavalier qui dissimulait son visage sous une capuche. La voiture avait roulé sans hésiter jusqu'à la chaumière des Pothier. Seul celui qui avait le visage couvert de petite vérole était descendu. Il avait demandé à parler à Joachim, le père d'Amélie. Il lui avait posé quelques questions sur sa fille et, sans autre explication, il lui avait remis une bourse. Et deux témoins confirmaient que le carrosse était bien parti, comme l'avait dit l'aubergiste, le samedi à l'aube avec deux occupants. Il ne faisait plus aucun doute que ces étrangers avaient un lien avec les meurtres commis dans la vallée.

Il y avait mieux encore : dans les cendres ramassées dans la cheminée de la chambre, on avait sauvé des fragments de correspondance. Et, sur l'un d'eux, on pouvait déchiffrer quelques lettres à peine noircies par du noir de fumée. Or il y apparaissait un autre nom, celui, à n'en pas douter, du mystérieux comparse seynois des deux étrangers, un nom que Guillaume connaissait parfaitement. C'était celui du chevalier de Beuldy.

Une visite immédiate au vieil homme s'imposait.

III

Guillaume de Lautaret guidait son cheval à travers le chemin bourbeux, longeant la berge, baissant la tête pour éviter les branches trop basses des arbres. Sa silhouette semblait flotter entre le ciel et son reflet dans les eaux mortes. Un vent léger giflait les feuilles et imitait le bruit crépitant de la pluie. Le château du chevalier n'était qu'à une heure de Seyne.

Un long panache de fumée, rabattu par le vent, courait sur la campagne, y dessinait des ombres. La vallée ne se déclinait plus qu'en une gamme variée de gris, gris d'acier de la rivière, gris de cendre des plaines, gris de perle du ciel traversé de reflets de nacre. Le château lui-même, ancré en hauteur au milieu des roches, apporta au tableau une tache d'un blanc sale dont les contours semblaient dessinés d'un mince trait de plume. Guillaume s'approcha avec une lenteur extrême, les rênes relâchées sur sa bête, en se donnant le temps de prendre la mesure de la construction.

C'était l'antithèse de Montclar, une de ces forteresses du siècle précédent qui sentaient l'enceinte et la muraille, où l'imposante épaisseur des murs faisait régner, même en été, un froid qui glaçait jusqu'aux os. Tout semblait laissé à l'abandon. Il aperçut des traces d'anciens fossés, comblés par les pierres et les éboulis. Il parvint sans difficulté jusqu'aux portes du château, mangées de rouille, déséquilibrées du fait de l'affaissement de leurs gonds, pénétra dans une cour carrée, aux pavés fracassés, déchaussés sous des poussées d'herbes sauvages. Le donjon n'était qu'une ruine. Le toit était à demi effondré. Des lambeaux de ciel surgissaient par les trous non bouchés des tuiles. Le reste du bâtiment était construit en pierres de taille monstrueuses, percées par endroits de petites fenêtres à barreaux ou à double croix. Une sensation de crépuscule et de froid recouvrait la cour, donnait sur l'instant l'envie de repartir. La bâtisse semblait cassée par l'âge, minée par les intempéries. Pourtant, à y regarder de plus près, on distinguait sur la gauche une partie de la construction – une ancienne ferme attenante à un pigeonnier – moins délabrée que les autres.

La porte qui y donnait accès n'était pas fermée. Il frappa du poing, attendit, recommença puis se décida à franchir le seuil. Il pénétra dans une sorte de vestibule, qui sentait le vieux bois, avec un porche taillé en ogive, de hauts plafonds, un carreau froid. Au bout d'un couloir, une lumière dansait. Il prit ce corridor sur lequel donnait une double rangée de niches vides et pleines de poussière. À son extrémité, il découvrit une grande cuisine. Une servante, de dos, poussait à bout de bras un balai recouvert d'une serpillière qui laissait un large sillon luisant sur le sol carrelé en échiquier. Elle portait un grand fichu de cotonnade blanche et un tablier en gros drap serré au niveau de la taille par-dessus une robe de vieille serge. Voilà Marthe, pensa M. de Lautaret. C'était, selon ses renseignements, la seule personne restée au service du chevalier après le décès de sa seconde épouse. Derrière elle, dans une cheminée haute et profonde, garnie de crémaillères, de crochets et de grands landiers compliqués, la souche d'un petit arbre brûlait à flammes crépitantes.

— Excusez-moi, dit-il d'une voix douce pour ne pas effrayer la femme.

Mais Marthe poussa tout de même un cri. Elle lâcha le balai qui s'effondra sur le sol humide. Le bruit résonna dans le vide de la pièce.

Il se présenta et demanda à voir le chevalier.

— Il n'est pas là, dit-elle le visage fermé. Cela fait trois jours qu'il n'est pas rentré.

Elle lui expliqua que le chevalier était coutumier de la chose. Ses absences pouvaient durer plus d'une semaine. Il ne prévenait jamais. Trois jours. Cela correspondait au

Les nuits blanches du Chat botté

départ des étrangers du Vieux Tilleul. Les avait-il accompagnés ?

— A-t-il eu de la visite ces derniers jours ?

La servante le regarda par en dessous, le sourcil froncé. Elle fit un geste d'impuissance, haussa les épaules puis ramassa le balai et reprit son ménage. Il la saisit par le bras et l'obligea à se tourner. Il reposa sa question lentement, sans cesser de sourire, mais ses doigts s'étaient fermés comme un étau. Elle tenta de se dégager, poussa un petit cri parce qu'il lui faisait mal.

— La jeune fille de Montclar est passée ce matin. Elle voulait parler au chevalier. Je lui ai dit la même chose qu'à vous. Elle a demandé à consulter des livres dans la bibliothèque. Il l'aimait bien. Alors je l'ai laissée faire.

— Combien de temps est-elle restée ?

— Deux heures.

— Où est-ce ?

La femme désigna du doigt une petite porte à côté d'une grande horloge en chêne. Elle ouvrait sur un escalier assez raide qui desservait la tourelle où le chevalier avait installé sa bibliothèque et son cabinet de travail. Guillaume prit des mains de la servante le trousseau de clefs qu'elle venait de décrocher du mur. Il alluma une chandelle aux flammes de la cheminée et il monta. Les marches étaient rudes, rendues glissantes par l'humidité et il fallait souvent s'agripper à la corde fixée par de gros anneaux de fer. De temps en temps, le mur s'enfonçait d'au moins deux mètres, trahissant l'imposante épaisseur de la pierre. Il laissait place à une petite meurtrière fermée par une grille à travers laquelle on apercevait la cour, les murailles et, plus loin, la campagne et son manteau de neige. Guillaume respira l'odeur fraîche du vent montant du fond de la vallée.

Une porte fermée lui barra le passage. Il essaya les clefs du trousseau. La troisième était la bonne. Il pénétra dans une pièce tout en voûtes. L'entrée était encombrée d'un amoncellement de livres et de papiers rangés dans d'énormes dossiers dont les piles s'entassaient dans les coins. Elle donnait sur trois nouvelles portes. La première ouvrait sur une petite pièce où un bureau marqueté occupait presque tout l'espace. Quelques feuilles, une plume et un encrier, d'autres ouvrages le garnissaient.

Il y jeta un œil : des manuscrits d'Hippocrate et de Galien, de Gilles de Cobeil ; des traités arabes ; un exemplaire de la *Philosophie occulte* de Corneille Agrippa, médecin de Louise de Savoie, mère de François Ier. Il était ouvert à une page consacrée à l'influence des astres sur les humeurs du corps. Sur un des feuillets, tracé à la plume, un schéma représentait la coupe anatomique de ce qui lui sembla être un cœur et des poumons.

Le procureur retourna dans l'entrée et tenta d'ouvrir la deuxième porte mais aucune clef ne correspondait à la serrure. Il renonça. La troisième fut plus facile à faire céder. Derrière, il découvrit une salle haute de plafond dont tous les murs étaient couverts de rayonnages. Il y avait peut-être plus d'un millier d'ouvrages, sans compter les revues. Ils étaient rangés apparemment sans ordre, tantôt sur la tranche et tantôt à plat, débordant de leurs emplacements et parfois même entassés à même le sol. Une couche de poussière recouvrait tout. Marthe ne devait pas souvent venir ici.

Avait-il une chance de découvrir ce que la fille d'Orbelet était venue chercher ? Il circula au milieu des colonnes de livres. Au premier passage, il ne vit rien mais, au second, il remarqua les traces de doigts sur la pellicule de poussière enveloppant plusieurs piles de revues. C'étaient d'une part des exemplaires du *Mercure de France*, rangés par ordre chronologique, de janvier 1691 à décembre 1699, d'autre part des numéros du *Mercure galant*, de mars 1696 à juillet 1700. Un rapide inventaire lui révéla que quatre exemplaires manquaient : février 1695, février 1696, août 1696 et janvier 1697.

— C'est la fille de Montclar qui les a emportés. Je l'ai vue.

Marthe se tenait sur le seuil de la pièce. Les sourcils froncés, elle tripotait nerveusement le nœud de son tablier. Guillaume approuva d'un mouvement de tête.

— Et la troisième porte, demanda-t-il, en avez-vous la clef ?

— Le chevalier en interdit l'accès !

Elle avait presque crié. Il lui sourit. Il reposa les revues qu'il tenait encore et il s'approcha d'elle.

— A-t-il quelque chose à cacher ?

— Je ne sais pas. Mais il m'a fait jurer de ne jamais ouvrir !

— Donne-la-moi.

— Jamais !

— Comme tu voudras.

Il revint sur ses pas, attrapa l'un des exemplaires du *Mercure de France* et le brandit au-dessus de la chandelle posée sur le sol. Le papier se contorsionna puis se mit à brûler.

— Crois-tu que ton maître hésiterait à me donner la clef pour sauver tous ces livres auxquels il doit tant tenir ?

Elle semblait hésiter. Peut-être se demandait-elle s'il était capable d'aller jusqu'au bout.

— Il y a là des merveilles, crois-moi.

Le procureur saisit un livre au hasard, l'alluma à son tour, le brandit à hauteur de ses yeux, attendit qu'il fût transformé en torche. Je brûlerai tout, pensa-t-il en regardant la femme du coin de l'œil, le château et toi avec s'il est besoin. Elle dut tirer la même conclusion. Elle cracha par terre et chercha quelque chose dans la poche de sa robe.

— La voilà, maudit sois-tu !

La porte en fer grinça sur ses gonds. Une odeur pestilentielle leur sauta au visage. D'abord, il ne vit rien parce que les fenêtres de la pièce étaient fermées mais, en approchant la chandelle, il vit que le plancher était couvert de sang caillé. Et dans ce sang se mirait le corps d'un homme attaché au mur. Quand elle l'aperçut, Marthe poussa un cri et la clef tomba de sa main. Guillaume dut la soutenir.

— Est-ce ton maître ?

Elle ne répondit pas.

Il alla ouvrir les volets.

Le cadavre était suspendu à un croc de boucherie. Il était dans un état de décomposition avancée avec par endroits des plaies ouvertes couvertes de grosses mouches qui bourdonnaient. Guillaume s'approcha et, en se bouchant le nez, il l'examina rapidement. Il avait à plusieurs reprises croisé M. de Beuldy : ce n'était pas lui. Il jeta un œil à la pièce. Elle était longue, carrelée, occupée par deux épaisses tables en bois sur lesquelles reposaient des instruments de chirurgie. Sur un petit meuble, des bocaux étaient rangés. L'un contenait des viscères, un autre ce qui devait être un fœtus.

À l'évidence, le chevalier se livrait en secret à des opérations de dissection. Et pas seulement sur des animaux. C'était un délit majeur. Mais là, il avait manifestement oublié le cadavre ou avait été obligé de s'absenter précipitamment.

— Je le reconnais, dit Marthe en s'approchant à son tour. C'est maître Bonnafous, le drapier.

Une heure après, Guillaume pénétrait à cheval dans le dispensaire. Il jeta sur le sol de la grande salle, au milieu des lits des malades, le cadavre entouré de linges de Bonnafous. Dans l'affolement général, le recteur des pénitents blancs ne fut pas long à avouer : le chevalier savait se montrer généreux lorsque les corps lui étaient délivrés peu après le décès. L'argent servait à équilibrer les comptes de la communauté et c'étaient les plus pauvres qui en profitaient. Bonnafous lui avait été remis le matin même de sa découverte dans le lavoir. Le chevalier avait beaucoup insisté. Il voulait examiner l'homme le plus vite possible.

— Lui avez-vous donné d'autres corps, ces derniers temps ?

— Oui, dit le recteur en baissant les yeux. La semaine dernière, ceux des époux Colin... après que vous nous les avez rendus.

— Il va de soi, dit Guillaume en se retirant, que les activités de votre confrérie sont suspendues jusqu'à nouvel ordre.

Lui, il était bien décidé à aller demander de vive voix à la fille d'Orbelet ce qui pouvait tant l'intéresser dans les revues littéraires du chevalier.

CHAPITRE VIII

I

L'hiver s'installait sur la Blanche. La vallée basculait dans les mois obscurs, les mois du soleil noir. Bientôt, elle serait isolée du monde, seule avec ses fantômes. La nuit, le ciel était d'une pureté extraordinaire, surchargé d'étoiles, transparent et fragile comme du verre. Le matin, on ouvrait les volets sur des cours ensevelies où ne sautillait plus aucun oiseau. Le givre tressait des guirlandes aux branches lourdes des sapins. La neige, au moindre mouvement de l'air, tombait des corniches dans un nuage de poussière sèche. Même le château de Montclar se transformait en crypte, plongé dans un déclin du jour perpétuel.

Ce jeudi-là, un vent glacé avait soufflé sans discontinuer. En début de soirée, Delphine était à son bureau, couchant sur le papier le détail de ses dernières découvertes, lorsqu'elle vit, par sa fenêtre, sur la route royale qui venait de Seyne, un petit groupe de cavaliers obliquant vers le château. C'étaient, aux uniformes, des archers de la sénéchaussée. À leur tête, monté sur un destrier blanc, vêtu d'un costume lui-même immaculé, une plume d'un rouge vif sur son chapeau, caracolait M. de Lautaret.

Elle se sentit rougir. Lorsque sa marraine avait annoncé

Les nuits blanches du Chat botté   127

que Montclar aurait un invité pour le souper, elle avait protesté, s'était prétendue souffrante, obligée de garder la chambre. Et puis elle avait cédé. La tentation était trop forte de rabattre le caquet du procureur du Roi. Elle se glissa jusqu'au salon au moment même où il se faisait annoncer. Quand il entra, costume et bottines blanches, le chapeau à la main, l'œil dansant par-dessus ses moustaches, elle resta pétrifiée. Elle le trouva d'une grande beauté, plus beau encore que l'autre jour dans la rivière et, dans le même temps, une angoisse lui serra le ventre. Habillé, le doute était plus grand encore : n'était-ce point l'étrange prince de ses nuits ? Prince charmant et prince chat ?

Il se fendit d'une magnifique révérence, complimenta, remercia la baronne de Montclar pour son invitation.

— Vous l'avez si gentiment sollicitée, dit-elle, perfide.

— C'est à propos du loup, expliqua-t-il en regardant Delphine. Sans doute ai-je eu grand tort de prendre à la légère certaines aides et certains témoignages. Le moindre détail peut m'être utile et...

— Êtes-vous donc si sûr qu'il s'agisse d'un loup ? demanda la jeune fille d'un ton sec.

— Je n'ai pas sur ce point d'opinion très précise, mademoiselle, et c'est très humblement que j'entendrai ce qu'auront à me dire ceux qui ont vu de près les derniers événements : votre régisseur, l'abbé Jorisse...

— Vous n'avez pas de chance. Notre régisseur ne sera là que demain matin à la première aube et notre abbé s'en est allé, comme tous les jeudis, apporter son aide au curé de Pompierry.

Guillaume de Lautaret prit une mine faussement déconfite.

— Il me reste, dit-il en se tournant vers Mme d'Orbelet, à vous demander la permission d'interroger mademoiselle votre fille. Elle a, je crois, été mêlée à ces tristes affaires.

— Comment, monsieur, dit Delphine avec des éclairs

dans les yeux, la justice du Roi aurait-elle besoin de l'aide des jouvencelles ? Comment pourrais-je vous être utile à traquer la vérité toute nue ? Je crains que vous n'ayez fait le voyage bien inutilement. Pour ma part, je n'ai rien à vous dire.

Un silence gêné gagna le salon. La nuit était presque tombée. On était à l'heure indécise où le ciel était déjà noir et où seule la terre donnait encore un peu de clarté. Des chandeliers brillaient à chaque fenêtre. Marie d'Astuard prit Guillaume par le bras et lui proposa de lui montrer la collection d'armes de son défunt père.

Le souper, aux flambeaux, prit d'étranges tournures. Mme d'Orbelet, comme à son habitude, ne parlait guère. Tout au plus s'intéressa-t-elle aux derniers événements du royaume, aux bruits sur la santé du Roi, aux menaces de guerre avec la maison d'Autriche. Quant à Delphine, elle se cloîtra dans un silence de couvent. Et la conversation fut tout accaparée par l'évocation de connaissances communes entre M. de Lautaret et Marie d'Astuard. Bien que le procureur ne fût en possession de sa charge que depuis peu et qu'il eût passé toute son adolescence dans le Dauphiné, sa famille, à qui revenait la seigneurie de Saint-Pierre, était une des plus anciennes de la vallée, et Guillaume connaissait tout le sang bleu des Alpes.

Il mena le dîner de la pointe de son esprit, fourmillant d'anecdotes, campant avec brillance les caractères, sachant se moquer sans aller trop loin, et parvenant même à glisser quelques légèretés qui ravirent la baronne de Montclar et amusèrent jusqu'à Mme d'Orbelet bien qu'elle feignît de les désapprouver. Son sourire redevenait cruel quand il observait Delphine par en dessous. Il guettait sur ses lèvres un sourire, espérait dans ses yeux quelque lueur d'intérêt. Mais la jeune fille ne semblait s'occuper que du contenu de son assiette ou des dorures du plafond ; elle bâilla même deux fois, ce qu'il trouva charmant mais un peu puéril tout de même. Il n'y eut que vers la fin du dîner qu'il parvint à la surprendre. La tempête dehors redoublait. De terribles mugissements faisaient craquer les charpentes. Le débat en était venu à ce fameux loup et Mme d'Orbelet s'étonnait qu'il eût fallu une troisième victime pour que l'on prît la chose au sérieux.

— J'en suis le seul responsable, dit Guillaume. Mon attention était retenue ailleurs, ensorcelée par d'autres crimes, celui des époux Colin, de pauvres hères qu'on a retrouvés morts dans un ravin et celui de maître Bonnafous et de sa fille.

— Ensorcelée ? s'étonna Marie d'Astuard.

— C'est que le meurtrier dans les deux cas n'est pas banal, sourit le procureur. Si je vous disais qu'il a déposé dans la bouche de la femme Colin des petits cailloux blancs et dans celles des Bonnafous, une bague et une aiguille de quenouille.

— Des cailloux blancs ? lâcha Delphine en faisant un bond sur sa chaise.

Elle rougit aussitôt de son éclat de voix. Elle hasarda un petit mouvement aussitôt abandonné, sembla sur le point de poser une question mais elle y renonça. Mme d'Astuard mit ce comportement sur le compte de l'émotion.

— Vous impressionnez notre Delphine, monsieur le procureur, avec vos histoires de morts, de loups et de cailloux. Il est bien tard pour pareil sujet. Si nous faisions un pharaon ?

M. de Lautaret ne pouvait que se soumettre bien qu'il n'eût pour les jeux de cartes qu'une passion fort tiède. Il s'ingénia à perdre souvent, ce qui combla d'aise la baronne de Montclar qui n'était pas tous les soirs à pareille fête.

— Vous voyez, dit-elle à sa vieille amie, je gagne. C'est bien la preuve que l'abbé triche.

Il y eut une rafale plus violente que les autres. Quelque

chose s'écroula à l'étage dans un terrible bruit. On entendit des domestiques courir dans les escaliers.

— Monsieur, dit la baronne en lui touchant le bras, je vous demande une faveur que vous ne pouvez me refuser. Il se fait tard et il n'est pas très prudent, même pour le procureur du Roi, de chevaucher en pleine nuit. Vous nous feriez un grand honneur en acceptant notre hospitalité jusqu'à demain matin, ce qui vous permettrait de rencontrer notre régisseur.

Guillaume remercia d'un mouvement de tête.

Il ne parvint qu'à grand-peine à quitter la table de jeux et à rejoindre Delphine dans la bibliothèque. Il la découvrit debout sur l'escabeau, avec ses jolies chevilles fragiles comme des pattes d'oiseau. Il lui offrit la main pour l'aider à descendre. Tant de froideur habillée avec tant de blondeur, on aurait dit un rayon de soleil prisonnier de la glace.

— Je cherche un livre pour m'endormir, dit-il d'une voix grave et en tentant de capturer ses yeux. Auriez-vous la bonté de me conseiller ?

Il avait gardé ses bras accrochés aux barreaux de l'échelle et la tenait ainsi prisonnière.

— Hélas, dit-elle, je n'aime que les ouvrages qui tiennent éveillé.

— Une revue alors ? L'une de celles que vous avez volées au chevalier de Beuldy, par exemple.

Elle marqua le coup. Puis, descendant les derniers échelons, elle se retourna et lui fit face.

— J'en sais sur cette affaire bien plus que vous, monsieur le procureur. Je ne vous révélerai mes informations que si vous m'entretenez des vôtres.

— On ne transige pas, dit-il calmement, avec la justice du Roi. Si je vous arrête, croyez-moi, vous serez impatiente de ne rien me cacher.

— Faites ! dit-elle en tendant ses poignets.

Il fit une grimace et baissa quelque peu la tête.

— Je vous prie de m'excuser pour ces mauvais réflexes.

Elle planta deux yeux d'un gris d'acier au fond des siens.

— Je vous dirai ce que je sais si vous en faites autant et si vous acceptez que je mène l'enquête à votre côté.

Il éclata de rire et esquissa vers elle un mouvement que Delphine détesta. Peut-être voulait-il lui caresser la joue.

— Bonsoir, dit-elle. Ah ! j'oubliais : pour votre livre, je vous laisse le choix entre ces deux-ci, l'un est un recueil de contes pour enfants et l'autre un ouvrage de philosophie.

Il choisit le second : c'était le *Discours de la méthode*.

— Excellent ! dit-elle en s'éloignant. Sa lecture est indispensable à qui exerce votre charge.

II

Guillaume gagna la chambre qu'on lui avait préparée – une vaste pièce où pétillait un grand feu de bois. Il ôta ses bottes, déposa son épée sur la commode entre un pot à eau qui attendait dans sa cuvette en porcelaine et un grand chandelier flambant de toutes ses bougies. Il étouffait. Il ouvrit les fenêtres puis s'allongea sur le lit. La neige poudreuse, portée par les rafales, entrait dans la pièce en tourbillon et venait mourir à ses pieds.

Il feuilleta le livre. Un stylet marquait une des premières pages où une phrase avait été fortement soulignée : « Ne recevoir jamais aucune chose pour vraie que je ne la connusse évidemment être telle ; c'est-à-dire éviter soigneusement la précipitation et la prévention. »

Curieuse fille, se dit-il avec un sourire. Demain, il faudrait bien qu'elle se décide à parler, même s'il fallait employer pour cela la manière forte. Il l'imagina avec sa tête d'ange, sa taille de bouquet de fleurs, à genoux devant son lit et priant les mains jointes avant de se coucher. Il imagina encore son jeune corps, grelottant sous les couvertures. De petits seins sans doute, un ventre plat avec un joli nombril, une toison blonde comme ses cheveux. Des fesses petites et musclées perchées au bout de longues cuisses fuselées.

Il souffla sa chandelle et tenta de dormir. Mais il eut beau se tourner et se retourner, il n'y parvint pas. Il était face à Delphine dans la salle des Grands Interrogatoires. La jeune fille était attachée, à demi nue, les cheveux défaits. Il s'avançait vers elle et, curieusement, bien qu'il régnât dans la pièce une chaleur terrible, il avait gardé sa cape et son chapeau à plumes.

La nuit était déjà fort avancée lorsqu'il songea à l'autre ouvrage que lui avait proposé Delphine et il sentit monter en lui l'envie irrésistible de le parcourir sur l'heure. Y avait-elle glissé un autre message ?

Il se rhabilla en toute hâte et descendit vers la bibliothèque. À sa grande surprise, elle était éclairée. Delphine était assise dans un fauteuil, à la lumière de sa chandelle, enveloppée dans un grand châle noir qui donnait à sa peau une couleur très pâle, absorbée dans une lecture qu'elle faisait à voix si basse qu'il ne l'entendait pas. Mais il pouvait suivre sur sa bouche les mouvements silencieux de ses lèvres. Un pli profond barrait son front. Le potelé de sa main posée sur le bras du fauteuil avait une beauté vertigineuse. Il n'osait plus bouger. Il retenait jusqu'à son souffle. Elle était assise un peu de travers, les jambes repliées sous elle.

— Qu'est-ce ? dit-elle en sursautant.
— Ce n'est que moi, répondit-il en avançant.

Il vit qu'elle avait peur, puis qu'elle se reprenait. Il crut qu'elle allait se lever, sortir de la pièce, le laisser là, tout seul. Alors, il enchaîna très vite :

— J'accepte votre offre. Donnant, donnant. Vos informations contre les miennes.

Elle fronça les sourcils, ramena d'un geste vif l'étoffe de sa robe sous ses jambes. Il aperçut un peu de ses chevilles. Parler encore, ne pas la laisser réfléchir.

— Les Colin ont été étranglés, des cailloux blancs dans la bouche.

— Je sais déjà cela.

Sa voix n'était pas sûre. Avait-elle vraiment peur de lui ? Il s'approcha et, par réflexe, elle se pelotonna un peu plus sur elle-même. Il lui sourit.

— J'ai mieux : maître Bonnafous a été retrouvé mort, ficelé dans une peau de bête.

Elle poussa un cri.

— Une peau d'âne... !

Il en blêmit.

— Ah, ça ! Comment avez-vous pu... ?

— Encore ! dit-elle, les yeux brillants. Vous ne m'en avez pas dit assez !

— Eh bien... La petite Reynier... Il y avait dans sa bouche un mélange pâteux...

— Une galette sans doute, écrasée dans du beurre !

Ils restèrent un instant sans parler, les yeux écarquillés, comme éblouis l'un de l'autre. Et puis, elle posa son regard sur le livre posé sur ses genoux.

— À mon tour, dit-elle.

Elle leva du fauteuil sa main de rêve, prit l'ouvrage et le lui tendit. Elle le tenait du bout des doigts, avec recueillement, comme s'il s'était agi d'un objet merveilleux, un coffret, un miroir, une bague, une part d'elle-même. Il le saisit avec d'infinies précautions et en tremblant un peu comme si c'était sa main qu'il prenait dans la sienne.

— *Contes de ma mère l'Oye*, 1697, de M. Pierre P. Darmancour, lut-il à haute voix.

— C'est l'ouvrage, dit-elle, que tout à l'heure vous

négligeâtes bien imprudemment. Est-ce vrai ? Vous m'acceptez à vos côtés pour résoudre l'énigme du loup et des autres crimes ?

Il acquiesça gravement de la tête.

— Alors, dit-elle, je vais vous révéler ce que je sais. Laissez-moi vous faire la lecture.

Elle lui arracha le livre des mains, le ramena vers elle, le posa sur ses genoux, l'inclina pour qu'il reçût la lumière de la chandelle. Elle ne semblait plus avoir peur. Son visage aussi se couvrit d'une couleur de miel où sa bouche petite, d'un rouge brillant, prenait des allures de cerise confite.

— *Il était une fois une petite fille de village, la plus jolie qu'on eût su voir ; sa mère en était folle, et sa mère-grand plus folle encore. Cette bonne femme lui fit faire un petit chaperon rouge, qui lui seyait si bien, que partout on l'appelait le Petit Chaperon rouge.*

Il lui décocha un regard d'incompréhension. Elle rejeta la tête en arrière dans un sursaut de joie inattendue, comme si elle allait éclater de rire, mais elle se contenta de sourire dans le vague et reprit la lecture pour la mener jusqu'à son terme :

— *... Et en disant ces mots, ce méchant Loup se jeta sur le Petit Chaperon rouge et la mangea.*

Il comprit enfin. Il redevint grave.

— Une jeune fille attaquée par un loup ? Où voulez-vous en venir ?

Elle paraissait beaucoup s'amuser. Elle le tenait en son pouvoir.

— J'ai mené ma petite enquête : Amélie Pothier et la petite Reynier ont été l'une et l'autre retrouvées avec à leur côté une cape ou un chaperon rouges. Or ni l'une ni l'autre n'avaient pareil vêtement. Étrange coïncidence, ne pensez-vous pas ?

Il n'eut pas le temps de répondre.

— Le conte suivant, dit-elle en haussant la voix, s'intitule « Le Petit Poucet » !

Elle était si belle ainsi, dans la demi-pénombre, qu'il ne put s'empêcher de lui sourire. Il appuya son épaule contre la bibliothèque. Elle avait en parlant une façon gracieuse d'enrouler sur ses doigts les longues mèches blondes qui floconnaient à la base de sa nuque. Elle lisait avec un air de gourmandise, comme si elle se pourléchait les babines de chaque mot prononcé, et ponctuait ses phrases d'un sourire complice ou d'un mouvement écarquillé des yeux pour souligner son émerveillement.

Quand elle en vint aux petits cailloux blancs que le Petit Poucet ramassait au bord du ruisseau, il ne put s'empêcher de marquer sa surprise. Des cailloux blancs, dans une histoire d'enfants que l'on abandonnait ? Les similitudes étaient évidentes avec l'affaire Colin. Il s'approcha d'elle et se pencha par-dessus son épaule. Elle hésita. Sa voix marqua comme une pause et puis elle reprit, plus doucement. Ses yeux caressaient les phrases en prenant soin de laisser un peu de place aux yeux de l'autre qui lisaient aussi.

— C'est curieux, je dois l'admettre, dit-il à la fin en se reculant. Il semble qu'il y ait un lien entre les meurtres et ce recueil... D'où le tenez-vous donc ?

III

Elle bondit du fauteuil, ne prit pas le temps de remettre ses chaussures, l'abandonna soudain au milieu de la bibliothèque et s'évapora dans l'ombre d'un couloir. Il restait seul face à une misérable chandelle, à des murs de livres, à des questions qui s'entrechoquaient dans sa tête. Il entendit dans la pièce voisine tourner une clef puis le bruit d'un tiroir. Elle revint triomphante et posa devant lui les numéros du *Mercure de France* et du *Mercure galant* qui manquaient à la collection du chevalier.

— Je vais tout vous expliquer, dit-elle.

Elle lui raconta comment elle en était venue à s'étonner de la présence des capes, puis, avec moins de détails, ce que les bergers lui avaient appris, comment elle était remontée jusqu'à la Naïsse et quel était le récit qu'elle avait entendu ce soir-là.

— Or cette histoire, dit-elle, au détail près que la princesse endormie n'était réveillée que par un baiser, je la connaissais déjà. Le chevalier de Beuldy, au printemps de l'année dernière, préoccupé de mes lectures, m'avait donné à lire un numéro du *Mercure de France* où elle était imprimée sous le titre « La Belle au bois dormant ». Et ce numéro, il est venu le récupérer au château quelque temps avant sa disparition.

Elle lui glissa dans les mains l'un des exemplaires posés sur ses genoux, celui de février 1696. Il trouva rapidement le conte. Il n'y avait pas de nom d'auteur, mais, en conclusion du récit, une note : « On doit cet ouvrage à la même personne qui a écrit l'histoire de la Petite Marquise dont je vous fis part il y a un an et qui fut si applaudie dans votre province. »

— J'ai retrouvé cette histoire, dit-elle en lui tendant un second numéro daté de février 1695.

Le conte comportait quatre-vingt-huit pages. Le titre exact en était « Histoire de la marquise-marquis de Banneville ». Toujours pas de signature mais une annotation : « L'auteur est une femme qui s'exprime avec beaucoup d'agrément et de finesse. »

— Un peu déçue, j'ai feuilleté les numéros restants, espérant découvrir d'autres publications qui nous apprendraient davantage sur l'auteur. Et j'ai trouvé cela.

Les numéros d'août et de septembre 1696 du *Mercure*

galant reprenaient une version plus longue de la marquise-marquis. Dans une note finale, il était fait allusion au conte de la Belle au bois dormant : « Le nom de l'auteur : il est fils de Maître et s'il n'avait pas bien de l'esprit, il faudrait qu'on l'ait changé en nourrice. »

— Tout à l'heure, c'était une femme, dit Guillaume le sourcil froncé, et voilà qu'il devient fils de Maître !

— Enfin, le numéro de janvier 1697.

Il le lui arracha presque des doigts. Elle avait souligné plusieurs lignes d'une chronique annonçant les publications à venir et faisant état de ce que l'auteur de la Belle au bois dormant venait de publier un recueil de contes et voulait que l'on sache qu'« il n'a fait autre chose que de les rapporter naïvement en la manière qu'il les a ouï raconter dans son enfance ».

— Et le recueil, c'est celui-là.

— Oui, dit-elle. Le chevalier range ses livres par thèmes et je n'ai guère eu de mal en cherchant, dans le rayonnage consacré aux contes, celui où était reproduit la Belle au bois dormant.

Il était assommé par tant de révélations. Il tentait de mettre de l'ordre dans son esprit.

— Et cet homme-chat dont vous a parlé le berger ?

Elle eut de nouveau ce frémissement de bonheur qui mettait des étincelles dans ses yeux. Elle reprit le livre, chercha une page, commença à lire.

— Il se fait tard, dit-il, l'aube va se lever. Si vous m'expliquiez plutôt...

Elle était décidée à aller jusqu'au bout, alors il se laissa emporter par l'enchantement du récit. Il écoutait sans la perdre des yeux. Il la suivait, se penchait vers elle, la contemplait, la prenait dans son regard comme il l'eût prise dans ses bras. Sa tête parfois effleurait son épaule. Elle était si proche qu'il lui semblait sentir à travers l'étoffe légère de sa robe la chaleur de son front et les battements de sa tempe. Chaque geste semblait receler, dans la souplesse de son corps et le sérieux de son visage, l'application d'un rêve à prendre forme humaine.

— C'était « Le Chat botté », murmura-t-elle en fermant le livre.

Il ne dit rien et la regarda longuement, puis, se frisant la moustache, l'œil pensif et la bouche pincée, il s'en alla marcher en long et en large dans la bibliothèque, dans une posture si peu flatteuse qu'elle en conclut qu'il l'avait oubliée. Une lumière blanche entrait par la fenêtre. Elle se releva, ajusta d'un mouvement gracieux les plis trop froissés de sa robe.

— J'en arrive à la même conclusion que vous, dit-elle avec un ton d'effronterie. Il y a trop de coïncidences. À l'évidence, notre assassin a lu les *Contes de ma mère l'Oye*. Il nous suffit de découvrir qui, dans la vallée, a pu en être le lecteur, pour remonter à la source du mal.

— Mais Bonnafous ? demanda-t-il. Pour l'âne, comment avez-vous su ?

— C'est à vous ! dit-elle en feuilletant le livre et en le lui tendant.

Elle bâilla et reprit sur son fauteuil sa pose recroquevillée.

Il prit une mine sévère, se racla la gorge, s'approcha à son tour de la chandelle bien qu'elle fût presque inutile maintenant que l'aube se levait et commença à lire « Peau d'âne ».

— Vous avez une jolie voix, dit-elle sans le regarder, les yeux fermés, le visage tourné vers la fenêtre.

Il lut jusqu'au bout. Quand il leva la tête, il s'aperçut qu'elle dormait.

On aurait dit un petit enfant. Quelque chose de fragile qui se serait cassé. Elle respirait doucement avec, chaque fois, son corsage qui se soulevait. Son visage avait la perfection d'un masque de cire et il remarqua sur ses paupières de fines veines bleues. Du bout des doigts, il caressa ses lèvres, son cou, le début de sa gorge. Elle ne réagit pas. Alors, d'un geste brusque, il remonta la robe pour dévoiler ses jambes. Un joli pantalon de dentelles les couvrait jusqu'aux genoux. Elles étaient aussi admirables qu'il les avait rêvées. Longues, pleines, légères aux articulations. Elle avait la peau très blanche. Tout en haut, on devinait la courbe des cuisses, la fermeté des fesses. Avec une extrême lenteur, il se pencha, déposa un baiser à la lisière de la dentelle du pantalon. Elle eut comme un frémissement mais ses yeux demeurèrent clos. Dormait-elle vraiment ? Guillaume rabattit la robe.

Il y eut alors un bruit à l'étage. Des pas de domestiques dans l'escalier. Il se redressa, sortit de la pièce, gagna la cour. Dehors, déjà, les valets s'affairaient, la pelle à la main, pour dégager les allées. Des femmes tiraient de l'eau d'un puits. C'était un matin ployant sous le froid, avec un ciel bas et blanc. Une brume épaisse courait encore sur la vallée où des lacs fantômes, d'un gris d'étain, s'ouvraient et s'effaçaient avec de fascinantes lenteurs. Des troupeaux de chèvres s'effilochaient dans le lointain, en longues lanières qui serpentaient sur les chemins. Pour lui tout seul, il reprit le livre et poursuivit la lecture :

— *... Pour vous rendre méconnaissable,*
La dépouille de l'Âne est un masque admirable.
Cachez-vous bien dans cette peau,
On ne croira jamais, tant elle est effroyable,
Qu'elle renferme rien de beau.

CHAPITRE IX

I

Depuis l'épisode de la citadelle, Guillaume de Lautaret avait cru que les esprits s'étaient calmés mais la peur du loup gagnait sans cesse en puissance. La rumeur publique avait d'elle-même établi des liens entre les morts des petites Michel, Pothier et Reynier et celles des Colin et des Bonnafous. Le soir dans les tavernes, dans l'entrechoquement des chopines et le cahot des verres, il se disait que le loup était l'unique coupable, que les autorités avaient maquillé les cadavres pour ne point que la populace s'affolât au-delà du raisonnable.

À ceux qui s'étonnaient tout de même que la « mâle bête » s'attaquât si fréquemment à l'homme et dévorât de préférence des jeunes filles dans la fleur de l'âge, on faisait valoir qu'était née pendant les années de guerre, aux banquets des champs de bataille, une race de loups qui avait pris goût pour la chair humaine, qui s'était trop régalée de la soldatesque, des charniers, des massacres et des épidémies, une race pervertie préférant la bergère au troupeau. Et, tout de même, on ne pouvait se laisser manger sans rien dire.

Ce fut en retournant à Seyne que Guillaume apprit la

double nouvelle qui déjà circulait. En premier lieu, les jeunes hommes les plus vigoureux de Seyne et des environs, menés par Baptiste Chabot et le fils Tallard, s'étaient décidés la veille à mener sur les terres de Pompierry, les dernières où l'on avait cru apercevoir le loup, une grande battue.

Au matin, avant même l'arrivée de l'aube, quarante gaillards, avec en main des fourches, des serpes et des fléaux, étaient sortis en secret de la ville. On les avait vus marcher sur le chemin, la tête basse, la mâchoire serrée tandis que des bourrasques méchantes glaçaient la neige d'une lumière éblouissante. Ils s'étaient déployés à la lisière du bois, bien décidés à le fouiller dans toute sa profondeur. Aux premiers craquements, au mouvement des feuilles devant eux, ils avaient cru, tremblants, au rendez-vous de la peur et de la gloire. Mais point de loup. Ce furent des soldats en armes qui surgirent de derrière les arbres, commandés par M. de Cozon. Le gouverneur en second s'était avancé, de la neige un peu sur les épaules, brandissant ses deux pistolets. Il avait rappelé haut et fort que la chasse, dans le quartier de la Pare, était un privilège du gouverneur. Les pauvres avaient jeté leurs fourches, leurs serpes, leurs fléaux et ils avaient tenté de fuir à travers champs. Mais le ciel, pendant la nuit, avait versé assez de neige pour cendrer la terre. Les soldats du Roi, à la manière dont on course les lièvres dans la montagne, n'avaient eu qu'à suivre leurs traces pour frapper aux bonnes chaumières. Les meneurs avaient été arrêtés sans peine, Baptiste Chabot d'abord, débusqué chez le maréchal-ferrant de Pompierry, le fils Tallard ensuite, caché dans un grenier à foin. Avec trois autres excités, ils avaient été conduits à la ville entre deux haies de soldats pour être jetés au cachot. Et il avait fallu que le premier consul menaçât d'en référer au parlement de Provence pour que le gouverneur consentît à les relâcher.

Mais l'on ne pouvait en rester là. C'était la seconde nouvelle : à l'initiative conjointe de M. le gouverneur de Pontis et de M. de Cavalier de La Bréole, la noblesse de la vallée était invitée à prendre équipage et à courir le loup. Il fallait calmer les ardeurs de la populace, rappeler les privilèges du sang et, dans la mesure du possible, tuer la bête. Il fut surpris que le juge royal eût lancé pareille aventure et il demanda à le voir sur l'heure. Le vieil homme le reçut très froidement.

— Nous savons ce que nous avons à faire. Il faut croire à la providence de Dieu : nous saisirons peut-être le loup et cela nous évitera bien des ennuis.

Il ne voulut pas en dire plus et cela irrita Guillaume qui détestait être pris de court. Il le sentait : quelque chose se tramait dans l'ombre dont il ignorait la teneur.

Sa mauvaise humeur ne se dissipa que lorsqu'il apprit que les archers avaient retrouvé la trace des gentilshommes. Ils s'étaient arrêtés à Digne dans une auberge où ils avaient signé le registre. Si l'un des hommes avait simplement apposé une croix, le second – le plus âgé aux dires de l'aubergiste – avait, d'une écriture serrée et un peu penchée mais parfaitement lisible, couché son nom sur le papier. Il s'appelait Charles Perrault. Le maréchal-ferrant qui avait réparé la roue de leur voiture avait confirmé. Il avait entendu à deux reprises le plus jeune appeler l'autre, avec une certaine déférence, par le même nom : Monsieur Perrault. Et les deux gentilshommes s'étaient inquiétés auprès de lui de la résistance de la réparation effectuée, compte tenu, dirent-ils, de ce qu'elle devait tenir jusqu'à Paris.

Quel pouvait être le lien entre les crimes et ces deux personnes venues de la capitale du royaume ? S'il le faut, pensa le procureur, j'irai jusqu'à Paris pour le savoir ! Perrault. Charles Perrault. Cela ne lui disait rien, mais on avançait, c'était indéniable.

II

Les jours suivants, Guillaume tint parole et fit un détour par Montclar pour entretenir Delphine des avancées de l'enquête.

Elle le guettait de sa fenêtre, les yeux fixés sur la route de Seyne qui au loin aboyait et secouait sa chaîne à travers la vallée. Elle aimait sa silhouette minuscule grossissant entre les montagnes. Elle aimait son cheval dans la poussière de ses galops, tout en nage, enveloppé de brume et de sueur, couvert d'écume, quand Guillaume surgissait dans la cour du château. Elle aimait la façon dont il sautait à terre, défroissait sa cape et ses épaules, s'avançait vers elle pour la saluer.

Marie d'Astuard et Jeanne d'Orbelet furent quelque peu surprises par tant de visites. Guillaume employa toute son habileté à donner l'illusion qu'il recherchait autant leur compagnie que celle de Delphine. Et, si elles ne furent pas dupes de la manœuvre, elles lui furent reconnaissantes de cette délicatesse. À la vérité, elles étaient toutes deux convaincues que la vie dans la vallée, hors du château, devait être d'un mortel ennui et qu'un jeune homme bien né et n'ayant pas les yeux dans les replis de son pourpoint ne pouvait pas avoir approché leur Delphine sans formuler aussitôt le vœu de la revoir. Seul l'abbé Jorisse, qui battait froid le procureur depuis l'épisode de la rivière, marquait sa désapprobation.

— Eh quoi, mon père, disait Marie d'Astuard, notre Delphine n'est-elle pas plus gaie ?

— La gaieté n'est pas tout, disait l'abbé en pinçant les lèvres.

— Et puis, ajoutait Mme d'Orbelet, un procureur de si vieille noblesse...

Guillaume, de son côté, n'était pas loin de se ranger de l'avis de l'abbé. Delphine lui apparaissait comme un objet fragile trop facile à casser. Il s'effrayait de la trouver si gaie, si fraîche et sans défense, d'une sensualité naïve, inconsciente sans doute. Il y avait quelquefois dans ses yeux quelque chose de poudreux et d'argenté qui tombait, comme un écroulement de cendres entre des bûches.

La jeune fille s'était procuré auprès du régisseur un grand livre de comptes et s'amusait à inscrire chaque soir les indices et les pistes de la journée, les idées qui surgissaient, les questions qui ne trouvaient pas de réponses. Elle récapitulait les liens entre chaque meurtre et les contes : pour les Colin, les cailloux blancs du Petit Poucet ; pour Amélie, Élisabeth Reynier et la petite Michel le chaperon du Chaperon rouge et le mélange galette-pot de beurre ; pour maître Bonnafous, la peau d'âne et la bague – celle qu'on trouve à la fin du conte dans le gâteau – et pour sa fille Béatrice, la posture et la quenouille de la Belle au bois dormant.

— Et chaque fois, releva Delphine, l'allusion au conte vient sanctionner une faute terrible des victimes : abandon d'enfants pour les Colin, péché de chair pour les chaperons rouges, inceste chez les Bonnafous.

— L'indice est toujours dans la bouche, souligna Guillaume. La bouche, pourquoi toujours la bouche ?

— Pour mieux vous manger, mon enfant !

Lui, exposait le déroulé de l'enquête. Des hommes étaient partis pour Digne, Gap et Besançon avec ordre de vérifier si quelqu'un de la Blanche avait acheté ou commandé auprès des libraires de ces villes les *Contes de ma mère l'Oye, Histoires ou Contes du temps passé avec des moralités*. À Seyne, l'enquête avait été vite menée : le muletier qui, deux fois par semaine, lorsque les cols le permettaient, faisait le lien avec les villes les plus proches, jurait n'avoir jamais reçu commande de livres et ni la bibliothèque des dominicains ni celle de l'école n'avaient d'exemplaires de l'ouvrage.

Guillaume avait par ailleurs obtenu des frères trinitaires l'aide de deux jeunes clercs chargés de fouiller de fond en comble les livres et les papiers du chevalier. Ils avaient pour mission de rechercher le moindre indice concernant ce Pierre P. Darmancour, auteur des contes.

— Perrault ? dit Delphine quand il lui eut rapporté le nom apparaissant sur le registre de l'auberge de Digne, cela me dit vaguement quelque chose.

Ils discutaient ainsi des heures, à la lumière de la chandelle. Dehors, au-delà des fenêtres, les forêts pliaient sous la neige et battaient lentement dans le vent comme coiffées de longues plumes blanches. Quand le temps devenait trop mauvais, la baronne faisait préparer une chambre pour le procureur. La soirée s'en trouvait rallongée. On soupait avec l'abbé Jorisse. On distribuait les cartes. On parlait des crimes et du loup, de la battue qui se préparait.

Guillaume s'efforçait de séduire le bon père mais celui-ci restait sur ses gardes. Un soir, il raconta que lorsqu'il était enfant deux loups étaient venus, un hiver, hanter la campagne environnante et leur seule présence terrorisait toute la population. Comme la nuit tombait, un homme s'était présenté qui se prétendait magicien et capable par le seul jeu de sa flûte de convaincre les mauvaises bêtes de fuir la vallée.

— On aurait sans doute chassé le drôle à coups de bâton s'il n'avait eu de grands yeux inquiétants couleur d'ardoise et s'il n'avait pas fait sur l'heure une démonstration : trois, quatre notes tirées de son instrument et deux loups avaient surgi, la queue et les oreilles basses, et n'avaient cessé, tout le temps qu'il jouait, de s'enrouler entre ses jambes.

Tout en parlant, il mimait les bêtes, et Guillaume n'avait

pu s'empêcher de rire à la vue de l'abbé à quatre pattes tournant autour des pieds de la table.

— Les villageois étaient prêts à lui verser rançon quand l'homme, sur ordre des autorités, fut arrêté et soumis à la question. Il avoua : ce n'était qu'un braconnier ayant trouvé et élevé comme des chiots deux petits louvards qui depuis lui obéissaient au doigt et à l'œil. Il vivait ainsi de sa supercherie, traversant les vallées en jouant de la flûte, usant de ses talents frelatés d'enchanteur, pour charmer mieux les hommes que les bêtes.

— Après tout, dit Guillaume avec un demi-sourire, François, le saint mendiant d'Assise, n'a-t-il pas de même, dans la campagne de Gubbio, soumis un loup par le signe de croix et ne l'a-t-il pas rendu doux comme un agneau ?

— La morale de cette histoire, reprit l'abbé en regardant le procureur du coin de l'œil, c'est qu'il faut se méfier de ceux qui jouent de la flûte. Ils prétendent chasser le loup mais la bête n'est peut-être qu'une invention pour qu'on leur donne de l'importance.

III

Toute l'aristocratie de la vallée accepta sans rechigner d'aller courir le loup, non pas tant par plaisir de la chasse – et encore qu'à l'évidence certains raffolassent de la vénerie – mais pour éviter que leurs privilèges ne fussent écornés et que le gouverneur, de guerre lasse, n'autorisât la roture à mener la battue. La moins passionnée ne fut pas Marie d'Astuard qui ne put résister à la tentation de revêtir, pour quelques heures, les habits de « l'Amazone » qu'à Versailles elle avait été avec tant de bonheur et de succès.

Elle complota pour se mêler à l'aventure malgré les suppliques conjuguées de Mme d'Orbelet et de l'abbé Jorisse.

M. de Lautaret quant à lui, en tant qu'obligé de M. de La Bréole, ne put éviter la corvée bien qu'il eût de bonnes raisons de croire que la chasse serait vaine. En traînant les bottes, il vint rejoindre les de Bosse, Beaurepère, de Castellane, de Pérussis, tous jeunes hommes ardents et fiers de porter haut les couleurs de leurs blasons et impatients de forcer le « grand loup ».

Tout au plus le procureur put-il chevaucher au côté de la marraine de Delphine, en compagnie de M. de Cozon.

Ce fut une épopée quelque peu ridicule pour ceux qui commirent l'erreur de la prendre au sérieux. Pour les autres, ce fut l'occasion d'un fol amusement. Marie d'Astuard y fut resplendissante. Amazone légère, cavalière provocante, vêtue d'une robe de velours pourpre qui lui flattait la taille et le teint, elle retrouvait en selle ses secrets et ses grâces de courtisane. Un charme endormi semblait s'être éveillé en elle au son du cor et à l'aboiement des chiens. Le froid avivait sa beauté, rehaussait par magie le bleu de ses prunelles et le rose de son visage. La plume verte de son chapeau vibrait jusque sur son épaule. Elle glissait, souveraine, au milieu des futaies, se lançait dans de splendides chevauchées, savait jouer, entre les frondaisons, de l'ombre et des lumières du jour. Tantôt soumise, tantôt dominatrice, elle alliait l'élégance des femmes et l'audace des hommes. Et quand elle passait au galop fouettant les branches de sa cravache, qu'une pluie de rosée s'abattait derrière elle dans un bruit de cristal, on eût dit que c'étaient des miroirs qui volaient en éclats, tous ces miroirs qui d'année en année avaient compté ses jours. À chaque glace pulvérisée, à chaque embardée de son cheval, elle se sentait plus belle, plus empressée encore de gifler les feuillages. Plus d'un jeune seigneur tomba dans ses filets, demanda avec naïveté qui était cette damoiselle, cette Diane chasseresse dont on voyait la haute silhouette danser sur les hauteurs et les plis glacés de la robe crier sur la neige blanche. Elle, sans relâche, courait le loup, le sang à fleur de joue, ses yeux vibrant d'un feu cruel. M. de Lautaret, la tête un peu tournée, était lui-même sous le charme.

Les équipages ruisselaient d'or et d'argent. Les étendards clapotaient sous le vent. La chasse déferla vers les futaies et les forêts, avec un grand tapage et un grand étalage d'inutiles richesses. Elle disparut, s'engloutit sous les arbres, dans un envol de cors, de cris, de fouets et d'aboiements, soulevant sous ses vagues des poignées de corbeaux. Les paysans parfois suspendaient leurs travaux et, pétrifiés, un peu inquiets, ils se montraient du doigt le va-et-vient des équipages à travers la brume lumineuse, sur la plaine devenue confuse.

Au soir, ils étaient harassés, leurs beaux habits crottés, ivres de vent et de l'odeur des bois mouillés, trempés de neige et d'embrun ; mais les champs n'étaient plus que des plaines de boue que leurs chevaux avaient foulées ; les bois avaient été soumis à la rage de leurs chiens ; ils avaient marqué leurs terres de leurs empreintes.

Il était vrai que, malgré l'absence d'une meute aguerrie de Saintonge, de chiens d'Artois ou d'Auvergne, chiens dressés à débusquer le loup, le butin avait été des plus raisonnables : ils prirent un mâle de deux ans, gueule noire et yeux jaunes, sa louve et deux loupiotes. La troupe des chasseurs revint aux feux du soir, les bêtes attachées par les pattes à des pieux. Meutes, piquiers, rabatteurs et veneurs, le corps meurtri, la tête lasse, accueillis mieux que des vainqueurs, défilèrent entre la populace. Et sous la flamme des flambeaux, avec leurs grandes ombres vacillant sur la neige, les loups semblaient de taille monstrueuse.

Le gouverneur et le juge royal qui, sagement, n'avaient pas pris part à la battue, les attendaient aux pieds de la citadelle. Guillaume remarqua aussitôt le masque de contrariété sur le visage de son supérieur. Il s'empressa d'aller aux nouvelles.

— Vous êtes des nôtres, n'est-ce pas ? dit M. de Cavalier de La Bréole en se penchant vers lui. Je donne une grande fête ce soir, non seulement pour remercier les seigneurs et leurs dames, mais aussi en l'honneur de nos invités...

— Des invités ? s'étonna le procureur.

Il suivit le regard du juge royal et découvrit au côté du gouverneur un groupe d'hommes auxquels il n'avait pas jusque-là prêté attention.

— M. de Maisonfort, commenta le vieil homme, représentant du grand louvetier, maître de l'équipage du Roi, les deux commandants des régiments de dragons qui sont venus à sa suite, ainsi qu'un membre du cabinet du Roi qui a très mal articulé son nom.

M. de Maisonfort s'était avancé jusqu'aux trophées portés par les chasseurs. Il examina les loups, longuement, en écartant les babines et en tirant les poils des oreilles.

— Impossible, dit-il d'un ton définitif. Ces bêtes-là n'ont pu s'en prendre à l'homme aussi près des maisons.

M. de La Bréole sourit tristement et, d'une voix pâteuse, il ajouta :

— Nous avons tout fait pour éviter cela. Mais nous devons nous rendre à l'évidence. Nous voilà, vous et moi, dessaisis de l'affaire.

IV

L'homme se présenta de lui-même à M. de Lautaret, mais d'une voix si basse et en articulant si peu que le procureur ne parvint pas non plus à saisir exactement son identité. La seule certitude était qu'il appartenait au cabinet du Roi où il avait en charge les questions religieuses. Il était tout de noir vêtu, sans épée et sans perruque. Une cravate de dentelles blanches venait seule troubler l'austérité de son accoutrement. Sa figure était très pâle, tout en os. Il avait des lèvres d'une couleur de rose séchée et des yeux brillants mais curieusement fixes.

— Je n'aurais cru, dit Guillaume en jouant au naïf, que Sa Majesté s'intéressât d'aussi près à notre loup.

L'homme le gratifia d'un sourire et le prit par le bras.

— Je sais que nous pouvons vous faire confiance.

Il le remercia pour les précieux renseignements qu'il avait obtenus et l'assura que son nom avait été prononcé en présence du Roi. Une charge à Paris lui était promise.

— Le loup certes. Nous vous en débarrasserons. Mais cela n'est que secondaire. Un prétexte pour faire entrer les dragons dans votre vallée sans trop effrayer ceux que nous voulons prendre. Il nous fallait faire vite car les cols seront sous peu impraticables.

Il expliqua que Versailles s'inquiétait d'une remontée rapide de la religion prétendue réformée dans le royaume. De Hollande, d'Angleterre ou de Lausanne, les pamphlets antiromains arrivaient par pleins ballots, distribués sous le manteau. Dans les montagnes du Dauphiné, de la Lozère, du Languedoc, la résistance huguenote prenait de l'ampleur. Dans le Velay et près de Castres, des mouvements insurrectionnels avaient déjà éclaté qu'il avait fallu écraser vivement. Des prédicants – Séguier, Mazel, Espérandieu –, le plus souvent en provenance de Genève, parcouraient secrètement les communautés pour exalter leur foi.

— Vous nous avez aidés à repérer le calviniste Claude Brousson, dit-il. C'est bien. Il est prisonnier de vos montagnes. Nous allons le coincer ainsi que vos hérétiques.

— Et l'autre, demanda Guillaume en se rappelant la conversation rapportée par le domestique d'Isaac Scarole, « l'envoyé de Boèce », savez-vous de qui il s'agit ?

L'homme plissa des yeux, arbora une vilaine moue et rétablit les plis de sa cravate.

— Nous verrons bien dimanche puisque, selon vos sources, le rendez-vous est fixé à cette date

CHAPITRE X

I

Ce fut le dimanche en début de soirée que Guillaume de Lautaret prit connaissance de la note que les clercs chargés de fouiller les affaires du chevalier de Beuldy venaient de rédiger. Ils avaient terminé leur travail et le résultat était des plus surprenants. La principale découverte était un nouveau numéro du *Mercure galant*, daté de mars 1700, qui avait glissé derrière la pile. La page cent cinq, marquée par un stylet, était consacrée à une notice nécrologique ainsi libellée : « M. Perrault d'Armancour, lieutenant dans le régiment Dauphin. Il était le fils de M. Charles Perrault, ancien contrôleur général des Bâtiments du Roi, l'un des 40 de l'Académie française, dont nous avons quantité d'ouvrages de galanterie et d'érudition très estimée. » Ainsi le Charles Perrault qui avait séjourné au Vieux Tilleul, qui avait rendu visite au père d'Amélie et avait traîné du côté du logis des Colin, qui était en connaissance avec le chevalier de Beuldy, était le père de Pierre d'Armancour ou Darmancour, l'auteur des *Contes de ma mère l'Oye* ?

Le reste de la note lui était tout entier consacré, avec les références de trois ouvrages que les clercs avaient identifiés dans la bibliothèque du chevalier comme provenant de ce

Charles Perrault : *Saint Paulin, évêque de Nole, avec une épître chrétienne sur la pénitence et une ode aux nouveaux convertis ; Le Triomphe de sainte Geneviève ; Adam ou la Création de l'Homme, sa chute et sa réparation (poème chrétien).* Et en recoupant les informations, c'était le portrait d'un homme hors du commun, d'un curieux personnage, un des tout premiers du royaume, qui apparaissait : premier commis des Bâtiments du Roi, premier censeur, distributeur des pensions aux artistes et aux écrivains, auteur lui-même, principale figure de la querelle des Anciens et des Modernes et membre de l'Académie.

Guillaume en resta tout étourdi. Ce qu'apportait le travail des clercs, c'était la preuve que le lien qui unissait les crimes et les contes allait bien au-delà du recueil lui-même. Il était inutile de chercher qui avait pu lire l'ouvrage. Le père de l'auteur était venu en personne à Seyne-les-Alpes et cela ne pouvait être fortuit. C'était désormais la piste prioritaire. Les traces du Chat botté, l'assassin de la Blanche, remontaient jusqu'à Paris.

Allons, pensa-t-il, oublierais-tu que tu es dessaisi de l'enquête ?

La nuit tombait sur Seyne. Il songea que, sans doute, cela avait été un pur hasard si parmi les premières victimes étaient les Colin et si, en creusant le passé du couple, il avait mis au jour la persistance de l'hérésie de ceux de Saint-Pierre et attiré sur eux la fureur du Roi. Quelque part, dans la ville, la souricière se mettait en place. Guillaume avait proposé son aide et celle de ses archers, mais l'homme en noir l'avait poliment repoussé. Les dragons suffiraient, épaulés, le cas échéant, par les troupes du gouverneur placées sous les ordres de M. de Cozon.

— Je ne peux rester sans rien faire, dit-il en frappant du poing sur la table.

II

Ce soir-là, dans les rues du quartier Saint-Pierre, des ombres longeaient les murs. Elles glissaient, deux par deux, longues et effilées sous la lune, tordues sur les pavés qui les faisaient danser. Elles étaient dissimulées sous de grands manteaux et des chapeaux à large bord. Elles allaient toutes d'une même allure, d'un pas pressé mais attentif à s'arrêter au cas où quelque chose aurait bougé, devant ou derrière elles. Elles s'immobilisaient devant les bâtisses où un peu de lumière perçait sous le volet barré. Trois coups secs suivis d'un mouvement relâché des doigts, de deux plus longs qui caressaient le bois. Une porte s'ouvrait alors découvrant un intérieur que des meubles vernis emplissaient de lumière blonde. Et puis une autre ombre sortait et filait à son tour dans la nuit.

Guillaume attendait près du cimetière. Il y avait beaucoup réfléchi. Il fallait un lieu désert, à l'abri des indiscrétions. Pourquoi pas le Masel ? Avant l'incendie, n'était-ce pas là qu'était construit le temple des huguenots ? Le nez levé, l'œil mi-clos, la moustache frémissante dans la pénombre naissante, il guettait les décisions du vent et de la nuit. Ensuite, il y eut un bruit sur sa gauche. Son regard fut attiré par une silhouette qui, avec d'infimes précautions, tentait de se dissimuler en remontant le chemin. Guillaume se glissa derrière un arbre mais il ne vit rien venir.

Il crut que l'homme lui avait échappé. Et puis, il eut l'idée de pousser la porte du cimetière et d'explorer les allées entre les tombes. Malgré la très faible luminosité, il ne mit pas longtemps à trouver ce qu'il cherchait : des traces fraîches sur le sol. Elles menaient jusqu'à un bâtiment funéraire appuyé contre la partie la plus à droite de l'enceinte. D'un coup d'épaule, il parvint à en débloquer la porte. Elle s'ouvrait sur quelques marches plongeant vers une galerie souterraine. Sans lumière, il hésita à s'y engager. Mais le temps pressait. Il avança à tâtons, découvrit sous ses doigts une main courante en grosse corde que retenaient aux murs des anneaux de pierre. Il marcha ainsi, à demi courbé, pendant près d'une demi-heure, puis ses pieds butèrent sur de nouvelles marches qui menaient à une autre porte plus difficile à faire jouer. Il déboucha à ciel ouvert et n'eut pas de mal à s'orienter : il était dans l'enclos d'une ancienne bergerie dressée sur le chemin menant vers le col Bas.

Au sortir des ruines, il n'eut pas une hésitation et prit le sentier grimpant vers les hauteurs. Il se concentra longtemps sur son effort, veillant à la régularité de sa course et de son souffle. Il en fut récompensé : au-dessus de lui, des lumières dansaient dans la résille des arbres ; des bribes de conversation, déformées par le froid, dégringolaient avec les éboulis. Un groupe le précédait.

Il s'approcha jusqu'à les voir. Une dizaine, douze marcheurs tout au plus. Deux femmes au moins qui avaient sans doute ralenti l'allure. Certains balançaient devant eux de hautes lanternes cerclées de fer où brûlaient, avec beaucoup de flammes et une pluie constante d'étincelles, des morceaux de bois noir. Il se décida à les suivre.

Les pieds s'arrachaient durement de la neige. Des flocons gros comme le pouce lui chatouillaient la figure, qu'il essuyait d'un revers du coude. La nuit, devenue plus opaque, semblait monter du sol même, comme si le noir s'engendrait du blanc. La montagne n'en finissait pas de grossir dans l'épouvante même du ciel. Derrière lui tout en bas, la Blanche se déroulait, offrant parfois dans ses lacets, ainsi qu'un officiant de messe, des calices d'eau bleue. Et loin, sous la brume, le froid, la poussière de neige, toute frémissante d'argent, ouverte en demi-lune, la ville avec sa citadelle devenue toute petite semblait la couronne tombée d'une princesse en fuite.

Ils atteignirent les forêts des sommets. Les sapins et les

mélèzes grimpaient maintenant à des hauteurs vertigineuses et construisaient, dans la surenchère de leurs branches et de leurs troncs, les piliers et les voûtes d'une monstrueuse cathédrale. Il n'y eut plus aucun bruit, plus aucun souffle. Et, pourtant, il suffisait de tendre l'oreille pour percevoir le flux et le reflux d'une musique lente, chaude et puissante comme la respiration d'un Dieu. Sans doute n'était-ce que le lointain écho des tempêtes qui ricochaient sur les faîtes des arbres, les effleuraient, mais n'y pénétraient pas.

Ils marchèrent ainsi pendant plus de deux heures. Et puis la pente s'adoucit ; le chemin devint plat. Quand on levait la tête, les cimes s'ouvraient plus volontiers sur des lambeaux de ciel piqués d'étoiles.

Le plateau du col Bas apparut enfin. Il était éclairé par de grandes torches et des feux de joie. Il y avait là un monde considérable. Peut-être plus de trois cents personnes, compta Guillaume, émerveillé. On avait dressé au milieu une estrade surplombée d'un échafaudage en forme de T. Des troncs abattus et roulés devaient servir de bancs. Le froid restait vif et piquant malgré la présence des feux et chacun s'était emmitouflé sous des capelines et des bonnets de fourrure, si bien qu'il était difficile pour le procureur de mettre des noms sur les silhouettes. Il reconnut toutefois Isaac et l'apothicaire, deux fermiers de Saint-Vincent, le boucher de Verdaches, Denys Savornin, ancien viguier de La Bréole : il en était venu de toute la vallée.

Guillaume s'avisa qu'un des hommes qui le précédaient s'était arrêté au bord du chemin pour uriner dans la neige vierge. Il s'approcha doucement de lui. Le liquide gloussait entre ses pieds avec une sonorité de flûte. Il l'assomma d'un coup sec et revêtit sa houppelande dont il rabattit la capuche. Et puis, en gardant ses distances, il recolla au groupe.

Un homme sur l'estrade concentrait toutes les attentions. Il portait l'habit noir, à la main une canne d'argent, un manteau dont le col dissimulait le bas de son visage. Mais l'on apercevait ses pommettes osseuses, saillantes sous des yeux vifs. Il fallut que quelqu'un l'interpellât pour que le procureur fût assuré qu'il s'agissait bien du calviniste Brousson, l'envoyé de Genève.

Le plateau, sous la neige et la flamme des feux, semblait doré d'or fin. Seule, quelquefois, l'ombre d'un grand sapin venait le griffer de bleu. Guillaume chercha vainement, derrière les arbres et les bosquets qui descendaient vers eux en pente douce, l'indice de la présence des dragons. Cela se pouvait-il qu'ils aient raté le rendez-vous ?

Brousson s'avança sur l'estrade, face à une sorte d'autel. Il invita l'assemblée à se recueillir. Tous s'agenouillèrent. Des hommes l'encadraient et haussaient les lanternes jusqu'à ce que les pages de la bible posée devant lui brillent dans la pénombre. Il parlait avec aisance et certitude, d'une voix caverneuse mais qui portait loin, d'un ton de vérité que rien ne pouvait mettre en cause. Guillaume frémit quand il s'en prit à la personne même du Roi. Brousson appelait à prier pour les martyrs de la vraie foi, pour ceux qui, refusant d'adjurer, avaient été condamnés aux galères royales. Il fustigeait Rome, la nouvelle Ninive, le pape, « Dieu vivant », et se moquait des papistes, adorateurs d'images qui s'agenouillaient devant des morceaux de pain.

L'assemblée l'écoutait dans un silence religieux. Les têtes étaient baissées. Les mains étaient jointes. Parfois de grands frissons parcouraient la forêt, l'obligeaient à mugir, à ondoyer comme une mer sous le flot des vagues de feuilles. Un bruit sourd de neige tombant de la fourche des arbres accompagnait la voix grave de l'homme, donnait à ses paroles comme une force surnaturelle. Mais rien n'indiquait une présence étrangère. Et puis Brousson fit monter sur l'estrade un autre personnage dont le visage était couvert d'une capuche.

— Une proposition, dit-il, nous est parvenue de frères

qui ne sont pas des nôtres, une offre que nous ne pouvons accepter. Mais avant de la rejeter tout à fait, je voudrais vous laisser entendre le messager qui nous l'a apportée.

Il fit signe à l'inconnu de s'avancer. Ce dernier fit un pas, souleva sa capuche.

— Non ! cria Guillaume en devinant soudain l'identité du personnage.

Il s'était dressé et, comme si cela avait été un signal, il y eut soudain d'autres cris et des coups de fusil. Des soldats dévalaient des montagnes qui tombaient vers le col. La panique gagna la foule. L'attroupement se dispersait dans toutes les directions.

Guillaume joua des coudes pour se frayer un chemin jusqu'à l'estrade. L'inconnu à la capuche avait descendu les marches, mais il restait pétrifié au bas de l'escalier de bois. Le procureur le saisit par le bras.

— Venez, dit-il, il y a peut-être une chance de leur échapper.

— C'est vous ? dit simplement Jeanne d'Orbelet en le dévisageant.

III

Il la prit par la main et il l'entraîna à couvert sous l'estrade. Mais d'autres s'y étaient déjà réfugiés et les dragons ne tarderaient pas à s'en apercevoir.

— Enlevez votre manteau, vous êtes trop reconnaissable.

Elle s'exécuta sans un mot. Son visage n'exprimait aucun sentiment, mais de temps en temps son regard cherchait le sien et y puisait comme un soutien. Elle grelotta et il lui prêta sa propre houppelande. On entendait des cris, des coups de feu. Des jambes de soldats couraient dans tous les sens. L'essentiel des fuyards avait tenté de rebrousser chemin vers Seyne afin de s'échapper du piège du col Bas. Fatale erreur, pensa Guillaume. D'autres dragons devaient les y attendre.

Il repéra enfin, non loin de l'estrade, un groupe de soldats de la citadelle que commandait M. de Cozon. Les dragons leur avaient laissé les tâches les moins nobles et, pour l'essentiel, ils étaient chargés de surveiller un lot de huguenots qui s'étaient laissé prendre sans résistance. C'était leur seul espoir. Il attendit le moment propice et, quand l'un des soldats s'avança près de l'estrade pour allumer sa pipe à l'abri du vent, il lui fit signe.

— Toi, viens m'aider. Je tiens l'une de ces hérétiques.

Guillaume s'enfonça dans l'ombre des piliers pour que l'homme ne le reconnût pas. Il avait poussé Jeanne d'Orbelet devant lui sans l'avertir et celle-ci, surprise, incapable de crier, croyant à une trahison, se débattait pour s'échapper. L'homme cligna des yeux et prit le risque de s'approcher. Quand il aperçut la femme, un sourire illumina sa face et il s'introduisit sous l'estrade. Il s'agenouilla et tenta de la saisir par le bras. Guillaume, sans hésiter, l'assomma d'un violent coup sur la tête. Il fit disparaître le corps.

— Mettez son uniforme, vite !

Mme d'Orbelet avait le visage défait. Elle tremblait et il dut l'aider à ôter ses vêtements. Elle portait une robe de satin vert qu'il fit glisser. Il fut surpris de certaines rondeurs. Il l'aurait imaginée plus sèche. Delphine lui avait emprunté le galbe du visage, la délicatesse du cou et des épaules. Il abaissa ses jupons, la laissa en pantalon. Elle pleurait en silence mais elle enfila les effets du soldat au fur et à mesure qu'il les lui fit passer. Elle eut plus de mal à dissimuler ses cheveux sous le chapeau de l'homme.

— Venez, dit-il. C'est maintenant ou jamais.

Dehors, le spectacle avait changé de nature. Le plateau

s'était transformé en champ de bataille. Des huguenots étaient parqués dans des enclos improvisés. Des femmes se tordaient les mains en pleurant devant des cadavres. Sur les flancs des montagnes, des dragons fouillaient les bosquets avec des tisons à la main. Par instants, entre les arbres, on surprenait une chasse à l'homme.

— Attendez-moi.

Il se dirigea vers ceux de la citadelle. Les soldats le reconnurent et s'écartèrent. M. de Cozon, étonné, vint à sa rencontre. Guillaume lui expliqua comment il s'était caché près du cimetière, comment il avait surpris un groupe de huguenots à la sortie du souterrain et comment il s'était mêlé à eux. Il apprit que l'homme en noir avait des informateurs parmi ceux de la religion prétendue réformée et avait désigné le col Bas sans une hésitation. Les soldats étaient déjà en place avant l'arrivée des premiers hérétiques et le résultat pour l'instant dépassait toutes les espérances. Claude Brousson avait été abattu, de même qu'Isaac Scarole et l'apothicaire, les chefs des hérétiques. Seul manquait « l'envoyé de Boèce », mais ils finiraient bien par mettre la main dessus.

— Avez-vous songé à la cabane des Colin ? demanda Guillaume en montrant l'autre côté du col, vers la route des lacs. Peut-être ont-ils fui dans cette direction ?

Peut-être, reconnut M. de Cozon. Mais il avait reçu l'ordre de garder le plateau ; Guillaume se proposa d'aller y jeter un œil. Un homme suffira, dit-il. Plus nombreux, ils seraient trop aisément repérables. Et avant que M. de Cozon n'ait pu répliquer, il s'éloignait déjà.

Il s'approcha du soldat qui attendait près de l'estrade et lui fit signe de le suivre.

On les laissa passer.

IV

Il renonça vite à son projet. Les dragons, furieux d'avoir manqué leur prise, fouilleraient de fond en comble le plateau. Les routes de l'autre côté du col devaient être impraticables et là-bas, près des lacs, ils seraient pris comme dans une nasse. Il opta pour un abri de berger, repéré sur le chemin, où Jeanne d'Orbelet pourrait reprendre des forces. Ils y grimpèrent au milieu des bois dépouillés et brillants de neige. L'air glacé de la montagne ne laissait dans les bouches qu'un peu de vapeur, de minuscules bouffées d'haleine.

L'endroit ne servait qu'aux plus beaux jours du printemps et personne n'avait dû y venir depuis longtemps. Le toit de l'abri était percé et le sol était constellé de vieilles plaques de neige laquée et incrustée de feuilles. Il la fit asseoir. Elle avait les yeux rouges, un teint de plâtre. Elle tremblait sans discontinuer. Il hésita à allumer un feu de peur que la fumée n'attirât les dragons et prit le parti de la réchauffer en lui frottant les épaules et les avant-bras. Elle se laissait faire, le regard perdu vers la fenêtre et accroché quelque part dans la résille des arbres.

— Je vous dois une explication, dit-elle soudain.

Elle se leva, fouilla dans sa poche, en tira un rouleau de papier qu'elle lui remit. C'était un texte incompréhensible, codé sans aucun doute. Il voulut lui poser une question mais, d'elle-même, elle se mit à parler, sans s'arrêter, d'une voix basse et monocorde, les yeux baissés sur les bottes qu'elle avait empruntées au soldat et qui devaient la faire souffrir. Elle raconta l'espoir qui animait quelques-uns de ses frères d'une aide fraternelle entre jansénistes et huguenots, rapprochés par de semblables persécutions. N'avaient-ils pas bu tous deux le même lait de l'augustinisme qui ne confie pas le salut aux capacités couronnées de l'homme mais à la toute-puissance de la seule grâce divine ? Ne se nourrissaient-ils pas aux mêmes textes de l'Écriture sur l'honneur de Dieu, le secret conseil de sa face en faveur des élus, son gouvernement caché en faveur de ceux qui l'aiment et qui gardent ses commandements ? Ne mettaient-ils pas ensemble au centre de leur méditation la personne vivante de Jésus-Christ, seul médiateur donné aux hommes pour que le nom de Dieu leur soit en délices et la puissance du péché en détestation ? Et, au-delà, on ne pouvait ignorer les secrètes connivences de doctrines qui recrutaient pareillement parmi les parlementaires et les grands commis, les académies de province et la noblesse de robe. Les jésuites ne se gênaient pas pour les amalgamer dans leurs pamphlets. Un rapprochement était possible. Il était même indispensable au salut des âmes et à la survie des mouvements. C'était cela qu'elle était venue tenter, en rupture certes avec l'essentiel de Port-Royal qui n'avait jamais cessé de fustiger la Réforme. Et elle avait échoué.

Elle se mit à pleurer. Il rangea le papier dans son gousset et la prit dans ses bras. Il attendit que les sanglots se calment, attentif à la coulée des larmes sur ses joues, à l'attrait de ses lèvres lentes, dessinées comme une entaille faite au couteau dans la chair d'un fruit noir. Il resta un moment prisonnier de ce quelque chose d'obscur et de sauvage qui se dégageait d'elle. Puis, lorsque Jeanne fut apaisée, il la laissa reprendre ses esprits et il sortit pour mettre de l'ordre dans ses idées. Il avait désormais la conviction que les événements de la nuit étaient sans rapport avec les crimes des dernières semaines. Machinalement, il dessina du bout de sa botte, sur la neige, les initiales de Charles Perrault.

Des dépôts de cendres encrassaient l'horizon. Déjà une lueur transparente blanchissait au creux des montagnes. Un vent poisseux soulevait l'odeur humide et profonde du bois mouillé et l'endormait délicieusement. Et puis, il entendit des bruits du côté de la remise, un objet qui bougeait, des frôlements et des piétinements. Un intrus ? Il sortit son épée, s'avança avec une extrême lenteur, frappa du plat de la lame sur la porte à demi ouverte que les intempéries avaient écaillée et gondolée. Une poignée de corbeaux se jeta par les trous du toit, dans un affolement de cris rauques et de battements d'ailes. Quelque chose fila au milieu des outils rouillés, dans l'ombre épaisse du local. Des rats, peut-être. Il s'avança. Le peu de lune accroché au ciel suffisait à vernir quelques vieilles barriques, une roue de charrette où manquaient des essieux et des caisses éventrées empilées dans un coin. Et puis il le vit.

Pendu à l'une des poutres goudronnées de l'abri, le cadavre d'un homme se balançait. La mort remontait à plusieurs jours et les os avaient presque été entièrement nettoyés. Le squelette tenait encore, par une sorte de miracle, au bout d'une épaisse corde, dans un habit d'un gris-jaune foncé. À terre, dans un mélange de boue et de copeaux de bois, gisaient des bottes à revers noirs et un chapeau à ganses avec la plume unique d'un faisan. Il en déduisit qu'il s'agissait du chevalier de Beuldy. Il voulut trancher la corde d'un coup d'épée mais ce ne fut pas nécessaire. À peine avait-il touché le pendu que celui-ci s'écrasa sur le sol. La tête, vidée de sa chair, de ses yeux, avec ses orbites mortes et son sourire figé, roula jusqu'à ses pieds. De la lame, il fouilla entre les mâchoires. Puis, ayant aperçu quelque chose, il y mit délicatement les doigts. C'était une poignée de rubans, rouges, jaunes et verts, attachés les uns aux autres par une épingle de couturière. La signature de l'assassin.

Une pelle rouillée attendait près de la porte et il s'en saisit dans l'intention d'enterrer le corps. Mais en glissant les rubans dans la poche de son habit, il sentit le papier que lui avait donné Jeanne d'Orbelet et une idée folle lui traversa l'esprit. Il introduisit la feuille dans le revers de la veste du chevalier. Avec un peu de chance, si les dragons ne découvraient le corps que dans quelques jours, on pourrait croire, en tombant sur le message codé, qu'il était ce mystérieux envoyé de Boèce. Claude Brousson était mort, de même qu'Isaac Scarole, et ils ne pourraient témoigner. Cela sauverait peut-être Jeanne d'Orbelet.

Il referma la porte, tenta d'effacer les traces de ses pas, pria pour qu'une neige abondante tombât le plus vite possible.

Jeanne l'attendait sur le seuil de l'abri, impeccable dans son uniforme. Elle ne posa aucune question. Ses yeux simplement se fixèrent trop longtemps dans les siens et il détourna le regard.

— Allons, dit-il en montrant la forêt, nous devons partir maintenant.

Ils revinrent sur leurs pas en contournant le plateau. Des fumées montaient vers le ciel et parfois l'on entendait, perçant l'épaisseur des fourrés, les paroles de personnes qui passaient plus bas. Il n'y avait pas le choix, il fallait y aller au culot. Ils rejoignirent la route qui descendait sur Seyne. Flanqué de son soldat, Guillaume marcha au milieu du chemin, n'hésitant jamais, quand ils croisaient un groupe de dragons, à s'informer des dernières nouvelles. L'envoyé de Boèce – Mme d'Orbelet lui révéla que c'était là le nom de code par lequel Jansénius se désignait dans ses correspondances – ne pourrait longtemps leur échapper. Il accéléra le pas. Sa compagne marchait sans dire un mot, raide comme un piquet. Elle butait souvent sur la neige dure. Il dut s'arrêter une ou deux fois pour qu'elle pût reprendre son souffle.

Un barrage avait été dressé en bas de la descente. Guillaume prit le parti d'affronter les dragons et la chance lui sourit. Le commandant qui gardait la place était celui qui était assis à son côté lors du souper offert par le juge royal et il le reconnut aussitôt. Il lui révéla même que ses hommes l'avaient repéré à l'aller quand il était sorti du cimetière et que, dissimulés à l'entrée du plateau, ils l'avaient même vu assommer le huguenot et revêtir son manteau.

— Nous avons failli vous intercepter, dit-il en souriant, de peur que par une maladresse vous ne fassiez rater toute l'affaire.

Mais cela du moins le dédouanait de tout soupçon de connivence avec les hérétiques.

Deux heures après, il laissait Mme d'Orbelet aux soins de Marie d'Astuard.

V

Un jour gris se levait. La lune n'était plus qu'une tache effacée, une coulée de jaune pâle sans luminosité qu'une frange indécise irisait sur les bords. Des fuites d'oiseaux noirs rayaient parfois le ciel et les bœufs se pelotonnaient de froid contre les enclos. Au Masel, à l'entrée du cimetière, des soldats déchargeaient déjà des corps d'une charrette et les déposaient dans la fosse commune. Un valet de sacristie, d'un geste mécanique, les recouvrait de pelletées de chaux vive. À son côté, un jeune prêtre, son missel à la main, débitait à toute allure une version abrégée de l'office des trépassés. Triste fin, se dit Guillaume, pour ces huguenots qu'un enterrement bâclé par l'Église catholique. Il ôta son chapeau en passant devant les linceuls posés sur la neige et fit le signe de croix.

Quand il regagna ses appartements, le factionnaire lui remit plusieurs messages que l'on était venu apporter en son absence. Il y avait une lettre de Delphine s'étonnant de ne plus avoir de ses nouvelles. Elle avait joint son cahier d'enquête « afin que vous vous souveniez de notre association » et cela le fit sourire.

Il était dessaisi de l'enquête, il devait se mettre cela en tête. Dehors, sous ses fenêtres, passèrent un groupe de dragons dégouttants de boue et de neige qui prirent position sur la place. La ville paraissait calme, encore ignorante des événements de la nuit. Et s'il me plaît à moi, pensa-t-il, de monter à Paris ?

Il se décida brusquement. Il fallait profiter des derniers jours pendant lesquels les cols étaient encore praticables. Il écrivit deux lettres, l'une à Delphine où il lui expliqua les raisons de son départ et l'autre, plus courte, au juge royal où il l'informa que, conformément à ce qu'il lui avait suggéré, il entendait prendre un peu de repos.

Une heure après, il était en route, bien décidé à retrouver ce Charles Perrault et son fils, Pierre Darmancour, du moins si celui-ci était toujours vivant.

CHAPITRE XI

I

C'était le plus mauvais moment pour partir. L'hiver tenait la vallée prisonnière et la plupart des cols étaient impraticables. Mais il parvint à dos de mulet à gagner Digne puis à redescendre jusqu'à Aix-en-Provence par les chevaux de poste. Là, il se reposa deux jours chez un ami, le marquis François de Thomazeau, puis entreprit son périple.

Il mit longtemps à rejoindre Paris. Il menait sa monture au petit trot, d'auberge en auberge, en évitant les itinéraires trop fréquentés qui étaient aussi les plus dangereux. Le plus souvent il se joignait à d'autres voyageurs, mais, quelquefois, il cheminait seul avec son cheval, prenait plaisir à sa fatigue. Ce voyage lui lavait la tête. Il se concentrait sur des gestes simples. Il savoura le lent bourdonnement de l'air dans les sous-bois, la terreuse odeur du vent qui balayait les routes, les matins glacés où il fallait repartir sous un ciel vitrifié. Il lui semblait parfois qu'il galopait avec cette aisance extraordinaire que l'on éprouve dans les songes.

Ce fut presque à regret qu'un matin de janvier, il découvrit Paris. Il réalisa soudain qu'il avait laissé Noël quelque part sur sa route sans même s'en apercevoir. Il franchit les barrières au milieu de troupeaux de bœufs et de moutons, de voitures chargées de barriques et de marchandises, dans un vacarme de jurons, de grincements d'essieux et de cris de bêtes mêlés.

Son premier geste fut de s'arrêter à la boutique d'un barbier-perruquier pour retrouver une apparence d'homme civilisé. Puis, frais rasé, l'habit neuf, il prit le chemin du Châtelet en se mêlant à la foule des Parisiens. Il y avait là tant de gens et tant d'agitation que lui qui venait de passer de si longs jours dans une solitude presque totale en eut la tête chavirée. C'était une cohue invraisemblable d'artisans, de ménagères, de gens d'Église, de militaires et de laquais, une marée où dominaient le brun et le gris et d'où seuls ressortaient, de temps en temps, les beaux uniformes des mousquetaires de la Maison du Roi, casaque bleue galonnée d'or ornée devant et derrière de la grande croix fleurdelysée en velours blanc. Il dut, comme les autres, jouer des coudes pour avancer. Il avait plu toute la nuit et le sol était couvert d'une boue noire que soulevaient sans cesse les roues des voitures. À tout instant, les cochers tentaient à grands coups de fouet et de jurons de se frayer un chemin dans la foule compacte des badauds. Il dut, pour éviter les éclaboussures, suivre l'exemple des femmes qui, retroussées jusqu'aux genoux, savaient d'un mouvement gracieux s'aplatir contre les murs ou sous les portes cochères.

Il chercha refuge le long de la Seine et resta un long moment à jouir du spectacle offert. Le fleuve très lourd, très haut et jaune de toutes les pluies tombées, se heurtait pesamment aux arches des ponts où luisaient de gros anneaux de fer et venait battre les moulins flottants amarrés devant le quai de la Mégisserie. Sur les rives en pente douce, c'était un incessant va-et-vient de gens qui menaient les chevaux et le bétail s'abreuver ou s'en allaient puiser de

Les nuits blanches du Chat botté

l'eau pour le ménage et les corvées. D'immenses trains de bois, des radeaux guidés par des marins aux longues rames, des barques de toute taille remontaient ou descendaient le courant. Et puis, comme une brume humide commençait à recouvrir la Seine et à glacer les os, Guillaume se résolut à reprendre sa route.

Au détour d'une rue, il vit les *Contes de ma mère l'Oye* en devanture d'une petite librairie et il fut si surpris de cette découverte qu'il demeura de longues minutes les yeux fixés sur la couverture de l'ouvrage. Le marchand l'aperçut et sortit en faisant tressauter son ventre et en ajustant sur son nez une paire de besicles bleues qui lui donnait des yeux énormes et globuleux.

— Je le recommande à Monsieur, dit-il. L'ouvrage est dédié à Mademoiselle, la petite-nièce du Roi, ce qui est gage de sa moralité.

Avant que Guillaume n'ait eu le temps de réagir, il attrapa le livre et le déposa entre ses mains. Le procureur en profita pour vérifier si l'édition était la même que celle qu'il avait consultée à Seyne. Elle était identique.

— Monsieur n'est pas sans savoir, dit le libraire avec un petit sourire, que le bruit a couru que derrière le nom de Pierre Darmancour, se cache la plume d'un de nos plus grands auteurs, M. Charles Perrault.

— L'académicien ? demanda M. de Lautaret en lui jetant un regard par-dessous.

— Tout juste, dit l'homme en lissant le revers de sa veste et en arrondissant son ventre. Ce n'est là un secret pour personne.

Guillaume fit l'acquisition de l'exemplaire et poursuivit sa route vers le Châtelet où il se présenta au lieutenant général de police M. d'Argenson. Celui-ci ne fit pas de difficulté pour le recevoir.

— M. Darmancour ? répéta-t-il. C'est là en effet, monsieur le procureur, un nom familier de nos services. S'il n'avait été le fils du très respectable M. Charles Perrault, M. Darmancour aurait été embastillé depuis longtemps. C'était un être sans morale et d'une grande cruauté. Nous avons reçu quantité de plaintes contre lui. Il y a trois ans, il a tué un voisin sans que l'on en connaisse le motif. C'est ce qui a, je crois, décidé de sa carrière militaire.

Le lieutenant général avait un grand bureau qui donnait sur la Seine. C'était un homme élégant, la moustache cirée, le menton prolongé d'une petite barbiche, l'œil noir posé sur vous avec une grande précision. Il saisit une tabatière ciselée d'argent et offrit à Guillaume une prise que celui-ci refusa poliment.

— Je crains, hélas, monsieur le procureur, que vous ayez fait tout ce voyage pour rien : à ce que j'en sais, M. Pierre Darmancour est mort. Il était lieutenant au régiment Dauphin. Vous l'avez raté, si j'ose dire, de quelques mois. Il est tombé au champ d'honneur à la fin de l'hiver dernier, en servant dans les armées de Sa Majesté. Vous n'avez rien perdu à ne pas le connaître.

Guillaume ne put retenir un sourire sceptique. Certes, cela confirmait l'information du *Mercure galant* de mars 1700 annonçant le décès de Pierre Darmancour, mais l'adolescent violent et sans morale que le lieutenant général venait de lui décrire correspondait si bien à l'assassin de la Blanche qu'il ne pouvait que douter de la véracité de la nouvelle. Il relata à son interlocuteur l'allusion du libraire quant à une paternité cachée des *Contes de ma mère l'Oye*. M. d'Argenson déposa sur la paume de sa main une prise qu'il huma longuement, en sifflant du nez.

— En son temps, en effet, cette rumeur a couru Paris. L'ouvrage est si bien tourné que beaucoup ont douté que ce fût là la manière d'un jeune homme de dix-sept ans. Mais rien, à ma connaissance, ne permet de l'affirmer. Et

Les nuits blanches du Chat botté

puis, pour qui a lu les contes et connu M. Darmancour, il y a dans ceux-ci quelque chose qui semble bien de la patte de celui-là.

— Sur ce meurtre, demanda Guillaume au lieutenant général, celui du voisin, pourrais-je en savoir davantage ?

M. d'Argenson était un homme fort bien organisé qui avait amélioré encore l'efficacité des services de police tels que les avait mis en place son prédécesseur M. de La Reynie. Il se fit apporter un dossier au nom de la famille Perrault, le consulta rapidement et en tira une fiche couverte d'une écriture minuscule.

— Nous n'avons pas beaucoup de détails. Tenez, je vous laisse consulter le document.

II

Cela s'était passé au printemps de l'année 1697. Le jeune Guillaume Caulle, fils de Marie Fourré, veuve de Martin Caulle, maître menuisier, sise place de Fourcy, avait été mortellement blessé à l'épée par Pierre, fils mineur de Charles Perrault. Le jeune homme, appelé Pierre Darmancour, ou d'Armancour, en raison d'une terre dont il avait hérité, était âgé à l'époque de dix-sept ans. La mère de la victime avait porté plainte pour meurtre et avait refusé de retirer celle-ci malgré une proposition de transaction figurant au dossier par laquelle M. Charles Perrault lui offrait une somme de 2 000 livres pour la dédommager des « frais de maladie, médicaments, pansements, enterrements et prières ». Elle avait demandé et obtenu par exploit d'huissier la saisie des biens des Perrault. Plusieurs pièces attestaient que la dame Fourré n'entendait rien lâcher tant que

Pierre Darmancour ne serait pas jugé. Mais le dossier indiquait que l'affaire s'était soudain enlisée et n'avait abouti qu'à la condamnation de la famille Perrault au versement d'une somme de 2 000 livres en principal et 79 d'intérêt. Le fils Perrault, qui s'était entre-temps enrôlé au régiment Dauphin, n'avait pas été inquiété.

Guillaume avait décidé de commencer par là. Avant d'affronter le père, il voulait mieux cerner la personnalité du fils, de cet auteur des *Contes de ma mère l'Oye* qui avait, pour le moins, si bien anticipé les meurtres de la Blanche.

La menuiserie Caulle et l'hôtel de Perrault étaient dans le même quartier. Depuis que Colbert lui avait retiré sa confiance, le vieux Charles Perrault ne sortait plus, avait dit le lieutenant général de police, de sa maison du faubourg Saint-Jacques, proche des collèges, située sur les fossés de l'Estrapade, en la paroisse Saint-Benoît, place de Fourcy, là où avait eu lieu le drame trois ans auparavant.

Guillaume s'y rendit d'un pas ferme. Il passa de la rive droite à la rive gauche à travers l'île de la Cité sans même s'en apercevoir, en empruntant un pont chargé de deux files de maisons. Il remonta le début de la rue Saint-Jacques le long de laquelle se succédaient imprimeurs, libraires, papetiers, marchands d'estampes. On apercevait au loin la nouvelle Sorbonne et sa chapelle, éclatantes de blancheur. Il obliqua vers la place Maubert, puis gagna le faubourg Saint-Jacques où s'élevait, depuis 1672, le magnifique bâtiment de l'Observatoire, construit sur les plans de Claude Perrault, le frère de Charles.

Le pavé était noir et gras, déchaussé par le roulis des haquets et des fardiers. À chaque coin de rue, il devait repousser les prières trop insistantes des mendiants ou les avances des filles publiques, maigres et dévêtues, cachant mal sous une robe déchirée leurs côtes saillantes. À une petite marchande de fleurs, qui, malgré un air effronté, paraissait si sage au côté de toutes ces femmes fardées à la bouche trop peinte, il demanda encore son chemin. La gamine avait des yeux violets d'une grande beauté et des taches de rousseur sur le nez. Il lui fit l'achat d'un bouquet de fleurs des champs en échange du renseignement. Un chariot passa si près qu'elle dut s'interrompre et attendre que le tintamarre des roues cerclées de fer sur le pavé cessât.

— La menuiserie Caulle ? C'est celle-là, au fond de l'impasse.

Il s'engagea sur un sentier creusé d'une rigole qui descendait vers la bâtisse. C'était un endroit calme, loin du tumulte de la rue, avec quelque chose de campagnard dans la façon qu'avaient les arbres de se pencher et les poules de courir au milieu du chemin détrempé. Par des palissades disjointes, on apercevait des bouts de potagers et plus loin, sur une petite colline, des gosses jouant avec des cerfs-volants fabriqués dans de vieux journaux. On entendait le bruit d'une scie et des marteaux qui frappaient sur quelque chose de métallique. Il entra dans une cour de terre battue où gisaient des charrettes désaffectées, des billes de bois et des piles de planches attachées entre elles avec de la grosse corde.

Un garçon en tablier, les pommettes rouges, la goutte au nez, brûlait des feuilles mortes en se protégeant les yeux.

— Marie Fourré ? répéta-t-il en s'appuyant sur le râteau qu'il tenait dans les mains. Vous la trouverez là-bas dans l'atelier.

Guillaume s'attendait, il n'aurait su dire pourquoi, à rencontrer une petite femme sèche, usée par le malheur, qui l'aurait reçu dans une cuisine sombre et triste comme son deuil. Marie Fourré, veuve Caulle, était au contraire une force de la nature, avec un physique de bonne fermière, plus de cinq pieds de haut et aussi large que longue. Il la découvrit penchée sur une meule, absorbée à aiguiser une grosse scie sous une gerbe d'étincelles qui éclairait son visage poupon. Elle portait un vieux bonnet écarlate, un tablier de cuir, une robe de toile épaisse dont les longues manches retroussées laissaient voir des bras dodus dans lesquels on eût bien taillé une pièce à griller.

Quand elle aperçut la silhouette du procureur découpée dans la luminosité de l'entrée de l'atelier, elle cessa d'actionner la meule et le geste suffit pour que les trois autres ouvriers, en blouse grise et sarrau blanc qui, derrière elle, rabotaient des planches et plantaient des clous, s'arrêtassent à leur tour.

Le procureur déclina son identité et exposa les raisons de sa visite. Marie Fourré n'eut même pas un mouvement de cils lorsqu'il évoqua la mort de son fils et qu'il prononça le nom de Perrault.

— Si ce n'est pas pour une commande, monsieur, dit-elle avec un ton qui laissait deviner comment elle se faisait obéir des trois gaillards debout derrière elle, je vous demanderai de nous laisser travailler. Nous n'avons pas de temps à perdre, nous autres.

Avant qu'il ne pût répondre, elle avait de nouveau actionné la meule avec sa jambe et le bruit avait repris possession de l'espace. Il dut sortir une bourse de son gousset et la jeter devant elle sur l'établi. Le silence revint mais elle tarda à relever la tête. Il crut deviner un soupir et un mouvement brusque de la main pour essuyer ce qui était peut-être une larme.

— Que cherchez-vous ?

— Je traque un assassin et j'ai besoin que l'on m'aide.

Elle se releva tout à fait et se passa la main sur la nuque. Elle l'observa longuement, soupira de nouveau, saisit la bourse.

— Venez, dit-elle, nous serons mieux à l'étage.
Elle fit un geste en direction des hommes qui se remirent aussitôt à l'ouvrage.

— Je vous jure, dit-elle, que j'aurais donné ma place au Paradis pour voir sa tête rouler dans le panier. Et si ce que vous me dites est vrai, ne croyez pas que j'en sois contente, car quelle qu'ait été sa mort, elle a été bien douce à côté de celle dont j'ai rêvé pour lui.

Elle s'exprimait facilement, avec de fausses rondeurs de gestes, sans cesser de fixer le ciel terne et froid que l'on apercevait par la fenêtre de la pièce. Son débit était rapide mais le ton était sans passion, à peine fragilisé çà et là par quelques haussements aigus de la voix. Elle remonta loin, à l'enfance, commença par parler de son petit Guillaume comme d'un gamin de santé robuste mais de peu de jugeote, le seul qu'elle avait eu avec son pauvre diable de mari, le seul qu'elle aurait jamais. Puis elle parla de « l'autre », du jeune monsieur, le troisième et dernier fils Perrault, dont la maison était voisine de la menuiserie. Elle connaissait bien la famille. Pierre avait toujours été si différent de ses deux frères. Sa mère, Marie Guichon, avait succombé à l'accouchement et le père avait dû s'occuper seul de son éducation. Mais l'enfant était bizarre, d'une grande intelligence, ça oui, mais rebelle, comme travaillé de l'intérieur.

— Il était fou. Je crois que c'est ça, dit-elle, malade des nerfs. Il se roulait par terre. Il était capable de se mettre dans des colères terribles. Ils l'ont montré à des tas de médecins, de rebouteux et même à des sorciers. Il n'y a que cette femme qui arrivait à le calmer. Cette « nourrice » qu'ils ont trouvée sur le tard.

Elle mit longtemps avant d'évoquer le drame. Elle raconta d'abord toutes sortes d'histoires qui paraissaient à côté bien dérisoires, de potagers saccagés et de remises brûlées, de gamins rossés par Pierre et ses amis, de chats et de chiens suppliciés pour le plaisir. Son Guillaume avait été mêlé à tout cela de près ou de loin. Comme tous les jeunes du quartier, il était fasciné par le fils Perrault. Mais à l'adolescence, quand les incidents étaient devenus assez sérieux pour que des plaintes fussent déposées auprès des services de police, elle avait cru qu'il avait pris ses distances. Jusqu'au printemps 1697.

Le meurtre de son Guillaume, c'était une exécution, un geste réfléchi, prémédité, longuement organisé. Pierre Darmancour avait rendu justice. La mort était la sentence qu'il avait retenue pour punir le fils Caulle du crime qu'il avait commis.

La femme s'arrêta, le visage serré. Elle resta un long moment silencieuse, absorbée par ses pensées.

— Un crime ? demanda le procureur d'une voix très douce.

— Mon défunt mari avait deux autres fils, dit-elle en le regardant, qui habitaient à deux rues d'ici et qui étaient très liés à ce maudit Darmancour. Guillaume travaillait souvent chez ses demi-frères qui tenaient un petit restaurant. L'un d'eux était fiancé à une jeune fille du quartier et mon Guillaume en était aussi amoureux. Je ne sais pas ce qui s'est passé, mais si le fils Perrault l'a tué, c'est parce qu'il l'accusait d'avoir séduit la fiancée de son frère. Elle m'a juré que non et ce sont les deux frères qui ont dénoncé Darmancour.

Cette fois, il vit bien la larme qu'elle essuyait du revers de la main. Sa mâchoire tremblait légèrement et elle serrait le poing.

— Il est entré par les cuisines du restaurant. Il a menacé mon Guillaume de son épée. Il l'a forcé à se déshabiller. Il lui a dit que c'était un terrible crime que de se vouloir préférer à son frère du premier lit et il lui a enfoncé son fer dans le ventre. C'est un crime de dément ou de possédé. Quand on a retrouvé mon fils, étendu sur la table de la cuisine, il respirait encore. Mais la blessure était de celles qui ne pardonnent pas. Il était nu mais son sexe avait été passé dans une flûte de verre. Pourquoi ? Je n'en sais rien. Et savez-vous ce qu'avait fait ce monstre ? Il avait empli la bouche de mon fils de cendres. Oui, monsieur, de cendres !

Elle resta un long moment silencieuse, à fixer de nouveau le ciel et les oiseaux noirs qui volaient au-dessus du faubourg. Quand elle reprit, elle ne parlait plus pour lui et il eut du mal à saisir ses propos.

— J'ai tout fait pour... mais comment lutter ? Le père connaissait les officiers de justice... fils et frère d'avocat... le procureur lui-même. L'intervention est venue de si haut. 2 000 livres... Ils m'ont offert 2 000 livres.

Il attendit encore au cas où elle aurait eu quelque chose à ajouter. Puis il la remercia et sortit.

III

La maison des Perrault était de l'autre côté de la place.

C'était un petit hôtel particulier, avec une porte cochère surmontée d'un lion en pierre. Elle était ouverte. Il hésita puis se décida à passer le portique et à entrer dans la cour d'honneur. Un laquais vint à sa rencontre et il déclina son nom et sa qualité, indiqua qu'il venait de loin et désirait s'entretenir avec M. Perrault de son fils Pierre.

On le fit attendre longuement dans un salon où n'entrait presque pas de lumière. Les murs étaient recouverts de tentures de velours grenat ou de lambris sculptés et peints dans lesquels venaient s'encastrer des tableaux mythologiques et des natures mortes. Il y faisait grand froid. Dans la pièce voisine, un laquais descendait un grand lustre d'argent monté sur poulies et un autre s'apprêtait à moucher les bougies. Enfin, on lui annonça que M. Perrault était prêt à le recevoir.

— Mon maître est de retour de voyage et il est très fatigué, lui dit toutefois l'homme qui le conduisit. Son médecin lui interdit en principe les visites.

M. Perrault l'attendait dans une pièce de lecture, aux murs occupés par une bibliothèque circulaire garnie de treillages de cuivre que seule venait couper une petite cheminée surmontée d'une glace montant jusqu'aux voussures. D'abord, il ne le vit point et crut qu'il lui faudrait patienter encore. Et puis, près de la seule fenêtre de la pièce, une ombre s'agita et il découvrit un vieux monsieur tassé, à la silhouette lourde, au visage tuméfié, débordant de graisse, avec deux petits yeux qui vrillaient sur eux-mêmes.

— Je vous prie de m'excuser, monsieur, de vous avoir si longuement fait attendre. Mais il me faut beaucoup d'efforts pour me rendre présentable.

— C'est à moi de m'excuser, monsieur, de vous déranger sans me faire annoncer. Et je vous suis reconnaissant de me recevoir sans autre cérémonie.

— Vous vouliez me parler de mon fils Pierre ? Si c'est pour vous en plaindre, je crains que vous ne veniez trop tard.

— Je sais, dit Guillaume. Croyez que je compatis à votre douleur.

Il sentit sur lui la brûlure du regard de l'homme qui tentait de pénétrer au plus profond de son âme. Il entreprit, maladroitement au début, puis avec de plus en plus d'assurance, de lui raconter les raisons de sa visite.

Quand il eut fini, le vieil homme semblait s'être enfoncé davantage dans le matelas de son siège. On ne voyait, à la lumière du jour déclinant, que ses grosses mains boudinées posées sur le bras du fauteuil et une esquisse de son profil, surgissant de l'ombre, avec un nez un peu fort et une mâchoire épaisse.

— Que désirez-vous au juste ? demanda-t-il d'une voix caverneuse. Je n'ai rien à cacher.

— Eh bien, j'aurais voulu savoir si...

— Je suis l'auteur des contes, dit-il en lui coupant la parole, soyez-en sûr, si l'on désigne ainsi celui qui les couche sur le papier et les met en forme. Mais leur créateur – je ne vois pas d'autres termes –, c'est bien mon fils Pierre.

Il y eut dans l'ombre comme un rougeoiement de braise.

— C'était un enfant extraordinaire. Un être chétif, affecté d'une maladie des nerfs qu'aucun médecin n'a pu ni décrire ni soigner. Mais il avait un don, un véritable don. C'était un merveilleux conteur. Ces récits, je les ai cueillis dans sa bouche. Il les puisait dans les histoires que lui récitait le soir pour l'endormir la nourrice que je mettais à son chevet. On ne peut dire qu'il embellissait ces histoires de bonnes femmes, c'était peut-être même le contraire. Mais il savait y découvrir des ressorts secrets ; il en voyait les gouffres. Son esprit y plongeait comme un couteau fouille une plaie et c'était – comment dire ? – comme s'il y allait dénicher des démons, comme s'il réveillait quelque monstre endormi qui s'y serait logé. Ce que j'ai retranscrit, ce n'est que la face avouable de ce que racontait mon fils. J'ai espéré qu'en publiant ces contes sous son nom et en les dédiant à Mademoiselle, je le sortirais d'affaire.

— La violence, à ce que l'on m'a dit, n'était pas seulement dans ses récits.

Charles Perrault avança le buste et son visage surgit de l'ombre. Il chercha les yeux du procureur. Son regard était en colère avec des reflets méchants, des éclats désireux de blesser.

— C'était un enfant difficile. Peut-être plus victime que bourreau. Ses nerfs ne le laissaient jamais en paix. Violent, je ne peux le nier. Mais vous perdez votre temps, monsieur le procureur. S'il a commis un meurtre, mon fils n'est pas votre assassin !

— Que faisiez-vous à Seyne-les-Alpes ?

Charles Perrault resta un instant silencieux, immobile, puis, lentement, il retourna dans l'ombre. Sur le bras du fauteuil, ses mains tremblaient. Quand il se remit à parler, elles se levèrent pesamment et disparurent à leur tour dans les ténèbres. Il expliqua que, depuis l'entrée de son fils au régiment Dauphin, il n'avait reçu de lui aucune lettre. Et puis, après trois ans de silence, l'hiver dernier, cette nouvelle impossible à accepter selon laquelle Pierre serait mort au combat. Alors, lorsque le chevalier de Beuldy, un vieil ami lettré qui avait suivi avec beaucoup d'attention l'aventure de la publication des *Contes de ma mère l'Oye*, lui avait fait part des liens étranges entre les meurtres de Seyne et les histoires que racontait son fils, un fol espoir l'avait saisi de retrouver Pierre vivant, malade sans doute mais vivant, quelque part dans la vallée de la Blanche. Il avait cherché quelques jours une piste jusqu'à ce que lui parvienne de Paris la confirmation, de source sûre, de ce que Pierre était bien mort en service plusieurs semaines auparavant. Tout espoir perdu, la mort dans l'âme, il était rentré chez lui.

En disant cela, Charles Perrault fit un violent effort pour revenir vers la lumière et il ajouta :

— La déception était à la hauteur de l'espérance. Car sachez bien, monsieur le procureur, que si vos crimes ont quelques points communs avec les contes tels que je les ai publiés, ils sont encore plus proches, au point que cela en est effrayant, des récits tels qu'ils sortaient de la bouche de Pierre. Jusqu'à la mort de ce pauvre chevalier de Beuldy que j'apprends avec beaucoup de peine : ces rubans découverts dans sa bouche se rapportent à un conte de mon fils que je n'ai pas publié, « La Brodeuse », où une femme en punition d'avoir la langue trop pendue et de broder la vérité, finit étouffée par ses rubans. Je vous souhaite bien du plaisir.

Les nuits blanches du Chat botté

— Pour votre fils, êtes-vous sûr que... ?

La voix se fit plus grave, plus heurtée, avec une sonorité étrange, un bruit de cailloux roulant dans le lit d'une rivière.

— Il a été fauché, au milieu de ses camarades, par un tir de lansquenet. Il y a plus de cinquante témoins ! Et l'on m'a ramené le corps.

CHAPITRE XII

I

En sortant dans la cour de la maison, Guillaume de Lautaret eut comme un malaise et sentit le besoin de s'asseoir sur les marches. Il n'avait rien mangé depuis la veille. Le ciel était gris et bas. Une lueur à peine sensible blanchissait au ras des toits de Paris et un bleu laiteux flottait sur les pavés. Il n'arrivait pas à se résoudre à renoncer à la piste du fils. Ce ne pouvait être que lui l'assassin. Un laquais vint s'enquérir de ses nouvelles. Il demanda simplement un peu d'eau. Quand l'homme revint avec une carafe et un verre, il s'excusa.

— J'étais un ami de M. Pierre Darmancour, le fils de votre maître. L'annonce de sa mort m'a retourné les sangs.

— Je comprends, dit le domestique avec le visage fermé.

— Je n'ai pas voulu trop fatiguer votre maître.

Et cherchant des pièces dans son gousset, il ajouta :

— Savez-vous si quelqu'un pourrait me donner des précisions sur les circonstances de la mort de mon camarade ?

— Je ne sais, monsieur, dit le laquais en empochant les pièces. Je vais me renseigner.

Il revint un instant après accompagné d'un homme plus âgé en livrée rouge bordée de blanc. L'homme le jaugea d'un coup d'œil. Il eut un sourire entendu mais s'adressa à lui avec un ton de grande politesse et de vassalité.

— Si vous étiez un ami de monsieur Pierre, sans doute étiez-vous aussi en amitié avec M. de Cartène ?

— Il se peut, dit le procureur en se relevant et en glissant de nouvelles pièces dans la main de l'homme.

— Alors, dit celui-ci, sans doute n'ignorez-vous pas que M. de Cartène a renoncé à la carrière militaire et a ouvert une salle d'armes près de la place Vendôme ?

Guillaume n'avait pas d'autre piste s'il voulait avancer dans l'enquête. Il reprit son courage à deux mains. Il héla un fiacre qui le mena à grand trot sur le pavé luisant jusqu'à la place Vendôme. Une pluie fine tombait de nouveau et tissait entre la ville et le ciel des fils innombrables. Le ciel avait une couleur de boue. Le cocher le déposa au pied d'un entrepôt où des commis, la plume à l'oreille, semblaient attendre l'arrivée de marchandises. Des gamins se précipitèrent pour glisser sous ses pieds de petites planches de bois qui lui évitèrent de trop s'embourber. Il leur jeta encore des pièces. Voilà, pensa-t-il, une enquête qui me revient cher.

Un jeune voiturier, attelé à une charrette à bras, lui indiqua le chemin de la salle d'armes. Il quitta la place, prit une rue d'ombres et de flaques, humide et sale, empuantie par les amoncellements d'ordures, et déboucha sur une modeste cour, entourée de maisons noires et hautes qui la privaient un peu de lumière. Les fleurs que l'on voyait aux fenêtres, plantées dans des boîtes et des vieilles marmites, jetaient sur la grisaille des façades des touches d'une insolite gaieté. La salle d'armes était annoncée par une enseigne flottant au vent où étaient dessinées deux épées entrecroisées. Il poussa une porte, monta une volée de marches en grosses pierres, poussa une autre porte. Il découvrit une vaste pièce au sol parqueté, ornée de tapisseries fatiguées, d'épées et de sabres anciens, avec des pans entiers de murs recouverts de miroirs.

Il n'y avait qu'un homme, vêtu d'une culotte et d'un pourpoint noir, les mains gantées. Il était de dos, face à la glace, l'épée au poing et il livrait un duel silencieux avec sa propre image. Il tirait, faisait mine de parer, croisait un fer inexistant, reculait d'un pas, attaquait de plus belle. Chaque passe s'appuyait sur un geste sûr qui tranchait le silence, découpait l'espace avec une telle précision qu'on en ressentait comme un malaise.

— Monsieur de Cartène ?

L'homme se figea et fit demi-tour avec une grande lenteur. Il ne devait pas avoir vingt-cinq ans. Il était robuste, large d'épaules mais grand, effilé, avec un cou de cygne, un visage blanc et de petits yeux très vifs qui n'arrêtaient pas de bouger. Ce qui frappait la vue, c'était son énorme tignasse, épaisse et rebelle, malmenée d'épis et de mèches folles, d'un brun curieux où se mêlait un peu de jaune et d'argent.

Comme il ne parlait pas, Guillaume s'avança davantage.

— Vous étiez un ami de Pierre Darmancour, n'est-ce pas ? J'aurais aimé vous poser quelques questions. Si vous aviez l'obligeance...

Le jeune homme pivota sur lui-même et gagna le coin gauche de la pièce sans quitter des yeux M. de Lautaret. Il se saisit d'une épée.

— Cette arme est plus légère, elle conviendra mieux que la vôtre.

— Je ne viens pas pour une leçon. Je veux juste vous questionner...

— Après ! dit l'autre en lui lançant l'épée.

Elle roula à ses pieds.

— Je crains qu'il n'y ait un malentendu...

— Voilà trop longtemps que je n'ai pas tiré. Vous aurez ensuite tous les renseignements que vous voudrez. En ligne, monsieur !

Les nuits blanches du Chat botté 185

Il se plaça face à lui. Guillaume hésita puis se baissa et ramassa l'arme.

— En garde, dit le jeune homme.

Ils se saluèrent, épées levées, puis ils prirent une position classique de combat, jambe droite en avant, genoux légèrement fléchis, bras gauche en arrière. Guillaume se pensait bon tireur. À Seyne, il avait quelquefois croisé le fer, dans la salle d'armes de la citadelle, avec M. de Cozon et s'il n'avait pas l'entraînement d'autrefois, il n'avait pas trop perdu la main. Tout à sa rêverie, il n'eut que le temps de parer l'attaque immédiate du jeune homme. Le fer passa près de son visage.

— Vous n'y êtes pas, dit l'autre avec un ton de reproche et de dédain.

La seconde attaque fut identique, mais, cette fois, il la para en tierce et se fendit, obligeant son adversaire à parer à son tour. Sous la tignasse brune, un sourire pâle s'éclaira. M. de Cartène adopta une moue de connaisseur. Le duel changea de rythme. Le bruit des fleurets résonnait sous les voûtes. Les fers cliquetaient à travers la poussière en suspension dans l'air et semblaient les ciseaux d'un barbier invisible. Le procureur avait hâte d'en finir et il tentait de précipiter la touche. Mais le jeune homme se couvrait avec une grande habileté et une certaine élégance. Ses mains d'une finesse végétale tenaient le pommeau de l'épée avec la légèreté d'un lierre s'enroulant au fer forgé d'une hampe de balcon. Il jouait.

À un croisement des lames à hauteur de ses yeux, Guillaume se rendit compte que l'arme de son adversaire n'était pas mouchetée comme la sienne. À tout moment, il pouvait être mortellement blessé.

— Monsieur, dit-il, le combat n'est pas égal.

— J'en conviens. Cela ne rajoute-t-il pas du sel à ce duel ?

Et disant cela, M. de Cartène se fendit au sortir d'une contre-parade en tierce qui prit de court M. de Lautaret. Le fer déchira la manche du pourpoint du procureur et le blessa à l'avant-bras. Il jura. Ce fut avec une rage décuplée qu'il se rua dans le combat. Mais M. de Cartène n'attendait que cela. Guillaume s'épuisa sur sa défense redoutable et dut subir deux nouvelles blessures, l'une à l'épaule gauche et l'autre à la base du cou. Cette fois l'attaque aurait pu le tuer. Son pourpoint était taché de sang. L'autre tournait autour de lui avec un sourire glacial à la bouche, l'œil étrangement éteint, le geste précis et cruel. Alors, Guillaume fit mine de trébucher, para à l'aveuglette la nouvelle attaque qu'il avait devinée plutôt qu'il ne l'avait vue venir et eut la chance de détourner la lame. Dans la continuité, il se fendit complètement. Au bout de son poignet, il sentit l'acier se courber. Il venait de frapper l'adversaire en pleine poitrine. Si l'arme n'avait pas été mouchetée, il l'aurait transpercé comme un vulgaire poulet.

Le jeune homme rompit. Son visage était redevenu impassible. Il salua et glissa son arme sous son aisselle.

— Vous pouvez me remercier, dit-il. Si je ne vous avais donné une lame protégée, vous seriez à cette heure un criminel.

Le procureur resta un instant sur ses gardes. Il était en sang, trempé de sueur. Il avait la respiration d'un soufflet déchiré. Mais M. de Cartène avait perdu toute agressivité. Il fit un geste léger pour se tapoter le front et interrompre la longue glissade d'une goutte qui visait son nez. Guillaume baissa aussi son épée.

— Ce sont là des jeux que je ne prise guère, dit-il d'un ton sévère.

— Allons, monsieur. Si vous étiez une connaissance de Pierre Darmancour, vous devez savoir que c'étaient là au contraire des plaisanteries fort dans son goût. J'ai pris soin de ne vous toucher qu'artificiellement. Venez. Il y a là-bas des cuvettes et des serviettes pour vous rafraîchir.

Une servante qu'il héla dans l'escalier vint panser Guillaume.

M. de Cartène lui fit amener une bouteille de vin blanc et autour d'un verre ne fit pas de difficulté pour répondre aux questions du procureur. Il était de noble naissance, mais cadet d'une famille de hobereaux de Normandie, n'ayant pour seul atout qu'une science des armes qu'il avait travaillée très tôt. Il s'était engagé pour trois ans en 1697, séduit par un grand gaillard habile à frapper la caisse, qui criait du haut de ses six pieds : « Avis à la belle jeunesse ! » et invitait les garçons à s'enrôler dans les armées de Sa Majesté. Il avait connu Pierre Darmancour lors du siège et de l'occupation de Strasbourg et s'était lié d'amitié à ce jeune homme aussi tête brûlée que lui.

— Ce n'était pas un bon officier. Au temps du pique et du mousquet, du sabre et de l'honneur, il aurait fait fureur. Mais il n'aimait pas marcher au combat avec ces fusils modernes dont nous a dotés M. Vauban, cartouches à poudre et baïonnette à douille. On avance sur trois à quatre rangs. La troupe doit témoigner de sa valeur en approchant le plus possible l'ennemi sans tirer, et en serrant les rangs pour boucher les vides ouverts par la mitraille.

Il sourit en passant sa main dans sa lourde tignasse et redressa fièrement les épaules.

— Nous avons, lui et moi, été souvent passés à la baguette. Avez-vous connu cela, nu jusqu'à la ceinture, devant les tentes dressées du camp du régiment, au pas entre deux rangées de soldats qui vous frappent à coups de baguette ? Cela crée des liens, croyez-moi !

Il confirma la mort de Darmancour, tué dans une embuscade près de Sarrelouis, par des réfractaires au traité de Ryswick. Il avait veillé le corps et fait partie du convoi qui l'avait ramené à son père.

— C'était un garçon fascinant. Il parlait peu et pourtant il maniait les mots mieux que moi les épées. Le soir, au camp, devant les feux, on le suppliait de prendre la parole. Il racontait des histoires fabuleuses qui donnaient le frisson.

— Je sais cela et encore qu'il a écrit les *Contes de ma mère l'Oye*...

— Il me l'a dit, un jour, pour m'expliquer pourquoi il se faisait appeler le marquis de Carabas. C'est la tradition, dans les armées, de s'affubler de faux noms, Brise-Cœur, Va-t'en guerre, Pipe-en-terre...

— De Carabas... Comme dans le Chat botté ?

— C'est cela. Vous connaissez l'histoire ? Il était, paraît-il, semblable au personnage du conte. Au début, moins bien loti que ses frères, longtemps inconscient de ses qualités et de ses talents. Et puis, comme dans l'histoire, son père lui avait fait don d'un Chat botté, une bête rusée qui l'avait révélé à lui-même.

Guillaume eut un mouvement brusque qui tira sur ses blessures et lui arracha un gémissement de douleur. Il retrouvait la trace de l'animal du conte.

— Un Chat botté... offert par son père ?

— Cela ne veut rien dire, bien sûr, dit le jeune homme en se resservant un verre de vin blanc. Pierre aimait les images. Il fallait toujours en chercher le sens caché.

Un sourire furtif resta quelques secondes en équilibre sur le bord de ses lèvres sèches.

II

Guillaume doutait que Charles Perrault accepterait de nouveau de le recevoir. Et de fait, quand il regagna la place de Fourcy, et fit une tentative, les laquais, au prétexte que leur maître s'était absenté de Paris, lui refusèrent l'entrée. Il se retrouva seul sur le pavé, harassé de fatigue. Ses blessures le faisaient souffrir. Il avait faim et commençait à avoir froid. La nuit était tombée sur la ville et il devenait dangereux de trop s'attarder dans les rues. Il chercha la première taverne qui pourrait l'abriter pour la nuit. Il donna sa préférence à un établissement, en face de l'église Saint-Benoît, dont le nom, Le Puits de vérité, symbolisé sur l'enseigne par une dame à moitié nue émergeant d'un tonneau, lui parut un signe amical du destin.

Il regretta son choix. C'était un cabaret à bière, un rendez-vous de rouliers et de toucheurs de bœufs. Ils entraient avec de gros éclats de rire, tapaient du pied contre le rebord de la cheminée pour décoller de leur semelle la boue ramenée de la rue, s'attablaient entre un plancher gris de poussière et un plafond jaune de fumée et réclamaient des filles et des bouteilles. Guillaume parvint à trouver une place entre une vieille chiffonnière, ivre d'eau-de-vie, ronflant la tête sur son bras et un solide gaillard au teint de viande crue qui mâchait son pain avec une application bovine.

En évitant les regards et par là les risques de mauvaise querelle, il se fit apporter une bouteille de vin et une assiette du ragoût qui mijotait dans une énorme marmite posée dans l'âtre.

— As-tu trouvé ce que tu cherchais ? demanda une petite voix en face de lui.

Guillaume leva la tête. C'était la petite bouquetière aux yeux violets qui lui avait indiqué un peu plus tôt le chemin de la menuiserie. À travers la poussière et la fumée des pipes, sous la lumière grossière des chandelles, elle lui sembla moins jeune qu'il ne l'avait pensé alors.

— Oui et non, dit-il. Je cherchais un certain Pierre Darmancour, un fils Perrault. Si tu es du quartier Saint-Jacques, peut-être l'as-tu connu ?

Elle sourit et se pencha vers lui.

— Tu n'es pas de Paris, toi, n'est-ce pas ? As-tu une chambre ici ?

Avec son petit visage d'écureuil, ses cheveux noirs en broussaille, son cou d'oiseau, elle était plutôt jolie. Elle pourrait même être très belle, pensa-t-il, si ce n'était ce teint blafard et ces joues creuses.

— Je n'ai pas encore demandé.

Elle sourit de nouveau en se renversant un peu en arrière. Une épingle brilla dans ses cheveux frisés.

— Donne-moi un louis, dit-elle, et tu auras à l'étage un lit et moi avec.

Il savait qu'il n'était pas rare, en ces temps de grande dureté, que les jeunes ouvrières suppléent de semblable manière à la modicité de leurs gains. Mais elle ne devait pas avoir plus de treize ou quatorze ans et quelque chose d'encore ingénu dans son visage n'avait pas préparé le procureur à la proposition qu'il venait d'entendre.

— Le lit suffira, dit-il en lui glissant la pièce.

Elle avait ici ses habitudes. Quelques minutes plus tard, il la suivait dans l'escalier. Sa petite silhouette fluette, maigre et osseuse, se dandinait au-dessus de lui. De temps en temps, elle se retournait et lui jetait un sourire fragile auquel il répondait. Elle tenait la chandelle en protégeant la flamme d'une main, et l'ombre mouvante reflétée sur le mur donnait quelquefois l'illusion qu'elle n'avait pas ce corps de petite fille. Il dut de nouveau préciser que dormir lui suffirait pour qu'elle consentît à le laisser. Dans la chambre, il n'y avait qu'un lit bas en bois noir, adossé à un mur où le plâtre tombait par plaques et recouvert d'une couverture qui sentait la paillasse moisie. La porte ne fermait que par un loquet de fil de fer et il pensa préférable de s'endormir à demi, la main posée sur son épée, pour prévenir toute visite nocturne.

Sa fatigue était telle qu'il sombra pourtant dans un profond sommeil. Il rêva de Delphine. Elle était assise en tailleur au milieu d'une clairière. Elle portait à même sa peau nue un chaperon rouge qui soulignait plus qu'il ne masquait ses formes et tenait devant elle son cahier ouvert, celui où elle notait tous les détails de l'enquête. Il s'approchait d'elle et lisait par-dessus son épaule les passages qu'elle avait reproduits des notices du *Mercure galant*.

— Vous devez reprendre tout cela, disait Delphine en se relevant.

Elle venait appuyer contre lui sa poitrine et son ventre découverts et se mettait à bouger lentement en oscillant de droite à gauche.

Il ouvrit brusquement les yeux. Son sang battait dans ses tempes. Il tarda à comprendre qu'il n'était plus dans son rêve. Pourtant le corps de Delphine était encore au contact du sien. Il réalisa alors que la petite bouquetière était sur lui, aussi dévêtue que l'on peut être. Elle se frottait contre son abdomen en poussant des petits cris et tentait d'une main hésitante de réveiller sous sa chemise sa virilité endormie. Et il devait bien admettre que son entreprise était loin d'échouer. Il resta un moment immobile, attentif à observer ces cuisses décharnées qui se serraient contre sa jambe, ce torse de chat maigre qui se relevait par saccades, ce bassin qui ondulait, ces petites fesses qui se trémoussaient.

Et puis, il la saisit par la taille, la souleva sans peine, la maintint ainsi un instant à la verticale de son sexe dressé et la repoussa enfin d'un mouvement brusque. La fille émit une sorte de gémissement et se blottit au pied du lit.

— Eh quoi ? dit-elle en lui jetant un regard noir, tu as payé plus que le prix de la chambre. Je n'allais pas te voler !

Il attrapa la robe qui gisait sur le plancher et la lui lança.

— Je ne suis pas venue que pour cela, dit-elle en retrouvant son sourire. Pour un louis de plus, je te présente à un de mes amis qui a bien connu ce Pierre Darmancour que tu recherches.

L'homme les attendait en bas devant une chopine de bière, le crâne ras et le visage si chiffonné que l'on peinait à deviner ses yeux sous les rides. Il fumait une pipe à califourchon sur un banc.

— Pour sûr que je l'ai connu, dit-il en se frottant du doigt l'aile du nez. Un sacré monsieur avec de drôles d'idées. Mais quand on faisait comme il disait, il savait se montrer généreux.

Et il se lança dans le récit d'« exploits » que le procureur avait déjà entendus de la bouche de Marie Fourré.

— Parlait-il d'un Chat botté ? D'un animal ou plus sûrement d'un être pour qui il aurait eu une grande amitié ?

L'homme se gratta le sommet du crâne, tira sur sa pipe, cracha la fumée par terre.

— Je ne vois pas, dit-il. Il n'aimait personne.

Le procureur sortit une nouvelle pièce et la posa en équilibre sur la tranche devant lui.

— Fais un effort. Je cherche quelqu'un qui aurait pu l'influencer, qui aurait pu lui souffler ses idées.

— Il n'y a que sa nourrice. Enfin, nourrice, c'est façon de parler. Elle s'occupait de lui, le soignait, lui faisait un peu l'école aussi, je crois. Je ne l'ai vue que deux ou trois fois. Une belle femme, bien en chair. Elle parlait bien.

Il n'en savait pas davantage.

C'était peut-être une nouvelle piste.

Avant de quitter l'auberge, en attendant qu'on pût lui servir un peu de bouillon chaud, Guillaume prit le temps de relire plusieurs passages du recueil de contes. Il s'installa

Les nuits blanches du Chat botté

près de la fenêtre, tourna lentement les pages. À travers la vitre sale, un matin gris et froid se levait sur Paris. Des apprentis, en soufflant dans leurs mains, ôtaient déjà les grosses barres des volets des boutiques. Allons, pensa-t-il, concentre-toi.

De la cendre, du verre, une rivalité entre enfants qui n'étaient pas du même lit... Il réalisa que la mort du fils Caulle, par de mystérieux liens, renvoyait au conte « Cendrillon ». Il fallait qu'il creuse encore. En souvenir de son rêve de la nuit précédente, il s'en alla chercher dans ses affaires le cahier de Delphine. La solution était peut-être sous ses yeux, consignée par la jeune fille.

Il s'arrêta sur l'étonnante précision qui accompagnait la présentation du recueil de *ma mère l'Oye* dans le *Mercure galant* : « Ceux qui font de ces sortes d'ouvrages sont ordinairement bien aises qu'on croie qu'ils sont de leur invention. Pour lui, il veut bien qu'on sache qu'il n'a fait autre chose que de les rapporter naïvement en la manière qu'il les a ouï raconter dans son enfance. » Les contes n'étaient peut-être pas de Darmancour. Et à y regarder de plus près, un second sens pouvait se découvrir dans cette remarque sur l'auteur, accompagnant la publication dans la même revue de « La Belle au bois dormant » : « Il est fils de Maître et s'il n'avait pas bien de l'esprit, il faudrait qu'on l'ait changé en nourrice. » Nourrice, le mot était dit.

Alors, il se rappela ce qui l'avait tant étonné lorsque Delphine lui avait exposé ses recherches dans les revues du chevalier. Il feuilleta fébrilement le cahier. Il retrouva la phrase, la plus mystérieuse de toutes, celle qui accompagnait la publication de l'« Histoire de la marquise-marquis de Banneville », premier conte attribué par le *Mercure de France* à l'auteur de « La Belle au bois dormant » : « L'auteur est une femme qui s'exprime avec beaucoup d'agrément et de finesse. Il serait à souhaiter qu'elle voulût écrire encore. »

Une femme. C'était suffisant pour échafauder une hypothèse qui tenait la route : ce Chat botté que Charles Perrault aurait placé auprès de son fils et qui l'aurait transformé, c'était cette mystérieuse nourrice, celle-là même qui, selon Marie Fourré, avait tant de pouvoir sur le jeune homme. Et il était probable que cette femme avait joué un rôle essentiel, sinon unique, dans la confection des contes.

La priorité était désormais de retrouver sa trace.

CHAPITRE XIII

I

Cette année-là, au pays de Seyne, décembre et janvier furent des mois obscurs et sauvages. Les canaux, les étangs, la Blanche même s'étaient couverts de glace. La neige avait pris la mesure de toute chose. Elle dévorait l'espace et s'étendait sans fin, à peine tachée des toits d'ardoise des fermes, à peine animée des troupeaux noirs qui se hâtaient sur les chemins. Elle oppressait les grandes forêts, hachait le paysage en des flocons si lourds qu'ils tombaient sur les feuilles et sur les pierres en imitant le tambour de l'averse. Le soleil n'était plus qu'un cœur opaque prisonnier d'une cage de verre.

Mais sur tout ce blanc, le rouge ne cessait d'allumer ses feux : à Saint-Vincent, une gardienne d'oies de seize ans avait été dévorée et traînée dans le bois. On l'avait retrouvée à demi nue, les cuisses ouvertes, les bras en croix, la tête cachée sous un chaperon rouge. Et son sang sur la neige, blessure magnifique, vibrait comme un bijou.

En écho sur la plaine, sur les chemins, sous les sous-bois, à pied ou à cheval, s'allumait l'uniforme écarlate des dragons. Ils avançaient, obstinés, arrogants, moustaches fières et dents luisantes. Ils procédaient méthodiquement, ratissant chaque forêt, chaque taillis, chaque maison sans jamais hésiter, si lubie leur prenait, à incendier les greniers et les granges où le loup aurait pu se cacher.

Et le rouge aussi éclatait dans les têtes. La Bête demeurait maîtresse des esprits, mais nul ne l'évoquait plus car tous savaient qu'on doit cesser de parler du loup, aux mois de l'hiver, quand le soleil est noir et que le malheur est tapi dans l'ombre guettant celui qui ne saura pas se taire. Pourtant, de temps en temps, la peur trop contenue explosait. À Selonnet un colporteur désireux d'acheter de l'agneau au boucher du village fut frappé par les habitants en raison d'une balafre à son visage, signe qu'il avait rencontré la Bête qui aime mordre l'homme à la bouche pour l'ensorceler. Quand le lieutenant de police était intervenu, l'homme était déjà mort, tué à coups de croc de boucherie. Il était immobile sur le sol recouvert de sciures, les yeux levés vers les carcasses sanguinolentes suspendues au-dessus de lui. Son sang faisait une plaque de rubis sombre que venait troubler le goutte-à-goutte de celui du bétail égorgé.

Il semblait à Delphine que tout ce rouge était autant de plaies meurtrissant son propre corps. Montclar s'était refermé sur lui-même. Sa mère s'était cloîtrée dans un silence triste qui déteignait sur Marie d'Astuard. L'abbé Jorisse avait perdu sa belle humeur. Il priait à longueur de temps. Il ne cessait de mettre en garde Delphine sur la noirceur et la violence du monde au-delà du château, sur la mainmise de Satan sur l'âme noire de l'homme. La jeune fille n'avait plus le goût à rien. Elle était, comme la vallée, entrée dans une nuit d'hiver et de souffrance qui ne semblait jamais vouloir finir. Son cœur battait à peine, privée de chaleur et d'amour, étouffé sous le givre et le silence, vivant seulement d'une attente lointaine d'autre chose qui arriverait peut-être un jour.

Sans lui, depuis qu'il l'avait laissée, elle avait peur. Elle revenait souvent au fauteuil de la bibliothèque, là où elle s'était endormie au son doux de sa voix. Quand elle ouvrait les volets, la vallée n'était qu'une immense crypte, un monde de pierres froides, de pentes nues, de bois dépouillés et brillants dont les branches dessinaient sur le gris uniforme du ciel des grilles à l'encre de Chine. Seules ses nuits, peuplées pourtant d'horribles cauchemars, de gueules béantes de loups, de filles déchiquetées, d'hommes à tête de chat, de bergers démoniaques aux sexes dressés devant elle, l'aidaient encore à vivre, car il lui suffisait de surmonter sa peur, d'affronter les dangers, de s'avancer hardiment dans le royaume des masques et des monstres, pour toujours découvrir, lointaine certes mais présente, la silhouette du beau procureur. Mais combien de temps pouvait-elle tenir en se contentant de cette ombre fuyante ? Sa souffrance était de ne pouvoir parler ni à sa mère, ni à sa marraine, ni même à l'abbé Jorisse. Et elle comprit que le salut de son âme exigeait qu'elle pût trouver une oreille attentive, apte à entendre sans se moquer, habile à saisir ce que le charme de M. de Lautaret avait pu ouvrir dans son cœur de jeune fille. Elle avait beau chercher, elle ne voyait qu'une personne vers qui se tourner, et c'était la Naïsse.

II

Le nom de la nourrice, Guillaume de Lautaret n'eut aucun mal à le découvrir. Elle s'appelait Lisette Baptistin. Cela lui fut dit par Marie Fourré qui se rappelait parfaitement de cette grande et forte fille, toujours vêtue de noir, et qui traversait la place d'un pas pressé en baissant la tête. Cela lui fut confirmé par un valet de Charles Perrault qui ne se laissa aller aux confidences qu'à la troisième chopine de vin et sous la promesse que son maître ne saurait rien. La fille logeait dans l'hôtel même de la famille, sous la soupente, dans une chambre qu'un escalier de service reliait directement aux appartements de Pierre Darmancour. Elle avait toujours su garder ses distances avec le reste du personnel, pas le genre à se laisser pincer les fesses ou à se laisser embrasser dans le cou. Elle avait été embauchée en 1689 ou 1690, l'homme ne sait plus, pour s'occuper du petit Pierre alors âgé d'une dizaine d'années. Lisette avait de l'instruction ; elle savait lire et écrire et était très sourcilleuse sur la religion. La femme et l'enfant s'étaient aussitôt très bien entendus et le vieux Perrault n'en demandait pas plus. Elle avait quitté la famille au lendemain du drame du printemps 1697. Peut-être était-elle repartie chez elle, à Serres, dans le Dauphiné ; l'homme se rappelait parfaitement que Lisette avait prononcé le nom de cette ville à plusieurs reprises. Et c'était là une indication capitale parce que Serres n'était qu'à quelques jours de route de Seyne-les-Alpes.

Le lieutenant général de police n'avait en revanche gardé aucune trace d'une Lisette Baptistin dans ses archives. À la demande du procureur de Seyne, il mena une petite enquête pour savoir si dans les années quatre-vingt-dix, une fille de ce nom avait cherché à s'employer comme nourrice, mais la recherche ne donna rien. Au passage, M. d'Argenson apprit à Guillaume qu'à Versailles son nom avait été retenu pour occuper dans le ressort de la capitale une charge de procureur que son titulaire libérerait à l'automne. Cela ne se refusait pas.

Pour l'heure, Guillaume ne pensait qu'à traquer sa nourrice. Il eut davantage de chance en s'adressant au vicaire de la paroisse Saint-Benoît, un petit homme chauve avec des joues toutes rondes et de grands yeux écarquillés dont la principale occupation était de chasser à coups de chaussure ferrée les mendiants qui, sur les marches gelées de son église, tentaient de soutirer de l'argent aux bigotes au cri de : « Pour l'amour de Jésus ! » Il se souvenait parfaitement de cette femme assidue à toutes les messes du petit matin. Elle était toujours au même endroit, au pied du troisième pilier de l'église, à genoux presque tout le temps, les yeux fermés, le poing serré sur la poitrine.

— Je m'y connais en bigotes, avait dit le curé. Celle-là, c'était une dure de dure. Pour prier de cette façon, elle devait avoir de solides péchés à se faire pardonner.

Il n'avait conversé avec elle qu'une fois, à la sortie d'une messe, à la suite d'un sermon où elle lui avait reproché de minimiser la satanique puissance de l'Ange déchu et entendait pour sa part combattre le mal avec ses propres attributs. Il avait émis l'hypothèse qu'elle ait pu faire partie d'une secte, par exemple de ces fanatiques du Sacré-Cœur qui voient partout le cœur saignant de Jésus.

Ce ne fut qu'en fin de semaine que Guillaume eut l'idée de se rendre à la librairie Barbin. À en croire l'opuscule dont il avait fait l'achat à son arrivée à Paris, c'était là qu'avaient été publiés les *Contes de ma mère l'Oye*.

Le sieur Barbin était un gros homme rond, avec des yeux un peu éteints et une vilaine verrue au creux du nez. Il sortit de l'arrière-boutique avec les mains pleines d'encre et le regard vaguement inquiet de celui qui n'a peut-être pas la conscience tranquille. Quand il comprit toutefois que le procureur n'était pas là pour contrôler ses publications, il ne fit aucune difficulté pour confirmer l'origine du livre. Il était fier de cet ouvrage comme des autres.

— L'auteur ? Eh bien, monsieur, c'est écrit dessus, il me semble. Le permis d'imprimer a été accordé à M. Pierre Perrault Darmancour.

— Ce n'est pas ce que je vous demande, dit Guillaume de Lautaret.

Le procureur fit allusion aux crimes de Seyne et aux liens avec les *Contes*. Il évoqua le danger pour un imprimeur qui veut conserver son autorisation à ne pas aider autant qu'il le pourrait la justice du Roi, ajouta pour finir que la protection de M. Perrault était chose bien fragile depuis que l'homme n'était plus en cour et qu'elle pouvait même s'avérer suspecte si l'on imaginait qu'elle n'avait été recherchée, à l'époque où celui-ci était en charge de la censure de Sa Majesté, que pour couvrir des activités illicites.

— Tout ce que je peux vous dire, répondit le libraire d'une voix moins sûre, c'est que le manuscrit que j'ai publié m'a été apporté par le père. Il a lui-même corrigé les épreuves même s'il n'a cessé d'affirmer que les contes étaient de son fils. Et, pour le connaître un peu, je crois qu'il était sincère. Pourtant...

— Pourtant ?

— J'avais déjà vu certains de ces contes, deux ou trois ans auparavant. C'était une femme qui me les avait apportés. Une belle nature. Fort savante, mais de condition modeste. Je les avais refusés. Ils étaient beaucoup moins bien écrits et j'aurais publié à perte. Et si vous voulez mon avis, le fils Perrault a dû abuser son père et faire passer pour siens les contes écrits par cette femme.

Il parut hésiter, se gratta la tête. Un sourire illumina sa face et il demanda quelques instants de patience au procureur, disparut dans son arrière-boutique et revint avec une chemise en carton.

— Vous avez de la chance, je ne jette jamais rien. Ce sont les histoires dont je viens de vous parler. Peut-être vous seront-elles utiles ?

L'écriture était à peine lisible, serrée, couchée, tortueuse. Il y avait une vingtaine de feuillets. Certains contes du recueil publié n'y étaient pas tels « Grisélidis », « Les Fées », « Riquet à la Houppe », à l'inverse, il y avait

Les nuits blanches du Chat botté 201

d'autres histoires et notamment « Le Marquis-marquise de Banneville » mentionné par le *Mercure galant* et « La Brodeuse » dont avait fait état Charles Perrault. Mais Guillaume reconnut « Cendrillon », « Le Petit Chaperon rouge », « Le Petit Poucet », « Peau d'âne », « La Belle au bois dormant » et sous le titre du « Maître Chat », « Le Chat botté ».

Il n'y avait plus de doute. Le véritable auteur des contes, c'était cette nourrice. Et c'était le seul coupable possible. Où qu'elle fût, à Serres ou à Seyne-les-Alpes, il la retrouverait.

III

Delphine trébuchait sur le sentier gelé qui descendait par les faubourgs de Seyne vers la Blanche. Le vent fouettait ses cheveux dénoués et elle devait tenir serré contre elle les pans de son manteau pour se protéger du froid sec. Le silence était d'une beauté de cristal que seuls venaient rayer parfois, avec la précision d'une pointe en diamant, les battements clairs d'une enclume, le raclement de gorge d'un coq enroué ou le cognement d'une hache lointaine.

Quand elle parvint au bord de la Blanche, l'air s'était épaissi des fumées acides des feux de bois allumés par les tanneries dont les grands séchoirs à claire-voie se profilaient en gris sur le blanc du ciel. Delphine ne s'était jamais aventurée aussi loin le long de la rivière. C'était là, dans l'eau stagnante qu'emprisonnaient des bassins de pierre, que l'on effectuait le rouissage du chanvre. Les émanations délétères étaient insupportables et il n'était pas rare d'apercevoir les femmes occupées à cette basse besogne tituber comme si elles étaient ivres, la tête tournée par les vapeurs. L'endroit n'était habité que par les plus démunis, ceux que la misère ou la guerre avaient chassés de Seyne et qui n'avaient pas trouvé la force de s'installer plus loin. Autour des mares s'agglutinaient des bicoques branlantes qui accotaient l'une à l'autre leurs façades lépreuses, sentaient le bois pourri et le purin. Des enfants sales jouaient au milieu des immondices. Des gens sommeillaient à même le sol, sous les porches et sous les escaliers où ils étaient venus trouver refuge contre le gel.

Delphine demanda sa route à un vieillard qui, au milieu d'une cour, avait renversé un grand sac de détritus ramené de la ville et avec un crochet, fouillait et ramassait soigneusement des épluchures de salades et de choux. L'homme leva vers elle un visage terrible, sans dents, où la petite vérole avait laissé des trous si profonds qu'ils produisaient des ombres. Il prononça des mots qu'elle ne comprit pas mais désigna de son crochet une sorte de moulin abandonné dont la façade était rongée par le salpêtre et dont le toit n'était plus qu'un semblant de tuiles.

Elle fit le tour du bâtiment en espérant apercevoir quelqu'un, se résolut à appeler d'une voix faible d'abord puis plus haute. Elle ne parvint à déranger qu'un épervier qui s'envola avec des cris stridents et de grands froissements d'ailes. Une porte en bois à demi enfoncée dans la terre semblait s'ouvrir sur une cave. Elle la poussa sans peine. Une vingtaine de marches en pente raide, soigneusement balayées, attestant d'un passage fréquent, l'encouragèrent à descendre. Elle découvrit en bas une vaste pièce aux murs épais, haute de plafond, que le jour tombant de petites lucarnes situées à une quinzaine de pieds du sol éclairait faiblement. C'était bien l'antre de la Naïsse. Les murs étaient recouverts de tentures en drap épais, d'un tissu rouge sale qui servait également à isoler, dans l'angle droit de la pièce, un lit de paille posé sur le sol. Le reste était un vaste capharnaüm où sur des planches disposées en tréteaux étaient étalés des brodequins, des tenailles, des bouteilles vides et des plantes en vrac. Des étagères débordaient de bocaux, de flacons, d'ustensiles de cuisine. Delphine distingua un crâne d'homme, un autre de cheval ou d'âne, des pattes coupées d'animaux.

— Mon Dieu, dit-elle en se signant. Je suis folle d'être venue.

Elle allait repartir lorsqu'elle entendit du bruit au-dessus d'elle, à l'entrée du moulin.

— Est-ce vous la Naïsse ? demanda-t-elle d'une voix trop chancelante pour couvrir les rires puissants et les éclats de voix qui tombaient de l'escalier.

Elle comprit que la femme n'était pas seule, qu'un homme l'accompagnait et à la pensée que quelqu'un de Seyne pût la découvrir en ces lieux, elle faillit s'évanouir. Dans un réflexe de désespoir, elle se dissimula dans un renfoncement du mur, derrière les tentures.

Elle resta un long moment les yeux fermés, le nez collé dans l'étoffe usée qui sentait le moisi, persuadée que les tremblements de ses jambes, que l'affolement de son cœur, allaient sur l'instant trahir sa présence. Les rires s'étaient entrecoupés de soupirs et de grognements. Quelque chose était même tombé par terre dans un grand bruit de verre brisé.

— Garce ! Garce !... disait à intervalles réguliers la voix de l'homme.

Delphine n'entendait presque pas la Naïsse, un rire parfois un peu forcé, des phrases chuchotées qui faisaient rugir son partenaire. Et puis, ils se turent tout à fait. Il n'y eut plus, sous le haut plafond de la pièce, entre les murs épais, que le soufflet de respirations saccadées, que la montée lente de gémissements rugueux dont le rythme de tambour s'emballait. La jeune fille bougea un pied, un autre. Elle glissa timidement un œil entre des tentures. Elle n'aperçut d'abord que les bottes de l'homme, que le pantalon baissé de l'uniforme de dragon, puis vit les fesses à vif emportées dans un mouvement effréné.

Alors, le cœur battant, elle osa regarder.

C'était d'une violence qu'elle n'aurait pu imaginer. La Naïsse était nue jusqu'aux reins, la robe troussée au-dessus de ses hanches. Elle s'agrippait au dos de l'homme, le bassin en avant, se crispant autour de son sexe comme une gaine. Elle enserrait de ses cuisses les flancs du soldat et croisait ses chevilles pour l'empêcher de se dérober. Elle ondoyait de tout son corps comme si elle voulait que l'homme s'enfonçât bien davantage encore au plus profond d'elle.

Delphine était sortie de sa cachette. Elle restait atterrée, blême, cadavérique devant ce spectacle qui la subjuguait. Quand les yeux de la Naïsse se posèrent sur elle et cherchèrent les siens, elle ne se déroba pas. Elle s'accrocha même à ce regard qui lui tendait la main. Elle ne s'offusqua pas du sourire, du mouvement soudain plus saccadé des reins auquel on tentait de l'associer, de ces jambes qui par défi cherchaient à se croiser plus haut encore. Le soldat maintenant, la tête en arrière, le visage crispé, poussait de tous ses muscles. Il grognait en se déchaînant. Il se laissait emporter par un terrible va-et-vient, d'une énergie aussi désespérée que s'il luttait dans le secret du ventre de la femme contre une bête mystérieuse, dévoreuse et cannibale qui tentait de l'engloutir et qu'il ne pouvait terrasser qu'en cherchant à l'écraser du pilon de son sexe. Cela semblait devoir durer un temps interminable.

Quand l'homme enfin, au cri final, s'écroula, que son corps moite épuisé recouvrit tout entier celui de sa partenaire, il fallut toute la persuasion de la Naïsse, du geste et du regard, pour que Delphine sortît de sa torpeur et consentît à rejoindre sa cachette.

Les nuits blanches du Chat botté

— Il ne faut pas avoir peur, lui dit plus tard la Naïsse en s'approchant d'elle et en lui caressant les cheveux. Tu es comme le premier soleil du matin. Tu es comme le premier fruit que l'on croque. Comment pourrait-il t'oublier ? Il n'est pas loin, je le sens. Il se rapproche.

CHAPITRE XIV

I

À partir de Lyon, dès qu'il vit les montagnes, il se sentit renaître. Le temps se radoucissait, le printemps n'était plus très loin et les routes, que des galériens enchaînés dégageaient à la pelle, étaient redevenues praticables. Il prenait plaisir à rentrer. Il dépassait les convois de mulets, les cargaisons de sel. Le vent semblait le porter. Les forêts lui offraient des couleurs plus douces et, dans le ciel, les oiseaux volaient avec lui comme pour l'encourager.

En chemin, il n'avait cessé de réfléchir à tout cela. L'assassin était assurément cette nourrice, cette mystérieuse Lisette Baptistin que, sans doute, l'on connaissait à la Seyne sous un autre patronyme. Il avait longtemps cherché qui pouvait être cette femme âgée au minimum d'une quarantaine d'années, encore jolie peut-être mais que l'on décrivait comme forte et solide. Aucune figure ne s'imposait. Et puis, un matin, à l'approche de Digne, alors qu'il chevauchait sous un ciel de pluie, que, le col remonté, le dos courbé, il filait sur une route détrempée, il avait enfin trouvé. Jusque-là, un chaînon avait manqué à son raisonnement : les mises en scène accompagnant les crimes ne trahissaient pas seulement une connaissance précise des contes, elles démontraient également que le meurtrier avait percé le secret des victimes. Il n'ignorait ni le péché charnel des chaperons rouges, ni l'inceste de Bonnafous, ni l'abandon d'enfants des époux Colin. La solution passait par la résolution de ce mystère : par quel miracle ce maudit Chat botté avait-il connaissance de ces vices ? La réponse lui était alors apparue avec une évidente clarté : la femme Colin avait dû vouloir se protéger de grossesses trop nombreuses ; Amélie Pothier, comme la petite Michel, comme Élisabeth Reynier, comme enfin Béatrice Bonnafous, avaient dû, elles aussi, à un moment ou à un autre, rechercher les services d'une de ces « couratières » d'amour, de ces sages-dames averties des formules magiques et des remèdes abortifs qui protègent les femmes. À cette occasion, elles s'étaient sans doute confiées. Un nom s'imposait : la Naïsse. Ne l'avait-il pas rencontrée la première fois à proximité du logis des Colin ? Ne faisait-elle pas par ailleurs commerce d'histoires proches des *Contes de ma mère l'Oye* ?

Il hésita un court instant tant la Naïsse était d'apparence plus jeune, plus fluette que cette Lisette Baptistin qu'on lui avait décrite à Paris, mais il savait trop combien ces femelles sorcières étaient habiles, par le secret des plantes et des onguents magiques, à se montrer plus belles et plus jeunes qu'elles ne l'étaient devant Dieu, pour que l'objection pût longtemps l'arrêter.

Dès qu'il fit cette découverte, il lui sembla que chaque seconde était comptée et il accéléra l'allure. Il tua les derniers chevaux sous lui. Il les échangeait aux relais de poste sans discuter le prix, mangeait sur un coin de table, ne consentait, lorsqu'il était à bout de forces, qu'à dormir quelques heures, tout habillé, dans la première chambre qu'on lui offrait.

Il arriva à Seyne en même temps que les premiers beaux jours, avec le souffle assourdi des torrents et le soleil sec et tranchant d'avril. Les montagnes, où jaunissaient les dernières plaques de neige, laissaient flotter dans l'air des odeurs fortes de terre et de ronces, de racines et d'herbes folles. Les forêts, mouillées par les brouillards, s'écartaient sur des clairières où s'activaient les haches des bûcherons et où des feux de brindilles crachaient gaiement leur sève.

Sur la route, les dragons contrôlaient les allées et venues, mais ils le reconnurent et ne firent aucune difficulté pour le laisser passer. Au moment où, le guet franchi, il allait repartir, il vit arriver dans le sens opposé la carriole du régisseur de Montclar. L'homme était un serviteur discret et très attaché à la famille d'Astuard. Guillaume s'enquit auprès de lui de la santé des dames du château.

— Ah ! monsieur ! dit-il. Cela pourrait aller mieux.

Il lui exposa que le château était en étroite surveillance depuis que l'on avait découvert que le chevalier de Beuldy était acoquiné avec les hérétiques. Le « Monsieur de Versailles » avait demandé et obtenu d'être logé à Montclar et, tous les soirs, il tourmentait ces dames.

— Je ne sais pas, dit l'homme avec un sourire triste, si la baronne ou Mme d'Orbelet ont quelque chose à cacher et cela ne me regarde pas mais, si tel est le cas, il se pourrait bien que l'un de ces jours, de guerre lasse, elles ne finissent par rendre les armes.

— Savez-vous où je pourrais trouver Mlle Delphine ?

L'homme baissa les yeux, hésita, sembla chercher ses mots.

— Elle n'est pas au château. Ce n'est pas la première fois qu'elle me demande de la déposer aux portes de la ville. Je crois qu'elle descend ensuite vers la rivière.

Le cœur battant, Guillaume guida sa monture le long de la Blanche qui, grosse des premiers dégels, de nouveau libérée, grondait en déferlant entre les rives. Il savait où

Les nuits blanches du Chat botté

logeait la Naïsse. Il gagna le quartier des tanneries, puis le moulin abandonné. Son cheval, les flancs laqués de transpiration et la bouche blanchie d'écume, ne pouvait avancer qu'au pas sur la pierraille du mauvais chemin. Le vent s'était soudain durci. Il glissait entre les pierres en de longs sifflements, faisait craquer le bois des charpentes, hurlait à travers les déchirures des toits.

La dague au poing, Guillaume descendit l'escalier qui menait à la cave. D'un coup d'épaule, il fit sauter la porte. La Naïsse n'était pas là mais elle ne devait pas être loin car, malgré le jour qui filtrait de la lucarne, deux torches étaient allumées au mur. Une lumière rousse, dansante au gré des flammes, sautait sur le fouillis des étagères.

Il repéra des bocaux de verveine, de valériane, de thym et de myrte. Plus loin, de la poudre de mercure et de la fougère aux propriétés abortives, des tisons probablement de feux de la Saint-Jean, de la cire et des cierges, du parchemin, des carcasses d'oiseaux. Il en connaissait qui pour moins que cela avaient fini sur le bûcher. De la pince de son pouce et de son index, il saisit l'un des sachets de poudre qu'il avait découverts en ouvrant un coffret.

— Ne bouge pas ! dit une voix derrière lui, et montre-moi tes mains que je les surveille.

C'était sa voix rocailleuse et souterraine. Il tourna légèrement la tête. Elle se tenait devant l'escalier et pointait sur lui deux pistolets d'arçon qu'elle avait dû voler à l'un des officiers du régiment de dragons. Il ne douta pas un instant qu'elle était femme à savoir s'en servir.

— Que veux-tu ? Que viens-tu chercher ?

Le ton était résolu. Il leva les bras pour éviter tout mouvement de panique mais pivota davantage pour mieux la voir. Il ne se rappelait pas qu'elle était si belle avec sa peau mate et ses yeux brillants, ses cheveux noirs dénoués sur ses épaules nues, ses pommettes saillantes.

— De l'alun de roche, du sel de saturne, *Consolida*

major, dit-il en regardant le sachet qu'il tenait toujours entre ses doigts. La preuve que tu fais bien commerce de « raccommoder » les filles qui ne sont plus pucelles...

— Serais-tu demandeur ?

— Et là-bas, dit-il d'un mouvement du menton, de la poudre de mercure et de la fougère pour empêcher de devenir grosse.

— Tu as l'air de t'y connaître.

— À force d'instruire le procès des sorcières et de les conduire au bûcher...

Il fit un pas en sa direction, mais la Naïsse tendit le bras et dressa les armes à hauteur de son visage. Même si elle ratait le premier coup, elle pouvait l'abattre avec le second pistolet. Pour espérer la surprendre, il fallait la déstabiliser.

— Lisette, dit-il, je sais qui tu es. Il est temps de tomber le masque.

La Naïsse marqua une légère surprise mais ne fléchit aucunement.

— Je ne sais pour qui tu me prends, dit-elle, cependant tu te trompes. Recule jusqu'au mur, là, jusqu'aux chaînes.

Il vit son doigt crispé sur la détente et il s'exécuta. Des chaînes enfoncées dans les pierres et terminées par des fers pendaient le long de la cloison. Elle l'obligea à s'enferrer lui-même, les mains dans le dos. Ce ne fut que lorsqu'il eut fini qu'elle vint, une arme toujours braquée sur lui, s'assurer de la solidité de la prise. Alors seulement, elle revint se planter devant lui et se laissa aller à un sourire.

— Les rôles sont inversés, monsieur le procureur, dit-elle. Te voilà mon prisonnier.

Ses yeux brillaient comme du charbon. Elle s'assit sur une table et dans le mouvement découvrit ses jambes, brunes de soleil et bien en chair. Elle eut un sursaut arrogant de la poitrine et d'un geste savant fit jouer le noir de sa chevelure. Elle semblait s'amuser beaucoup. Mais elle redevint grave. Elle s'inquiéta de ce prénom par lequel il l'avait appelée et quand il commença son explication, elle fut si spontanément surprise qu'il fut sur l'instant convaincu qu'elle ne pouvait pas être le Chat botté. Mais qui alors ?

— Et cette science des plantes, demanda-t-elle, d'où la tiens-tu ?

Il lui raconta sa rencontre, trois ans auparavant, à Grenoble, avec trois sœurs, jolies comme des dimanches de printemps. Elles crachaient des insanités aux juges et prétendaient que, chaque soir, Asmodée et Astoroh les visitaient dans leur lit et les initiaient à des secrets qui n'étaient pas encore de leur âge. Ce procès l'avait fasciné. Aucune pièce du dossier, aucun des objets saisis dans leur chambre n'avait échappé à sa curiosité. Quand les flammes avaient rôti les filles, il en savait davantage qu'un apprenti sorcier.

— Tu ne crois pas à la magie ? dit-elle d'un ton amusé en sautant de la table.

— Je ne crois qu'à la justice du Roi.

Elle se rapprocha de lui. À chaque instant des coups de vent venaient cogner contre la lucarne. Des courants d'air s'infiltraient sous la porte et faisaient vaciller la flamme des torches.

— Et cela, sais-tu ce que c'est ? dit-elle en plongeant ses grands yeux dans les siens.

Elle avait saisi au passage une bonbonne au cou effilé et elle l'approcha de son visage afin qu'il pût déchiffrer les signes portés sur l'étiquette. Il lui décocha un sourire moqueur qui releva les extrémités de ses moustaches blondes.

— Un philtre d'amour, n'est-ce pas ? Un de ces breuvages voués au culte d'Aphrodite...

— Il n'y a que de bonnes choses, dit-elle en faisant sauter le bouchon : des cantharides, du sang de colombe et de bouc, de la pierre d'aimant, du lait d'une femme allaitant son premier enfant mâle ! Ceux qui en boivent s'attirent irrésistiblement.

Le jour projetait un faisceau lumineux à travers la grille de la lucarne et jetait sur le sol les raies cassées de son ombre. Elle brandit la bonbonne.

— Laisse-toi faire. Cela n'a pas mauvais goût !
— Ne compte pas là-dessus !
— Aurais-tu peur ? murmura-t-elle en accentuant la rocaille de sa voix et le dardant de ses yeux pétillants. Il se pourrait que tu m'aies menti. Peut-être crois-tu en la magie et redoutes-tu mes pouvoirs ?

Elle s'avança davantage, une main sur la hanche et approcha le goulot aux lèvres du procureur. La pénombre s'amusait à tisser d'ombres ses cheveux et son odeur était poivrée, délicieuse, envoûtante. Lorsqu'elle appuya son bassin contre lui, qu'il sentit la tiédeur de son corps, il était déjà vaincu. Elle versa dans sa bouche le liquide blanchâtre, filandreux. Deux rigoles perlèrent à la commissure de ses lèvres. D'un coup de langue, elle les lécha, traqua le liquide le long de sa joue, et jusque dans son cou.

Elle s'agenouilla. Il n'esquiva aucune défense, n'émit aucun mot de désaccord quand elle défit son ceinturon, qu'elle tira sur l'étoffe de ses chausses et que, d'un geste sûr, elle libéra son sexe. Il s'adossa au mur malgré le fer qui le faisait souffrir et il avança vers elle son bassin. Il la dévisagea une dernière fois avant qu'elle n'engloutît son membre. La caresse était savante. Il ferma les yeux et crispa les mâchoires, se concentra pour mieux imaginer les circonvolutions de la langue, le massage mêlé de salive et de philtre d'amour, la bouche qui remontait pour mieux reprendre son émouvante glissade.

Et puis, la Naïsse s'interrompit. Il la vit se relever, interdite, livide. Il suivit son regard.

En bas de l'escalier, Delphine les observait.

II

Elle portait une robe rouge écarlate dans la lumière des torches. Elle s'avança lentement vers eux, fière, hautaine, arrogante de beauté. Sa peau était d'une blancheur extrême et ses cheveux, retenus sur la nuque par un chignon, étaient si blonds qu'ils semblaient entourés d'un halo de lumière. Elle posa ses grands yeux bleus sur lui. Elle n'était ni triste ni en colère. Son visage était grave. Il y avait un mélange étonnant de dureté et de passion dans ses regards brillants.

— Tu étais là depuis longtemps ? demanda la Naïsse.
— Oui, dit Delphine sans ciller.
— Je vous laisse, dit encore la femme.

Elle glissa dans la paume droite du procureur la clef qui permettait de le libérer de ses fers et elle remonta précipitamment les escaliers de pierre. Mais Guillaume n'osait pas bouger. Il ne savait que faire, ainsi, les mains dans le dos, le pantalon ouvert et son sexe qui ne voulait pas s'abaisser et qui restait stupidement dressé, palpitant doucement sous les pulsions du sang.

— C'est donc ce genre de femmes qui...
— Je vous en prie, dit-il.
— C'est cela que vous voulez ?

La jeune fille détacha ses yeux de ceux du procureur et lentement, si lentement, elle les abaissa vers le membre tendu. Sa main blanche s'y posa en tremblant. Et puis, elle vint de nouveau le défier du regard tandis que ses doigts malhabiles flattaient la verge en tâtonnant et s'aventuraient jusqu'aux testicules.

— Arrêtez, je vous en conjure...

Ils restèrent ainsi, quelques instants, concentrés l'un et l'autre sur la caresse. De sa main libre, elle saisit la bonbonne et en but à son tour. Il crut voir une larme naître au coin de son œil et il allait parler quand elle se déroba. D'un mouvement gracieux, elle se laissa tomber à genoux. Il la laissa glisser vers le sol, guidant de son corps sa chute légère. Timidement, ses lèvres se posèrent sur le gland. Elle leva une dernière fois ses yeux vers lui puis le prit dans sa bouche.

Alors seulement, il fit l'effort de se libérer. Il ramena ses mains vers la tête de la jeune fille, défit le chignon, enfouit ses doigts dans les longs cheveux blonds. Délicatement, il chercha la courbe de la nuque et l'enveloppa tendrement de ses paumes. Il l'accompagna dans ses mouvements de va-et-vient.

Et puis, il la força à se relever et il la prit dans ses bras. Elle pleurait, la tête enfouie au creux de son épaule. Il la porta jusqu'à la lourde table en bois au milieu de la pièce. D'un balayage de son bras, il jeta à terre tous les objets qui l'encombraient et allongea Delphine. Il l'embrassa sur le front, sur la bouche, dans le cou, à la naissance des seins. Il remonta ses robes, fit glisser ses jupons le long de ses jambes et les jeta à terre. Il écarta ses cuisses, blanches, magnifiques, glissa ses mains rugueuses sous les fesses nues de la jeune fille et, pleurant à son tour, il lui baisa le ventre.

À grands coups d'épaule contre la lucarne de la pièce, Asmodée et Astaroh tentaient de se frayer un chemin jusqu'à eux.

Ce fut la Naïsse qui vint les réveiller. Elle les avait retrouvés blottis l'un contre l'autre, au pied de sa paillasse. Elle était restée un temps à les admirer tant ils étaient beaux, à moitié dévêtus, lumineux comme des étoiles du ciel. Delphine s'était endormie la tête sur le ventre du procureur, ses cheveux tombés en pluie sur les cuisses de l'homme. Guillaume l'avait recouverte de l'une des tentures arrachée au mur et elle paraissait minuscule entre les plis épais et rugueux du tissu. Lui dormait le visage sévère, les jambes ouvertes, une main à plat sur la couche et l'autre posée délicatement au bas du dos de la jeune fille. La Naïsse s'approcha et, du bout des doigts, elle lui caressa la joue, les lèvres, le menton. Guillaume sursauta.

— Il faut vous lever, dit-elle. Des soldats patrouillent le long de la Blanche. Ils pourraient vous trouver.

Delphine s'assit. D'un mouvement pudique, elle cacha sa poitrine un instant découverte. Du rose lui venait aux joues. Il se tourna vers elle.

— Je dois partir, dit-il, je ne serai pas long. L'assassin court toujours.

— Partez, dit-elle sèchement. Qui vous retient ?

— Ce ne sera l'affaire que de quelques jours...

Il esquissa un geste en direction de la jeune fille, mais celle-ci s'était reculée jusqu'au mur et, recroquevillée sur elle-même, elle regardait ailleurs. Alors, il se leva et s'habilla prestement.

III

Puisque ce n'était pas la Naïsse, il ne lui restait plus qu'à explorer l'ultime piste.

De Seyne, pour gagner Serres, le mieux était de remonter vers Gap, de redescendre par la Durance en direction de Sisteron, puis, dès que possible, de suivre la rivière de la Buech en empruntant la route charretière.

Ce n'était pas un parcours facile. En cette période de l'année, la route était souvent défoncée d'ornières et de crevasses. Il fallait emprunter parfois des ponts branlants menacés à chaque instant par les eaux sauvages qui ruisselaient en continu le long des parois de roche. Les sous-bois étaient des coupe-gorge. Il chemina le long de la Durance avec deux juifs du Comtat Venaissin qui allaient à travers les routes alpines pour vendre de la vaisselle d'étain, puis, à partir de Sisteron, avec une joyeuse bande de « gavots » qui s'en étaient allés en Provence travailler tout l'hiver comme tisserands ou cardeurs de laine et avaient hâte de retrouver les filles de leurs villages.

Il entra dans Serres par la porte de Guire creusée dans de vieilles murailles qu'au premier coup d'œil il jugea insuffisantes au motif que les habitants y avaient percé maintes portes et fenêtres. La ville lui sembla plus prospère que Seyne, même si l'impôt devait y frapper aussi durement et si la cité avait connu elle aussi, et peut-être même davantage, l'exode de la partie la plus industrieuse de sa population après la révocation de l'édit de Nantes et les violentes incursions des armées savoyardes de Victor-Amédée II. Il avait toutefois découvert en chemin des champs de froment, de seigle et de chanvre suspendus sur les collines à l'appui des restanques. Il avait croisé des caravanes de mulets et de troupeaux de chèvres. Et il fut frappé par le bourdonnement de ruche qui agitait Serres, avec ses fours à chaux, sa mégisserie, ses fabriques de chandelles et de cierges, l'animation de son marché aux céréales et, dans les rues, un va-et-vient continu de voitures à bras et de charrettes au milieu de la volaille et des pourceaux. Il découvrit d'étroites et hautes maisons dont les façades s'avançaient au-dessus des rez-de-chaussée pour laisser place aux ateliers et aux échoppes, avec des caves à vin creusées dans la roche et tout un petit monde industrieux qui s'activait.

La ville n'avait pour l'heure ni procureur ni juge royal, mais il fut reçu aimablement par le premier consul, un homme au ventre énorme et aux narines noires de tabac à priser, qui insista pour le loger chez lui.

— Lisette Baptistin ? répéta-t-il en fronçant le sourcil. Non, monsieur, cela ne me dit rien. Il y a bien chez nous un nommé Baptistin, l'Ambroise, le maréchal-ferrant, mais

Les nuits blanches du Chat botté

il est vieux garçon et n'a pas eu d'enfants. Voulez-vous que je vous conduise à lui ?

Il l'entraîna à travers les ruelles de Serres, le prenant par le bras et s'arrêtant presque à chaque mètre pour lui montrer toutes les merveilles de sa cité, les nouvelles maisons à fenêtres à meneaux, les canalisations de fontaines en tuyaux de bois de sapin, les eaux usées emportées vers la rivière par une sorte de gargouille...

Enfin, il mena Guillaume chez Baptistin. La forge haletait en cadence, avec des éclairs, des coups de marteau dans des gerbes d'étincelles et des battements clairs sur le bec de l'enclume. L'homme était trapu avec des bras énormes et du poil partout même dans les oreilles. Il les reçut au milieu de son travail à ferrer les chevaux qui dressait son échafaud de poutres massives, entouré de baquets d'eau rouge à tremper le fer, de charrues, de herses, de socs, de caissons.

— Pas de Lisette ! dit-il en crachant par terre, ni Lise ou Lison. Cela fait plusieurs générations qu'il n'y a pas de fille chez les Baptistin !

— Réfléchissez, dit Guillaume. Y aurait-il quelqu'un de votre famille qui...

— Pas la peine de beaucoup réfléchir, monsieur. À Serres, des Baptistin, il n'y a plus que moi. Vous seriez venu l'année dernière, il y avait encore Jeanne, la femme de mon frère aîné. Mais la grippe l'a emportée cet hiver, la pauvre vieille.

— Et pas d'enfant ?

— Un fils, Martin. Tout jeune, il est parti pour le séminaire et on ne l'a jamais revu.

— Une dernière chose, dit Guillaume en fouillant dans sa poche et en sortant le manuscrit que lui avait remis le libraire. Connaissez-vous ces contes ?

La question était absurde. L'homme ne devait pas savoir

lire. De fait, le nommé Baptistin haussa vaguement des épaules.

C'était à désespérer. Toutes les pistes n'avaient-elles pas été explorées ?

Le soir, Guillaume de Lautaret fit bonne figure. Le premier consul avait insisté pour qu'il ne reparte que le lendemain matin. Le souper ne fut qu'une longue tirade du viguier pour vanter les mérites de sa cité et, à l'occasion, celle de sa fille, une rousse boulotte, que l'on avait placée à la droite du procureur. Tout au plus l'édile demanda-t-il par politesse à son invité quelques détails sur son enquête et si celle-ci était liée au grand loup de la Blanche dont la rumeur était venue jusqu'à Serres. Guillaume évoqua rapidement les crimes et les contes puis prit prétexte de sa grande fatigue pour rejoindre au plus vite sa chambre.

Là, allongé sur son lit, il lutta contre le découragement. De l'autre côté des montagnes, à plusieurs vallées d'ici, mais sous les mêmes étoiles et sous la même lune, Delphine devait penser à lui. Il l'aimait, il en était sûr. Peut-être n'aurait-il pas dû la laisser. Minuit sonnait à l'horloge de la ville et, sous sa fenêtre, le bruit des bottes du service de guet venait de résonner sur les pavés lorsque l'on frappa à sa porte. C'était Bernadette, la fille du premier consul. Elle était en robe de chambre, en corset et en cheveux, une lanterne à la main. Son visage bouffi avait une curieuse expression hésitant entre le sourire et la grimace.

— Monsieur, dit-elle, je sais que cela n'est pas convenable mais je peine à m'endormir. Et j'aurais tant aimé que vous me fassiez le récit de l'un de ces contes que vous évoquiez tantôt au souper...

Il faillit la chasser sur l'instant. Pourtant la fille semblait avoir fait un si violent effort pour venir jusqu'à lui et elle paraissait si malheureuse avec ses taches de rousseur qui lui mangeaient la face, ses cheveux longs et roux tombant sur ses épaules, sa silhouette boulotte, ses efforts évidents pour contenir dans les barrières du corset l'ampleur débordée de ses chairs, qu'il eut pitié d'elle.

Il avait conservé avec lui le recueil de contes acheté à Paris. Il le prit.

— Soit, dit-il, pour vous faire plaisir.

La fille étouffa un petit cri de joie et vint se pelotonner dans le fauteuil devant lui. Ses yeux brillaient et du rose lui était venu aux joues. Il lui cita les contes, lui proposa de choisir. Elle s'enhardit et demanda des précisions sur chaque histoire.

— C'est curieux, dit-elle, les hommes portent souvent des noms féminins, la Barbe-Bleue, ou la Houppe je ne sais quoi et, à l'inverse, la plupart des jeunes filles ont des noms à consonances masculines : Cendrillon, le Petit Chaperon rouge.

— C'est vrai, dit-il en la regardant curieusement.

— Pour ma part, si j'étais aussi jolie qu'elles, je ne cacherais pas mes atouts sous des cendres, des chaperons ou des peaux d'âne ! On me prendrait trop facilement pour un homme !

Elle choisit le Petit Poucet et il tint sa promesse. Mais son débit était rapide et son ton monocorde car, en même temps qu'il lisait, il tentait de réfléchir à quelque chose qui le taraudait.

— Voilà que cela recommence ! dit-elle en pouffant. Poucet et ses frères se déguisent en filles pour échapper à l'ogre !

Il la fixa d'un œil si insistant qu'elle crut avoir émis sans le savoir une bêtise. Mais il se leva et, tout en marchant, il feuilleta fébrilement l'ouvrage.

— Il est vrai, dit-il, que la chose revient souvent : Riquet à la Houppe, intelligent mais laid, ne retrouve grâce qu'en échangeant ses attributs avec la princesse qui est belle mais sotte et le loup lui-même, pour séduire le Petit Chaperon rouge, se déguise en mère-grand !

Il poussa un rugissement, bondit sur Bernadette et l'embrassa sur la bouche.

— Quelle merveilleuse enquêtrice vous faites, dit-il, et encore vous ignorez le plus beau !

Il alla fouiller dans ses poches et sortit le manuscrit des contes remis par le libraire.

— C'est là, dit-il en montrant la première nouvelle, c'est là que le goût du travesti éclate avec plus de force !

Et il expliqua à la jeune fille, qui ne comprenait rien, que l'objet même de l'« Histoire de la marquise-marquis de Banneville », première nouvelle de l'auteur de « La Belle au bois dormant », la seule que le *Mercure de France* attribuait officiellement à une femme, était l'ambivalence des sexes et comment en jouer par le déguisement.

CHAPITRE XV

I

Elle s'était réveillée en sueur, la bouche ouverte, les yeux exorbités. Cette fois, il s'était approché si près. Chaque nuit, Delphine rêvait du Chat botté et de son infernale danse. Mais, cette fois, elle avait senti le souffle de la Bête dans son cou ; elle avait vu ses yeux d'or en fusion percer l'obscurité et briller dans l'ombre de la pièce. Il n'y avait rien bien sûr. Pourtant, elle le savait, l'heure était proche où il lui faudrait l'affronter. Car, depuis l'autre jour, depuis qu'elle s'était laissée aller au vertige des bras du procureur, depuis qu'elle s'était laissé, consentante, dévorer par le loup et qu'elle avait pris du plaisir – Mon Dieu, tant de plaisir ! – à se laisser déchiqueter, qu'était-elle devenue sinon un autre chaperon ? Désormais, elle était Amélie ; elle était la petite Reynier ; elle était la jeune gardienne d'oies de Saint-Vincent. Le Chat botté savait ces choses-là, il sentait la chair fraîche des filles qui avaient fauté. Peut-être rêvait-il déjà de son ventre en cet amas de chair sanglante qu'elle avait vue dans la grange Reynier. Il était là dans l'ombre à observer, tremblante du désir de la saisir, de lui labourer les entrailles, de mordre à pleine gueule dans ses seins, dans son sexe.

Elle prit la décision très vite. Les matins de marché, le père Barthélemy recevait à confesse. Si elle se délestait de son péché, si elle se réfugiait dans la miséricorde de Dieu, si elle implorait sa clémence et l'obtenait, alors le Chat botté ne serait plus qu'une misérable figure de conte.

Elle s'habilla, attendit patiemment que les premiers bruits emplissent la maison et partit en charrette avec le régisseur et les servantes chargées du ravitaillement. Elle tremblait encore. Elle tirait sur les pans de son manteau pour mieux se protéger du froid. Loin sous la brume et les premières lueurs de l'aube, Seyne s'ébrouait de lumières et de bruits. Des paysans et des charretiers montés de la campagne déchargeaient leur cargaison. D'autres dormaient encore dans leurs voitures, en se protégeant sous des couvertures. Des gamins en haillons fouillaient les tas d'ordures dans l'espoir d'y trouver déjà quelques fruits ou légumes avariés. Sur la place d'armes, des ouvriers itinérants, avec leur balluchon, leur faux, leurs gantelets de fer pour protéger les doigts, attendaient une improbable embauche. Le régisseur la déposa à l'entrée de la rue Basse. Des dragons en uniforme surveillaient distraitement la porte. Un officier, la moustache en bataille, occupé à faire briller ses bottes à la lueur du petit matin, lui adressa un salut poli. Elle passa devant lui, le visage baissé, en regardant ses pieds, le cœur plein de haine pour cette peur qui ne la quittait plus.

Des chèvres attendaient sur le parvis de Notre-Dame-de-Nazareth, Sainte-Marie de Seyne. À son approche, elles se dispersèrent dans un brouhaha mêlé de bêlements et de tintements de clochettes. Delphine gravit lentement les dalles blanches du double escalier qui montait vers l'église. Il était temps encore de rebrousser chemin. Au loin, on entendait battre une hache, peut-être deux, à moins que ce ne fût l'écho du bruit de la cognée.

Quand elle poussa la porte, la pénombre et le silence lui

Les nuits blanches du Chat botté 223

furent comme une paire de gifles. Elle n'avait jamais aimé cette église, plus solide qu'élégante, sentant le bois froid des montagnes, avec sa nef unique, son abside haute et profonde, ces chapelles peuplées de saints qui lui restaient obscurs, saint Modeste, saint Sébastien. Mais c'était là, pensa-t-elle, qu'elle l'avait rencontré pour la première fois, là qu'ils s'étaient parlé. Elle se remémora son insolence et la colère qui l'avait submergée et cela lui permit de sourire malgré l'austérité des statues de pierre.

Elle gagna le presbytère en espérant que le père Barthélemy s'y trouverait. Mais il n'y avait personne. Elle allait ressortir quand elle entendit un pas lourd descendre les marches de l'escalier du clocher. La porte s'ouvrit et elle le vit.

II

Dès qu'il avait compris, Guillaume était parti au galop dans l'aube blanche. Maintenant, il connaissait le nom du coupable et il ne pouvait y avoir de plus terrible révélation. Il devait chevaucher d'une traite et espérer que la Providence divine le soutînt encore. Jusqu'à cet instant, il n'avait pas eu à se plaindre.

Tout était allé si vite cette nuit.

Il y avait eu tout d'abord la rencontre avec l'ancien curé de Serres.

Le premier consul, qui n'avait pas apprécié d'être tiré de son sommeil, avait refusé de l'accompagner. Mais sur l'insistance de sa fille, qu'il n'avait jamais vue si excitée et si radieuse, il lui avait donné l'adresse du père Eusèbe, l'ancien vicaire, et un sauf-conduit pour que le guet ne lui cherchât pas querelle. Bernadette avait été d'une aide précieuse. Elle l'avait guidé jusqu'à la vieille maison, rue Malcousina, avait tapé avec lui contre la porte de bois jusqu'à ce que de la lumière apparût à l'étage, qu'un volet s'ouvrît, qu'une tête hirsute et ridée se risquât à la fenêtre.

— Pardonnez-nous de vous réveiller, mon père, avait dit la fille en reculant pour mieux se laisser voir. C'est moi, Bernadette. Je suis avec M. Guillaume de Lautaret, procureur de Seyne-les-Alpes. Il a besoin de votre secours. Pour l'amour de Jésus, je vous supplie de nous ouvrir.

Le curé était un brave vieux qui en avait tant vu qu'il ne s'étonnait plus de rien. Il n'avait fait aucune difficulté pour les recevoir et, tout en leur préparant une tisane bien chaude, il avait répondu avec bienveillance à toutes les questions. Mais quand le procureur avait fait allusion à Martin Baptistin, son visage s'était soudain assombri.

— Le fils de Jeanne ? C'était il y a plus de quarante ans mais je m'en souviens comme si c'était hier. C'est encore cette vieille histoire du séminaire, n'est-ce pas ?

Et puis, voyant que les autres ne savaient pas, il avait raconté l'histoire de ce « pauvre Martin », de cet enfant plus renfermé et plus doué que ceux de son âge et, pour cela, en butte à toutes les méchancetés.

— Les autres ne cessaient de le martyriser ; il restait dans les jupes de sa mère, ne jouait jamais aux jeux de garçon. C'est sur ma recommandation qu'il est entré au séminaire.

L'enfant voulait se consacrer à Dieu. Il passait tous ses jours à prier et à étudier. Il s'enfermait dans sa cellule. Il mortifiait son corps. Il était le plus assidu au jeûne. Et puis le scandale était arrivé : un matin où il ne s'était pas présenté à l'office, on l'avait retrouvé habillé en fille et gisant dans son sang sur le sol de sa cellule.

— Il a été chassé. Il est parti faire le précepteur à Paris. Depuis, plus personne n'en a entendu parler, pas même sa mère.

Et puis, indice décisif, en consultant de vieux cahiers de

Les nuits blanches du Chat botté

Martin que le curé avait conservés en souvenir du meilleur élève qu'il n'avait jamais eu, il avait découvert un récit d'à peine quelques lignes, « La Flûte enchantée », narrant l'aventure d'un mauvais drôle qui avait fait croire aux habitants naïfs d'un royaume qu'il pouvait, par le son de sa flûte, se faire obéir des loups qui les terrorisaient. Et cette histoire, Guillaume l'avait déjà entendue de la bouche de celui qui ne pouvait être que l'assassin.

À perdre haleine, il poussait son cheval le long de la Durance en remontant vers Tallard puis en cherchant à rejoindre les rives escarpées de Rabioux et les gorges de la Blanche. Les rivières étaient grosses d'une eau bouillonnante descendue des glaciers qui semblait vouloir le défier au jeu de la fureur et de la précipitation. Plusieurs fois, il dut contourner des abats de rochers ou franchir des talus effondrés et puis, à l'entrée des gorges de la Blanche, des archers l'obligèrent à s'arrêter.

— On ne passe pas, monsieur, le pont a été arraché par les eaux. Il vous faudra patienter au moins deux jours.

III

Lorsque la porte s'ouvrit et que Delphine se trouva nez à nez avec l'abbé Jorisse, elle ne put retenir un cri.

— Eh bien, dit le bon père avec un large sourire, suis-je donc si effrayant ?

— Je ne m'attendais pas à vous trouver ici. Je venais à confesse...

— Il est vrai, dit-il, que voilà quelques jours que votre mère me dit que vous ne communiez plus.

Elle eut un petit rire gêné.

— Je me serais trompée, dit-elle. Je pensais que les jours de marché, le père Barthélemy recevait...

— Le père Barthélemy s'est rendu à mes sages conseils. Ses paroissiens ne venaient plus chercher l'absolution, si ce n'étaient quelques vieilles bigotes, trop occupées tout le jour à prier pour pécher autrement qu'en désir.

Elle rit de nouveau. Elle fit deux pas en arrière comme pour s'en aller. Il lui posa son énorme main sur l'épaule.

— La cause en était la honte de ces braves gens à se confier à un homme, prêtre certes et tenu au secret, mais de Seyne, ami de la famille, un homme que l'on pouvait croiser à tout instant et qui, on ne se refait pas, ne peut s'empêcher de froncer le sourcil quand il voit le pécheur.

Il plongeait son regard doux dans le sien, si fort qu'elle ne put que lui sourire encore.

— Cela va pour des péchés véniels... mais pour les vrais péchés ? Pour les trahisons aux dix commandements ? Je me suis dévoué. Je confesse les jours de marché. On parle plus facilement à un curé que l'on ne connaît pas. On vient, comme toi, sans se montrer. L'honneur est sauf. L'estime du bon père Barthélemy est préservée. Et, sans me vanter, j'en ai appris des belles !

Il éclata cette fois d'un rire terrible qui fit trembler les tableaux dans la chapelle la plus proche, celle de Sainte-Philomène. Delphine baissa les yeux et garda le silence. Il fut surpris par cette gêne et tarda à en comprendre la cause.

— Suis-je bête ! dit-il soudain en se tapant le front. Ce qui est vrai pour les autres l'est assurément pour toi. Peut-être préférerais-tu que le père Barthélemy... ?

Une grande coulée de soleil pénétra brutalement par la rosace et jeta au sol les couleurs emmêlées des vitraux. Delphine entendait son cœur battre à tout rompre.

— Non, non, dit-elle. Cela n'a pas d'importance.

— À la bonne heure, dit l'abbé Jorisse, en se frottant le

Les nuits blanches du Chat botté

ventre. Viens, nous serons plus tranquilles dans le presbytère. Les confidences y deviennent faciles.

Il lui expliqua que, pour bien marquer sa différence avec le père Barthélemy, il avait fait aménager par le menuisier de Seyne son propre confessionnal, une double cabine en bois léger où le prêtre et le confessant entraient par deux portes distinctes.

— Sais-tu, Delphine, que la pénitence qui prépare à l'Eucharistie doit être véritable, constante, courageuse et non pas lâche et endormie, ni sujette à malice, aux rechutes et aux reprises ?

Elle fit oui de la tête. Il ouvrit son battant et la laissa passer.

Delphine se mit à genoux. Le plancher était dur et l'espace restreint. Le visage de l'abbé Jorisse, baigné d'ombres, était à la hauteur de sa bouche, de l'autre côté d'un grillage de bois ciselé. Delphine toussa légèrement.

Sa gorge était sèche et ses mains tremblaient. Elle fit l'effort de lever les yeux et de chercher ceux de l'abbé, mais ce dernier avait les paupières closes, les mains jointes. Plus rien ne bougeait dans sa grosse figure qui semblait un masque énorme en carton.

Alors, elle raconta. Et plus elle racontait, plus sa voix s'affirmait. Elle se surprit à s'écouter parler. Elle s'était préparée à commencer par les mensonges, par le péché d'orgueil, par ses penchants à la coquetterie, mais devant ce visage sans âme sur lequel ses phrases semblaient ricocher et revenir, elle alla vite à l'essentiel. Elle avoua les caresses du procureur et les siennes et le plaisir qu'elle avait pris.

— Ô mon Dieu ! dit-il à voix basse.

Il pleurait.

— Pardonnez-moi, dit-elle en bafouillant.

Dans l'ombre, elle le vit qui hochait négativement la tête.

Des larmes coulaient sur ses grosses joues. Elle en était bouleversée.

— Je ne le puis. Je ne le puis, mon enfant. Dieu, oui, dans Sa grande miséricorde... Mais moi, moi qui ne suis qu'un homme, un pécheur comme toi ?

Il était tombé à genoux dans la même position qu'elle, le visage tordu de douleur. Il répéta deux fois « Ô mon Dieu ! », puis il parla très vite mais d'une voix si basse qu'elle n'entendit que des bribes de phrases.

— Tant de vices... Mon Dieu, comment pourrais-je ? La mission que Tu m'as confiée... en rémission de mes propres péchés... Mais le démon... puissant. Et le lucre et la luxure...

Il se pencha soudainement vers elle. À travers le treillage de bois, son œil luisait comme un charbon.

— Tu as fauté ! dit-il avec un ton qu'elle ne lui avait jamais connu. Toi ! Alors que tout ce que j'ai fait, tout ce que j'ai souffert, ce fut pour te sauver, toi et tes semblables !

— Je viens m'en repentir.

— Mensonge ! Tu ne regrettes rien. Demain tu recommencerais !

— Je viens en demander pardon à Dieu, dit-elle en fondant en larmes à son tour.

Il eut un rire, terrible, les dents levées, comme une bête qui voudrait mordre.

— Mais Dieu, mon enfant, par la grâce de Jésus-Christ, t'a déjà pardonnée ! Et c'est ce pardon qui te livre au démon, car que craindre d'un péché qu'on lave si facilement ? J'ai tant payé, si tu savais, pour mes propres péchés !

Il avait maintenant un visage de fou, un visage de fauve. Elle croisa son regard, et ce regard était si lourd qu'elle prit peur soudain.

— L'homme est mauvais dès sa naissance ; le mal bouillonne dans ses entrailles. Seule le retient la crainte du châtiment. Aussitôt que cette barrière saute, la concupiscence

Les nuits blanches du Chat botté 229

se répand sans obstacle. C'est contre cela que j'ai voulu lutter. La grande œuvre que Dieu m'a confiée, c'était de rétablir la crainte dans le cœur de l'homme.

Elle comprit d'un coup.

— Seigneur Jésus ! Le Chat botté... c'est vous ?

Elle tenta d'ouvrir la porte du confessionnal, mais un verrou extérieur l'en empêchait. Elle pensa crier, mais se retint de peur de précipiter sa fin.

— La miséricorde de Dieu, elles sont toutes venues me la demander. Les pauvres pécheresses, elles ignoraient qu'elles étaient absoutes avant même de se vautrer dans le vice et la luxure. La femme Colin qui avait abandonné ses enfants, la petite Bonnafous, affolée des attouchements de son père, Amélie Pothier, la petite Reynier, encore chaudes de leurs caresses, et toi, toi, mon enfant...

Delphine tenta de glisser sa main entre la dentelle du bois mais ne fit que se blesser.

— Pardonner le péché, ce n'est là qu'essuyer l'écume des choses ! Il faut plonger la main plus loin, ne pas craindre de se salir. Les racines qu'il faut arracher prennent naissance dans nos âmes à de telles profondeurs ! C'était cela que savait faire le marquis de Carabas. Il me comprenait si bien. Il m'écoutait. Il était mon bras armé comme je suis celui de Dieu et ensemble nous savions contraindre les démons de chacun à remonter à la surface.

Il colla de nouveau son œil contre le treillage ; son regard était triste. Il lui sourit d'un rictus plein de bonté.

— Allons, dit-il, mon petit chaperon, ne me demandes-tu pas pourquoi j'ai de si longues dents ?

Avec une grande rapidité, il fit sauter le verrou, glissa ses bras à l'intérieur de la cage et la saisit par les pans de son manteau. Cette fois, elle hurla. Mais une main puissante s'abattit sur sa bouche et la musela. Il pleurait de nouveau. Il l'embrassa sur le front tout en la maintenant sous sa poigne. Sa paume lui malaxait les lèvres.

— Il ne faudrait jamais parler, dit-il. C'est par la bouche qu'entre en son corps le démon. C'était ce que je disais au marquis de Carabas : je les ai punis par la bouche, car c'est par la bouche qu'ils ont avoué leurs fautes.

Elle tenta de le mordre. Il retira sa main mais de l'autre il la serra violemment contre lui. Sur le coup, il l'avait à demi assommée et ce fut à moitié inconsciente qu'elle se sentit traînée hors du confessionnal.

IV

Le fond de l'air était vif. Un soleil glacé se découpait dans le ciel transparent et venait baiser le dessus de chaque feuille, y laissant l'empreinte givrée de ses lèvres. Un vent léger montait des forêts en contrebas et drainait vers eux une odeur printanière et sauvage de fumée et d'écorce, un parfum triste et envoûtant de feux de feuilles, de bois scié et découpé.

Plusieurs convois attendaient sur le bord du chemin. Des enclos avaient été aménagés à la hâte pour parquer les chèvres ou les moutons et certains avaient même déjà dressé des tentes. Près des rives de la rivière, des archers tentaient de dégager les restes du pont.

Guillaume était descendu de cheval. Il tentait d'expliquer au lieutenant des archers qu'il devait passer coûte que coûte, que des vies étaient en jeu. L'officier hochait la tête en signe d'acquiescement. Il aurait bien aimé donner satisfaction au procureur cependant l'on ne pouvait remplacer si facilement un ouvrage emporté par les eaux. Il fallait faire venir des charpentiers, des hommes de l'art et du bois et des outils. Peut-être, en insistant, pourrait-on gagner une demi-journée mais il ne fallait pas espérer passer avant le lendemain en fin d'après-midi.

— Il y aurait peut-être une solution, dit une voix derrière eux.

L'homme qui avait parlé était un paysan sans âge, le sang à fleur de joue, l'œil noir lumineux. Il avait de la glaise aux semelles et un gros gourdin de marche sur lequel il s'appuyait. Il était en retrait de la route, debout au côté d'une demi-douzaine de gaillards accroupis autour d'un feu de branchages. Ils avaient entre les jambes des bouteilles serrées au frais, sous des chiffons. Ils venaient d'ouvrir leur couteau de la pointe de l'ongle et ils s'apprêtaient à partager un morceau de fromage et une miche de pain.

Guillaume s'approcha.

— Vous savez comment passer ?

— C'est bien possible. Vous êtes le procureur de Seyne, n'est-ce pas ?

Guillaume acquiesça d'un mouvement de tête.

— Il va de soi, dit-il, que si vous pouvez m'aider, ma reconnaissance vous sera acquise.

L'homme sourit et lui tendit une bouteille.

— Je crois que l'on va s'entendre.

C'étaient un groupe de braconniers, de chasseurs de martres et de belettes, de renards et de sauvagines qui connaissaient chacun des sentiers de la Blanche. Ils se faisaient fort de mener le procureur à travers bois par des raccourcis connus d'eux seuls permettant de franchir la rivière sans le secours d'un pont et de parvenir à Seyne avant le petit matin.

En échange, ils voulaient que Guillaume intervienne auprès du gouverneur qui avait fait emprisonner trois d'entre eux pris sur le fait, il y avait de cela quinze jours.

V

Quand elle ouvrit les yeux, il était en face d'elle. Il avait un grand chapeau surmonté d'une plume blanche, des longs poils collés grossièrement sur ses joues, une fausse moustache, une large cape jetée sur les épaules. Il était assis sur un tabouret, ses jambes prisonnières d'interminables bottes étendues devant lui.

Elle ne pouvait bouger. Elle était allongée sur une sorte d'autel, les chevilles et les poignets liés par une corde. Il l'avait déshabillée. Elle ne portait qu'un chaperon rouge enveloppant sa tête et ses épaules. Il avait déposé un crucifix de bois entre ses seins nus et sur son ventre un chapelet à gros grains dont la couleur grenat venait se perdre jusque dans la toison de son pubis. La blancheur de ses cuisses ressortait sur le rose sale de la pierre et c'était là qu'il avait choisi de laisser reposer son regard, fasciné sans doute par le contraste des couleurs, par l'opposition entre la dureté de l'autel et la fragilité de la chair ouverte devant lui.

Elle tira sur ses liens, ouvrit la bouche sans pouvoir émettre le moindre cri. Le Chat botté fronça le sourcil et ses regards s'ancrèrent davantage entre les jambes écartelées de la jeune fille. C'étaient comme des brûlures qui l'obligèrent à onduler, à se tendre aux bouts de la corde, à monter le bassin. Son sexe d'osier blond tangua sur la rudesse de la pierre. Elle sentit dans ses veines son sang qui roulait, se cognait, battait, s'étourdissait. Enfin, elle poussa un cri, terrible, qui monta jusqu'aux dernières absides de l'église.

Il lui sourit.

— Cela ne sert à rien de crier. Les murs du Seigneur sont épais. Tu es ici comme le Petit Chaperon rouge dans la maison de sa mère-grand perdue dans la forêt.

Il croisa les jambes, les décroisa, fit craquer le cuir de ses bottes.

— As-tu remarqué, ajouta-t-il, que, de tous les contes de ma mère l'Oye, seul celui-ci se termine mal ? « Ce méchant loup se jeta sur le Petit Chaperon rouge et la mangea. » Quelle autre fin possible ?

Sans cesser de sourire, il vérifia que son maquillage grotesque était toujours en place. Puis, il se leva, la contourna, disparut un temps de son champ de vision. Quand il revint s'asseoir, il tenait dans les mains de curieux instruments, une griffe de fer aux extrémités acérées, une sorte de dague à la pointe minuscule et un gant de cuir épais sur lequel étaient montées de bien étranges bagues.

— Sais-tu que même le représentant du grand louvetier a cru que les blessures étaient celles d'un loup ? Ce n'est pas là la moindre de mes fiertés.

Ses yeux s'éclairèrent d'un feu plus vif et il émit un petit grognement, montra les dents, jeta des plaintes brèves vers le plafond. Il se leva, s'approcha de Delphine, lui sourit encore. Il s'agenouilla devant elle. Il frotta les longs poils de ses joues sur son ventre. Il renifla son sexe. Elle sentit que des larmes coulaient de ses yeux. Puis, il se redressa, émit un autre grognement et, cette fois, ce fut avec la griffe de fer qu'il caressa le galbe de ses seins, la ligne claire de duvet blond qui descendait de son nombril, puis son pubis et enfin l'intérieur de ses cuisses.

Delphine avait fermé les paupières, le souffle court, la poitrine battant à tout rompre. Elle s'efforça de réciter une prière mais n'y parvint pas. Elle chercha dans ce noir où vrillaient des lumières le visage de Guillaume de Lautaret, procureur de Seyne-les-Alpes, quelque chose de lui, sa longue silhouette, ses moustaches ou son sourire, mais rien, rien ne venait, si ce n'était le discours insensé du Chat botté.

— Répète, mon enfant, répète après moi : « Ma mère-grand, que vous avez de grands bras ! »

Et comme elle ne s'exécutait pas, il rugit et enfonça la griffe dans ses chairs.

— Répète !
— Ma mère-grand... que vous avez de grands bras...
— C'est pour mieux t'embrasser, mon enfant !

À chaque parole, la griffe se faisait plus insistante. Delphine répétait, hurlait même chacune des phrases pour tenter d'enterrer sa peur.

— Ma mère-grand, que vous avez de grands yeux !
— C'est pour mieux te voir, mon enfant. Dis-moi maintenant que j'ai de grandes dents !

Elle savait que la fin était proche. Elle ne put retenir des sanglots. Il se mit à rugir.

— Tu dois répéter ! Ma mère-grand, que vous avez de grandes dents !

Mais elle hoquetait. Alors, il la gifla, la gifla encore.

À cet instant précis, la porte vola en éclats. Guillaume pénétra le premier. Mais comme son regard fut aussitôt capturé par Delphine, il ne vit pas venir le coup terrible que lui porta en pleine poitrine l'abbé Jorisse avec sa griffe de fer. Il fut projeté en arrière et sa tête heurta violemment le mur de pierre. Son regard se brouilla. Le goût du sang envahit sa bouche. Sans doute aurait-il reçu un second coup mortel si les chasseurs, s'engouffrant à leur tour dans la pièce, n'avaient pas réussi à maîtriser l'abbé. Il voulut leur crier de le garder vivant mais déjà celui qui leur servait de chef avait enfoncé son long couteau dans le ventre du Chat botté et il l'ouvrait en deux. Il fit encore un geste, vain, un mouvement du bras comme s'il voulait arrêter quelque chose, et puis il perdit connaissance.

VI

— Delphine ! hurla Guillaume en se relevant.
— Elle est sauvée, ne vous inquiétez pas !
Il regarda autour de lui. Il était dans une chambre du couvent des trinitaires. M. de Cozon lui sourit. Le chirurgien Jacob Remusat se tenait à côté de lui. Par la porte entrouverte, il aperçut deux jeunes moines, le crâne baissé, qui l'observaient en chuchotant. Un bandage emprisonnait son torse et, quand il tenta de s'asseoir, une douleur lui arracha une grimace.

— Vous avez eu de la chance, dit le chirurgien. La blessure n'est pas très profonde. Ce n'est l'affaire que de quelques jours.
— Où est-elle ?
— Au château. Elle va bien. Elle se remet doucement.

Il saisit le bras de M. de Cozon.

— Vous me le diriez, n'est-ce pas, si elle était en danger ?

Le gouverneur en second lui adressa un sourire gêné.

— Ces dames sont interrogées. Le chevalier de Beuldy, l'abbé Jorisse, cela fait beaucoup de monde dans l'entourage de Montclar qui...
— Alors, dit Guillaume en se levant, il n'y a pas à hésiter.

Des fumées voilaient à peine le frémissement argenté des nuages. Le ciel luisait comme un miroir et des hirondelles fouettaient la route devant les sabots de leurs chevaux. Guillaume, tout de blanc vêtu, long, maigre et pâle, avec ses épaules larges un peu courbées sous la fatigue et ses mains fuselées serrant les rênes de sa monture, semblait le fantôme de quelque chevalier d'autrefois. De temps en temps, il jetait un regard inquiet vers M. de Cozon et la voiture qui les suivait à peu de distance. Dans les champs, des étincelles couchées dans les herbes se dressaient et flambaient sur leur passage.

Les dragons à l'entrée du château n'osèrent pas refuser l'entrée à cette curieuse caravane. Ils s'écartèrent. De même, au bout de la longue allée, en les reconnaissant, les factionnaires postés dans la cour abaissèrent les arquebuses qu'ils avaient mises en joue. Un officier vint à leur rencontre en ôtant son chapeau.

— Veuillez nous excuser, dit-il. Nous avons des ordres. Ces dames ne doivent pas être dérangées.

Guillaume lui adressa un sourire triste et poussa sa monture, forçant les hommes à s'écarter. Il y eut un instant de flottement. Le cheval gravit les marches du perron, s'engouffra dans le hall. D'autres dragons attendaient là, discutant près d'une fenêtre. Guillaume n'hésita pas. Il tira sur sa bête et la força à s'engouffrer dans le grand escalier où une lumière un peu grise tombait sur la pierre et le marbre. Personne autour de lui n'osait bouger, fasciné par le martèlement lourd des sabots résonnant sous les lambris, par les pas hésitants de la bête, par la beauté prenante de la scène.

Quand il pénétra dans le salon, qu'il s'arrêta devant la cheminée haute et profonde où d'énormes souches brûlaient et que son ombre prit alors possession de l'espace, rampant le long du parquet et des murs et projetant jusqu'au plafond son immense silhouette, ce fut encore le silence qui l'accueillit. Il y avait là au premier plan des officiers en grand uniforme, l'homme en noir de Versailles, le représentant du grand louvetier, plus loin, assises près de la fenêtre, Marie d'Astuard et Jeanne d'Orbelet. Et puis plus loin encore, près de la vieille horloge, à demi étendue sur une chauffeuse, Delphine.

— Que signifie... ? commença l'homme en noir tandis

qu'un capitaine de dragons s'avançait en jouant machinalement avec le pommeau de son sabre.

Guillaume les ignora l'un et l'autre. Il manœuvra de nouveau sa monture, franchit, superbe, en faisant craquer le parquet, les quelques pas qui le séparaient de la jeune fille. De la cour et des étages montaient une agitation confuse de soldats, des ordres brefs, des bruits de bottes, des tintements de sabres dans les fourreaux.

Il ne l'avait jamais trouvée aussi belle, avec sa figure pâle et ses traits fatigués, son cou blanc qui fuyait dans l'échancrure de son corsage, ses grands yeux ébahis où la tristesse se noyait sous l'étonnement. Elle le regardait, indécise, troublée.

— Venez, dit-il, je vous emmène à Paris.

Il lui tendit la main et elle s'y appuya. Sa robe se leva dans une rumeur de soie froissée. Avec une surprenante facilité, il la souleva et l'aida à monter derrière lui. Elle posa sa tête sur son épaule.

— Monsieur, dit Guillaume en s'adressant à l'homme de Versailles, avez-vous quelque motif de vous opposer à ce que j'emmène mademoiselle ?

— Non... non, bien sûr.

— Soupçonnez-vous Mme d'Orbelet ou Mme d'Astuard de quelque forfanterie ? Sont-elles vos prisonnières ?

— ... Certes, non.

— Alors, dit Guillaume en se tournant vers la baronne et son amie, nous serions très heureux, Delphine et moi-même, si vous nous faisiez le plaisir de nous accompagner. Une voiture vous attend en bas. Nous donnerons des ordres pour vos bagages.

Quand le carrosse franchit à son tour l'enceinte du château, Guillaume et Delphine le laissèrent sous l'escorte amicale de M. de Cozon. On se retrouverait plus tard, au moment de franchir les cols. C'était une splendide journée de printemps. Des fraîcheurs tremblaient dans la douceur de l'air. Des cloches sonnaient du côté de Selonnet. Le ciel au-dessus des montagnes de la Blanche était d'un bleu de craie d'une fragilité extraordinaire, et l'on devinait sans peine les sommets de Roche-Close, de l'Aiguillette, de Savernes et de Bernadesc. Ils partirent tous les deux dans la poussière du galop du cheval, vers l'horizon de pourpre et de poudre.

À ce que l'on raconte, ils se marièrent, vécurent heureux et eurent beaucoup d'enfants.

Impression réalisée sur Presse Offset par

BRODARD & TAUPIN

GROUPE CPI

La Flèche (Sarthe), 24872
N° d'édition : 3586
Dépôt légal : avril 2004
Nouveau tirage : juin 2004

Imprimé en France